Cordula Simon
Der Neubauer

Cordula Simon

Der Neubauer

Roman

Residenz Verlag

Wir danken für die Unterstützung

Das Land Steiermark
→ Kultur, Europa, Außenbeziehungen

Die Autorin bedankt sich bei der Literar-Mechana für die finanzielle Unterstützung der Arbeit an dem vorliegenden Roman.

Bibliografische Information der Deutschen Nationalbibliothek
Die Deutsche Nationalbibliothek verzeichnet diese Publikation in der Deutschen Nationalbibliografie; detaillierte bibliografische Daten sind im Internet über http://dnb.dnb.de abrufbar.

www.residenzverlag.at

Umschlaggestaltung: BoutiqueBrutal.com
Typografische Gestaltung, Satz: Lanz, Wien
Lektorat: Jessica Beer
Gesamtherstellung: CPI Moravia Books

ISBN 978 3 7017 1685 2

0

Vom Neubauer habe ich zum ersten Mal gehört, kurz nachdem ich rausgeworfen wurde. »Junger Mann«, hatte es zuvor neben mir gesagt, während ich mich hinter dem Pappständer versteckte. Die Frau sprach mit mir.

Marlies zog gemächlich ein Produkt nach dem anderen über den Scanner. Sie wippte mit dem Fuß. Man hatte Zeit, auf Marlies zu warten, Marlies war freundlich.

Neben mir aber stand eine alte Frau im braunen Mantel, die sich an ihr kleines Beutelchen von einem Portemonnaie klammerte, und fragte nach der Gelatine. Ich hatte gerade Backpulver und Vanillezucker ins Regal geräumt. Sie verschwand beinahe im Kragen ihres braunen Filzmantels und fragte schon zum dritten Mal nach den Dörrzwetschken, obwohl sie direkt vor dem Pappregal stand, auf dem die Dörrzwetschken zu finden waren. Die alten Frauen fragen immer nach allem, damit sich jemand mit ihnen unterhält. Beim Einräumen hatte ich mich noch gefragt, wer so viele Dörrzwetschken benötigt. Aber alte Frauen brauchen Dörrzwetschken, sobald die weihnachtliche Saison beginnt, und sie stehen direkt davor und sie fragen. Vor lauter traurig und allein fragen sie. Mit dem einzigen Zweck, sich zu unterhalten.

Ich war müde, ich war am Vorabend mit Wiesner unterwegs gewesen. Ich wünschte, die Frau würde zur Kassa gehen und sich mit Marlies unterhalten. Marlies machte das gerne.

Marlies lächelte für alle. Dann spielte sie wieder unsicher mit ihren Piercings. Ich rieb mir die Augen.

Da sah ich jemanden durch die Tür kommen, der mir bekannt vorkam. Hinter dem Mann eine Frau, die mir auch nicht völlig fremd schien, mit einem schreienden Kind an der Hand. Gestern! Ich duckte mich hinter den Pappständer. Sie waren gestern dabei gewesen! Nicht das Kind, nur die beiden. Sie durften nicht an mir vorbeigehen. Sie durften mich nicht sehen. Wiesner würde es sonst erfahren. Sie würden es Wiesner sicher erzählen. Ich schlich um den Pappständer herum, während sie durch die Gemüseabteilung gingen, die alte Frau im braunen Mantel rutschte mit ihren ebenso braunen Schuhen hinter mir her: »Junger Mann, wo finde ich die Gelatine?« Ich griff nach vorne und reichte ihr eine Packung, kam hinter dem Pappständer aber nicht hervor, das Risiko, gesehen zu werden, war zu groß. Das Kind schrie immer noch, und die Eltern hatten offenbar Schwierigkeiten, sich auf ihren Einkauf zu konzentrieren. Die kleine Familie war an mir vorbeispaziert. Vielmehr wurde das Kind von der Mutter vorbeigezerrt. Ich rührte mich nicht.

Die alte Dame bedankte sich, da hörte ich ein Klirren: Ich senkte den Kopf – bitte nicht! Aber doch: Ich wurde zur Kassa gerufen. Ich rührte mich nicht. Waren es Bekannte von Wiesner? Bekannte der Tarán? Wir hatten viel getrunken gestern und sie waren mir irrelevant erschienen. Die meisten Leute haben gar kein Gesicht und die meisten Leute sind irrelevant. Sie standen noch an der Kasse. Ich klammerte mich an den Pappständer. Noch einmal wurde ich zur Kasse gerufen. Ich tat keinen Atemzug. Da klingelte mein Telefon. Marlies würde meinen Klingelton erkennen. Ich bemühte mich, es lautlos zu stellen. Ich hätte es im Spind lassen sollen. Das war Wiesner. Wiesner rief immer zum unpassendsten Zeitpunkt an. Ich hörte von der Kasse her noch: »Du hast die Rechnung falsch gefaltet«, dann verließ die Familie den Supermarkt. Dieses Klingeln war es, das das Fass zum Überlaufen brachte, das war der Kündigungsgrund. Morgen würde ich nicht mehr kommen müssen.

Ich wankte am Abend mit einer Tasche voller Bier durch die automatische Tür. An sich durfte man Abgelaufenes nur im Supermarkt konsumieren, aber Marlies sagte: Scheiß drauf. Marlies, die gute Seele. Was sollen sie schon tun?, hat sie gesagt, dich noch einmal rauswerfen? Dann hat sie gelächelt. Da waren schon zu viele Verwarnungen gewesen, weil ich während der Arbeit telefoniert hatte. Schockstarre war keine Ausrede, wir sind hier ja nicht an der Uni. Hier bekommt man einen Rauswurf statt eines Therapiehundes und Play-Doh.

Auf dem Parkplatz habe ich noch ein paar Dosen verschenkt: Ein kleiner Typ im Trainingsanzug zählte sein Geld und es würde nicht reichen. Er solle Bier zur Party mitnehmen. Mich hat kein Geld zu haben auch noch nie davon abgehalten, Party zu machen.

In meiner Wohnung legte ich die Dosen in die Schreibtischschublade neben den Billigwodka und die alte Weinflasche, die ich neu befüllt und versiegelt hatte, nur drei Dosen stellte ich auf den Boden, dann bereitete ich das Bett vor, schob den Drehsessel eng an den Tisch, zog die quietschende Klappcouch aus. Für dieses Mal war es vorbei. Ich hatte mich finanziell verausgabt. Wie immer, denn nur der richtige Eindruck zählt. Der Mietrückstand war zu groß und ohne den Job im Supermarkt gab es keine Möglichkeit mehr, die Zahlung hinauszuzögern. Übermorgen war der Monatserste. Morgen würde ich also beginnen zu packen. Das Kommende mochte unangenehm sein, aber ich hatte in meinem Leben schon Schlimmeres ertragen. Schlimmeres als Wiesner. Ich setzte mich auf das metallisch knirschende Bett und öffnete eine Dose.

1

Man gehe in eine möglichst teure Bar. So habe ich Wiesner gefunden. Die kleine Schildkröte. Er sieht immer aus, als würde er den Kopf einziehen. Wenn man Glück hat, kommt man nach dem Tod in eine Bar, in der man niemanden kennt. Oder noch wichtiger: in der man nicht erkannt wird. Eine Bar ist essenziell. Alkohol ist essentiell für einen Menschen mit meinen Fähigkeiten. Wiesner ist jedenfalls eine Schildkröte. Eine Schildkröte, die mit erstaunlich weicher Stimme einen Old fashioned bestellte. Man kann nicht danebenliegen, wenn man jemanden anspricht, der einen Old fashioned bestellt. Wiesner hat bezahlt, seine Freunde haben bezahlt, niemand hat bemerkt, dass meine Runde ausfiel. Auch wenn ich damals nicht so blank war wie jetzt. Wiesner: Das ist jemand, der versucht, mit allen Mitteln *classy* zu sein. Das richtige Näseln, die richtige Nonchalance.

Auf alle Fälle war der Mensch schwer zu enttäuschen, was wohl daran lag, dass er trotz seiner dreißig Jahre ein Würstchen geblieben war, das einen Erwachsenen anrufen möchte, wenn ihm die Nudeln anbrennen.

Wiesner gefunden zu haben, sollte sich als Glück erweisen. Gerade in der aktuellen Situation. Das ist das erste Mal, dass ich mit einer Reisetasche in der Hand an Wiesners Tür klingle. Ich habe vorher nicht angerufen. Das ist auch wichtig. Ein Notfall ist erst ein Notfall, wenn man zeigt, dass die Konventionen außer Kraft sind. Dass man auf die

Annehmlichkeiten des einundzwanzigsten Jahrhunderts scheißen musste. Jawohl: musste. Schließlich ist es vonnöten, die Situation zu verkaufen. Keine schwarzen Löcher. Keine Lücken in den Erzählungen. Wiesner ist also unvorbereitet. Ich nicht minder. Die Tür geht auf und Wiesner ist überrascht. Wiesner öffnet die Tür und zieht den Kopf ein. Schildkröte, sag ich doch. *Quelle surprise!* Erst Freude, mich zu sehen. Die kleine Schildkröte freut sich immer, mich zu sehen. Dann der Blick auf die Reisetasche. Sie ist aus Leder, selbstverständlich. Sie sieht teuer aus. Was man zeigt, muss teuer aussehen und billig sein und keinesfalls umgekehrt. Kopf einziehen. Jaja, Wiesner eben. Kann ich hier schlafen? Ein paar Tage? Es ist ein Notfall. Wiesner stutzt kurz: Was ist passiert? Frag nicht. Damit sind wir hier auch schon fertig. Ich kenne Wiesner ausreichend lange, um sicher zu sein, dass er keine Fragen stellt. Ich hatte auch keine Zeit, mir eine Geschichte auszudenken. Vertrauen nennt man das. Wiesner vertraut darauf, dass ich wohl schon Gründe haben müsste. Das ist ausreichend. Ich habe Gründe. *Voilà.* Schließlich kann ich Wiesner ja wohl kaum erzählen, dass ich obdachlos bin. Das ist nicht die Welt, in der ich lebe. Das also nur so *entre nous*. Wer nichts zu verbergen hat, hat nichts zu befürchten. Jedoch auch nichts zu sagen. Wiesner tritt zur Seite, ich betrete die Wohnung.

Zu lügen war gerade nicht notwendig. Wiesner selbst war kein guter Lügner. Er erlitt durch aufkeimendes Lachen dabei immer sofort Schiffbruch. Ich hatte meinen Mantel auf die Garderobe gehängt. Dieser verfluchte Winter würde endlich zu Ende gehen. Der naive Tropf. Niemals passiert etwas »einfach so«. Ja, klar, sicher. Ich habe Wiesner erforscht. Das ist recht einfach: Es gibt Mitspieler und es gibt Spielzeug. Wiesner ist Spielzeug. Wabbliges, schildkrötenhalsiges, schwammiges Spielzeug, das man sich schwer außerhalb einer Badewanne vorstellen kann. Zumindest, was das Soziale betrifft. Wiesners Fähigkeiten in anderen Bereichen sind nicht gering zu schätzen. Geldverlegenheiten waren ihm fremd.

Wiesner also zunächst in der Bar. Das sollte ich erklären. Es war so, dass das elende österreichische Proletenpack um ihn herum, alberner kleinstädtischer Landadel, mich einen Piefke nannte. Ihr habt ja keine Ahnung, wie ich mich ohne antrainiertes Hochdeutsch anhören würde. Aber man muss ja nur die richtigen Vorurteile haben. Alle Menschen mit bundesdeutschem Akzent sind Nazis, zum Beispiel. Und in Diskussionen nennt man Menschen, die einem widersprechen, prinzipiell Hitler.

»Wer einen Old fashioned trinkt, muss ein grässlicher Mensch sein.« Damit hatte ich ihn. Er lachte. Die Reaktion war vorhersehbar, obwohl ich noch nicht genug getrunken hatte, um alles vorherzusehen. Ich war nicht zum ersten Mal in der Bar. Man muss schon die Geduld haben, auf den richtigen Menschen zu warten. Auf eine Gruppe ekliger, sich kultiviert fühlender Mittzwanziger. Der Barkeeper fragte nach meinem Befinden. Schlechten Menschen geht es immer gut. Wiesner lachte wieder. Ich habe einen Old fashioned bestellt. Der Rattenschwanz an Oberschichtskiddies hielt das Maul. Wiesner war der Alphaschwan. Nur zu mir blickte er auf. Ich bin auch ein Stück größer als er. Ich habe ein wesentlich kräftigeres Kinn. Wiesner war eine graue Gestalt. Graue Augen, aschige Haare. Mein Haupthaar war auch dichter und wechselte, ebenso wie meine Augen, mit dem Lichteinfall die Farbe, ohne aber jemals fahl zu wirken. Ich könnte jeder sein. Wiesner war nur einer. Wiesners Haare hatten schon begonnen, am Kopf auszufallen und auf den Schultern wieder festzuwachsen. Wiesner hatte mit der Kreditkarte gewedelt.

Wenn man jemand um einen Gefallen bittet, suggeriert man, dass es ein Naheverhältnis gibt. Die Idee echter Freundschaft. Man legt nahe, dass derlei Gefälligkeiten auch umgekehrt möglich wären, dass man um etwas bitten, mehr noch, auf jemanden zählen könnte. Daher war es gut, auf Wiesners Couch zu sitzen. Das offensichtlich nicht kostengünstige Exemplar eines Weekenders neben mir. Es gäbe ein Problem. Und er, Wiesner, würde mir schrecklich zu Hilfe sein. Wiesner mochte den Eindruck, den wir in den beiden Jahren unserer Bekanntschaft in der Öffentlichkeit gemacht hatten. *Oh you glorious shitlords!* Die kleine Schildkröte würde diesen Eindruck um jeden Preis aufrechterhalten wollen. Es gäbe also ein Problem. Wiesner machte ein besorgtes Gesicht, und ich hoffte auf Whisky, um zu wissen, was in seinem Kopf vorging. Es sei besser für ihn, Wiesner, wenn er nicht wüsste, worum es geht. Ich jedenfalls müsste eine Zeitlang untertauchen. Sieh doch, kleine Schildkröte, wie ich auf dich achtgebe. Keine Gefahr für dich. Nur Kismet. Nichts sonst. Wiesner nickte langsam. Hast du Hunger? Ein Nicken meinerseits. Ich stellte meine treue alte Weinflasche auf den Tisch. Wiesner betrachtete das Etikett. Stellte sie auf ein Regal.

Wiesner ließ mich allein im Wohnzimmer sitzen. Wie geht es dir sonst? Abgesehen von dem nicht zu Beredenden? Ich machte, obwohl er mich nicht sehen konnte, die gleiche abwehrende Handbewegung wie immer: Schlechten Menschen geht es immer gut. Die Handbewegung eine Gewohnheit. Gewohnheiten dieser Art müssen gepflegt werden. Du siehst müde aus. Das war die höfliche Art zu sagen: Du siehst scheiße aus.

Ich kenne dieses Wohnzimmer schon zu gut von Partys. Die Bilder an den Wänden und die Skulpturen haben die Eltern für Wiesner gekauft. Da stand sogar eine mittelalterliche Maria auf einem Sockel. Geradezu ekelhaft das Teil. Rissiges Holz. Passt überhaupt nicht zu dem modernen, nüchternen Stil der restlichen Wohnung. Ebenso der Dekordildo aus Glas. Man wollte mit dem Kauf angeblich einen lokalen Künstler unterstützen. Wertanlage. Hatte Wiesner gesagt. Er traf diesbezüglich keine Entscheidungen selbst.

Wiesner war das typische Arztkind. Früher, als Ärzte noch übermäßig verdienten. Wiesner behauptete stets, verschreibungspflichtige Arzneimittel für jeden besorgen zu können. Aber bewiesen hatte er diese Fähigkeit nie. Seine Eltern bezahlten die Wohnung. Jedoch keine Mietwohnung, sondern Eigentum. Davon besaßen sie gewiss noch mehr. Sie bewohnten das Dachgeschoß eines Hauses in der Innenstadt, groß genug für sie und für Wiesner als Einzelkind. Er zeigte auch den für Einzelkinder typischen Egoismus. Für sein Studium wäre es eigentlich nicht notwendig gewesen, auszuziehen. Die Dachgeschoßwohnung war auch nicht weiter von der Geisteswissenschaftlichen Fakultät entfernt als diese hier. Die Einrichtung der Wohnung hatte ich Wiesner zu Anfang noch zugetraut, er kleidete sich auch zweifelsohne geschmackvoll, jedoch beschlich mich immer mehr der Gedanke, dass dies alles seiner Mutter zuzuschreiben war.

Die helle Wohnung hatte eine eigenartige Raumaufteilung. Am Ende der Rückwand des Wohnzimmers fand sich ein Durchgang zum Schlafzimmer, da beides an der Glasfront lag, und beide Räume hatten eine Tür zum Bad. Man musste also beide Badezimmertüren abschließen, wenn man nicht alleine in der Wohnung war und nicht beim Scheißen gestört werden wollte. Wiesner kam mit zwei Tellern zurück in den Raum. Kellnerische Fähigkeiten, beide Teller mit einer Hand zu tragen, hatte er selbstverständlich keine. Er stellte einen Teller vor mir auf den Wohnzimmertisch. Nur mit einer Gabel, keine Serviette. Nudelauflauf. Gelber, käsiger Nudelauflauf. Bei Wiesners Partys gab es immer Käseplatte mit verschiedenen Weinen. Und nun: Nudelauflauf, offensichtlich in der Mikrowelle aufgewärmt. Seine Mutter hätte ihn gebracht, sagte Wiesner, und ich erinnerte mich dunkel, dass ich einmal, bei einer dieser Partys, Wodka aus Wiesners Gefrierschrank geholt und gesehen hatte, dass die Fächer gefüllt waren mit Tupperboxen. Wiesners Mutter sorgte gut für ihn. Ihre Haushälterin kochte. Wiesner sprang auf und verließ das Zimmer, er kam wieder mit einer Flasche Schnaps. Irgendein überkandideltes Biozeug. Aber der Schnaps würde seine Wirkung tun und mir würde leichter sein. Die meisten Leute waren nüchtern nicht zu ertragen.

Wobei es nicht wirklich notwendig war, herauszufinden, was Wiesner dachte, es ging nur darum, sicherzugehen, dass er sich nicht ausgiebig mit den »bedrohlichen Gegebenheiten« befasste, dass er einfach hinnahm, dass ich seine Hilfe brauchte, und ich ihm als Freund so gut war, dass er keine Fragen stellen würde. Ich musste mich darauf verlassen, dass Wiesners Egozentrismus so weit ging, dass er sich als typisches Arschloch seiner Generation nur für seine eigenen Probleme interessierte. Diese waren allesamt in seiner simplen Erste-Welt-Perspektive angesiedelt, à la: *Ich hatte zwischen meinen Auslandsreisen gar nicht die Zeit, meine Bilder zu ordnen.* Ich durfte mich nur nicht zu lange bei ihm einnisten. Die Lage durfte sich nicht hinziehen.

Wie seine ganze Entourage an Bekannten war auch Wiesner ein Langzeitstudent, der seinen Platz in der Wirtschaft oder Politik sah und glaubte, schon einen Einstieg zu finden, wenn er nur genügend Zeit in die Hochschülerschaft investierte. Nicht, dass er sich im Studium je mit Wirtschaft oder Politik befasst hätte. Allerdings ließ er nie eine Gelegenheit aus, sich durch die angeblich erfolgreiche Firma seines Vaters hervorzutun. Ein kleines Tochterunternehmen hatte dieser ihm vor einiger Zeit überlassen, das Wiesner so schnell wie möglich gegen die Wand gefahren hatte. So macht man aus einem Laster einen Mini Cooper. Ich kippte den Kurzen hinunter. Wir stocherten im Nudelauflauf. In der Mitte war er noch gefroren. Ich war noch nie so auf jemanden angewiesen gewesen. Wiesner griff in ein Fach unter dem Wohnzimmertisch und hielt mir einen Serviettenspender vor die Nase. Üblicherweise ignorierte er seine Erziehung erfolgreich, sobald ich anwesend war. Was soll ich sagen: Der Mann liebt mich. Er hat einen Narren an mir gefressen, was das auch immer heißen mochte. Den Serviettenspender hatte wohl auch Mami für ihn gekauft. So, zufrieden, Mutter? Hab ich das Scheißding benutzt. Kannst du meine Freunde fragen.

Derlei höfliches Getue hatte es bislang zwischen uns nicht gegeben. Ich nahm noch einen Schnaps, um Wiesners Gedanken klarer zu machen. Da hörte ich, wie sich ein Schlüssel im Schloss drehte.

2

In Gedanken war ich noch bei Wiesners Mutter, aber die Frau, die den Raum betrat, war Moni. Moni war schon seit mehreren Wochen mit Wiesner zusammen und hatte offenbar recht schnell einen Zweitschlüssel aus ihm herausgeleiert. Niemand sollte mit irgendjemandem zusammenwohnen müssen, das führt nur zu Begleitpflanzenelend, aber Wiesner war der Typ Mensch, der sich wie ein Kind darauf verlässt, an die Hand genommen zu werden. Zum Beispiel von mir. Oder von Moni. Auch mit Moni hatte ich schon getrunken, seitdem wusste ich: Moni war ein widerliches Exemplar von einem Weibsbild, in ihr war keinerlei Zuneigung für Wiesner und sie hatte sich nur aus Mangel an Möglichkeiten und einer Seele auf ihn eingelassen: Sie brauchte eine Wohnung, und da ihre Eltern fern der Stadt lebten, hätte sie diese selbst suchen müssen, und knapp bevor ihr alter Mietvertrag auslief, hatte ich es deutlich hören können: Ich könnte doch zu dem ziehen. Attraktiv ist er nicht, aber die Wohnung ist doch schön. Ihr Problem war nicht Geldmangel, sondern Faulheit. Wohnungen zu besichtigen, war zu viel verlangt. Moni ließ sich alles gefallen, bekam sie dafür Luxus. Berufswunsch Trophäenfrau. Ihr Blick streifte den Dekordildo, als sei er heute schon in ihrem Arsch gewesen. Erkenntnis kann etwas Ekelhaftes sein. Nicht einmal ich war aus so opportunistischen Gründen hierhergekommen. Ich hatte mich an Wiesner gewandt, da er trotz all der Dinge, die er nicht von mir wusste, mein engster Vertrauter war. Wiesner stellte seinen leeren Teller auf den Tisch und verließ wieder den Raum. Er holte Bettwäsche.

Ich war mit Moni allein. Ich hatte mit Moni nicht gerechnet. Wiesner, du Eunuch! Ich hatte sie einfach vergessen. Moni trank einen Kurzen. Hattest du Streit mit ihr? Natürlich, Moni, das Klatschweib. Skandalgeile Bitterfotze. Klatsch ist viel einfacher als Interaktion. Sie witterte überall Beziehungsprobleme. Sie brauchte sie, um sich daran zu belustigen, schließlich hatte sie selbst vorerst keine. Keine Gefühle, kein Drama. Ich schüttelte den Kopf. Sie sollte mehr trinken. Wiesner legte Bettwäsche auf das Sofa. Sie sah neu aus. Die Couch gehört ganz dir. Jetzt nicken. Nicht einmal ein Gästezimmer hat die Bude. Schon schwach. Moni sah Wiesner fragend an und er sagte nur knapp: Er bleibt für ein paar Tage. Sie spielte mit der Knopfleiste seines Hemdes: Warum? Das ist gerade ganz schlecht heute, ich hatte eine Überraschung für dich. Aber ich wusste: Moni war klar, dass Wiesner mich nicht wegschicken würde, und so blieb ihr der Koitus mit jemandem, den sie nicht attraktiv – und bei einer Frau wie Moni bedeutete das »abstoßend« – fand, erspart. Die Wände waren nicht allzu dick. Wiesner wäre das gleich gewesen. Sie machte einen Schmollmund. Sie trug immer roten Lippenstift. Ein Klischee von blondem Gift. Manche bemühen sich, Klischees zu sein. Wiesner war durchaus nicht hässlich, aber Moni war eine derartig aufgetakelte Prinzessin, dass man nicht umhin konnte, ihn neben ihr für eine aufgeblasene Kröte zu halten. Wiesner zog den Kopf ein. Einem unbeteiligten Dritten boten die beiden ein schauerliches Bild. Ein Naivling, der Mann. Moni fragte mich noch einmal: Hattest du Streit mit ihr? Sie zog ein mitleidiges Gesicht auf. Heuchelei. Sie setzte sich neben mich.

Aber nein, um die Tarán geht es hier nicht. Ist ja nicht so, als hätte ich mich bei ihr eingenistet. Hätten Wiesner und die Mademoiselle mich nicht ständig untertags angerufen, wäre ich auch gar nicht in der Situation, sondern hätte meine Arbeit im Supermarkt und meine Wohnung noch.

Schau, Moni, ich mache das wie du, ich niste mich bei Wiesner ein. Sie sah mich an: Warum bist du dann hier? Vielleicht wollte sie nicht mit ihrer wabbeligen Schildkröte allein sein, aber mich wollte sie auch nicht sehen. Aber wenn Mademoiselle Tarán wüsste, wo das eigentliche Problem lag, sie hätte mich längst verlassen. Warum bist du dann nicht bei ihr? Ja, es gibt Mitspieler und Spielzeug, und Moni wollte mit mir »Woisserdenn?« spielen. Die Antwort für Moni musste sein: Ich ertrage sie nicht drei Tage hintereinander. Ich hätte mir vor Monaten ausdenken sollen, was ich sage. Keine schwarzen Löcher lassen. Schwarze Löcher waren immer schlecht. Wiesner musste nichts sagen. Der Schnaps war ein ausgezeichneter Zaubertrank. Ich wusste, was er dachte: Das hast du bei der letzten Schlampe auch gesagt.

Gestern war ich zuletzt bei ihr. Gestern, als ich beschlossen hatte, Wiesner vorläufig als Lösung zu betrachten.

Genau genommen, und das würde ich Moni *nicht* sagen, war Mademoiselle Tarán in diesem Moment nutzlos, sie war zu anstrengend und würde auch nicht aufhören, Fragen zu stellen. Frauen. Zweifelsohne war es besser, den Kontakt mit Wiesner zu intensivieren. Moni ging das nichts an. Und Wiesner wollte ja regelrecht benutzt werden. Sonst wäre ja auch Moni nicht hier. Trinken wir noch einen Schluck, Moni. Ich legte den Arm um ihre Schulter, das verunsicherte sie. Der Schnaps roch wie Nutella, er war ein klar gebrannter.

Mademoiselle Tarán würde ja liebend gerne tagelang an mir kleben. Zwar war sie nicht blond, aber Gift war sie allemal. Aber wer wäre ich, das Mademoiselle Tarán vorzuwerfen? Ach, die Welt ist schlecht, mein Mäuschen. Dabei hätte ihr jeder, und Wiesner zuerst, gesagt, dass ich für Beziehungen nicht tauge. Aber darum ging es nicht. Es ging um eine erzwungene Bindung auf Papier, und mehrere gemeinsame Tage am Stück hätten die Idee bei ihr verstärkt. Bei der Tarán hätte ich mich benehmen müssen. Bei Wiesner musste ich das üblicherweise nicht. Mademoiselle Tarán tat auch stets das Ihre, um Menschen wie Moni Hoffnung auf großes Theater zu machen. Eine wütende Szene und Moni würde sie allen Bekannten schildern und mit ihnen ausgiebig analysieren. Ihr einziges wahres Freizeitvergnügen. Moni sorgte dafür, dass es Gemunkel gab. Immer.

Mademoiselle Tarán provozierte eben gern. Wenn sie meine Sachen aus dem Fenster warf, würde ich am selben Tag noch in ihrem Bett liegen. Stellte sie sie geordnet vor die Tür, wäre es vorbei, aber das käme bei ihr niemals vor. Big Drama, Baby! Daraus war sie gemacht.

Vitus und Amadeus kommen noch vorbei. Ich nickte wieder. Ich war ja keine Aufmerksamkeitsnutte, wie Mademoiselle Tarán es beispielsweise war. Es war gut, dass sie herkamen. Das Thema, mein Thema, würde ruhen. Vitus und Amadeus. Die Kevins der Betuchten. Die beiden traten nur gemeinsam auf. Manche Menschen wachsen ja nahezu körperlich zusammen. Ein einziges, amöboides Wesen. Erst versuchen sie, sich voneinander loszureißen, ziehen dabei aber nur den anderen mit. Und wie bei deformierten Kindern sieht der Schädel aus, als sei der andere in ihm eingeschmolzen. Zwei Dummköpfe, die sich für elegant hielten, aber bereits beeindruckt waren, wenn jemand das Alphabet rückwärts konnte, zwei Idioten, die nie gelernt hatten, dass man nicht öffentlich staunte. Dabei war das Alphabet doch eine Leichtigkeit, hielt man nach jedem Buchstaben für einen Augenblick die Zeit an. Auch dafür war das Gesöff in diesem Schnapsglas gut. Eine ausgezeichnete Ablenkung. Moni würde das Maul halten müssen. So tun müssen, als hätte man sie ohnedies ins Vertrauen gezogen. Für ihr Ego. Ich hatte mich auch einmal gefragt, ob die beiden ein Paar waren, aber ehrlich gesagt war es mir scheißegal, solange sie mit mir nicht über Regenbogenpolitik diskutieren wollten. Vitus war vermutlich der biederste Rosettenkavalier, den ich je getroffen habe.

Niemand hier würde jemals mit körperlicher Arbeit sein Geld verdienen müssen. Auch meine Fähigkeiten stellte in diesem Umfeld niemand auf die Probe. Die beiden gewiss nicht. Wiesner war entweder ein Idiot oder zu intelligent. Entweder begriff er nicht, wie ekelhaft die beiden waren, oder er wusste etwas, das ich nicht wusste. Wiesner war nicht zu unterschätzen. Trink noch einen, Wiesner. Vielleicht bringen die den Neubauer mit, dachte Moni. Wer ist der Neubauer? Von dem hatte ich noch nie gehört. Ich sah Wiesner an: Aber sein Kopf war still. Wiesner schnaubte nur ein Lachen. Als hätte ich ihn nach dem Neubauer gefragt.

Moni schaltete die Stereoanlage ein. Ein fröhliches Lied. Etwas, was im Kopf hängen blieb wie »Jede Zelle meines Körpers ist glücklich«. Sie tanzte nicht. Ich habe sie noch nie tanzen gesehen. Sie hielt vermutlich auch beim Ficken die Hüften steif. Erst recht mit Wiesner. Wiesner machte ein angewidertes Gesicht. Guter Mann. Jetzt würde ich die Zeit gewiss nicht stoppen. Der Kelch musste so schnell wie möglich an mir vorübergehen.

Da war es endlich, ein »Äääärrr«. Das Geräusch der Türklingel unterschied sich nicht von dem unerträglichen Ton, mit dem es in Plattenbauten läutete. Da machte man sich die Mühe, einen Altbau mit Stuckaturen und Fensterfronten zu versehen, und behielt dieses grässliche Geräusch. Moni sagte: Jetzt ist alles wieder gut, nicht? Sie sprach mit einer Topfpflanze. Sie glaubte wohl, dass dieses Verhalten liebenswert und süß sei. Verachtenswert. Schaut her, wie niedlich und verrückt ich bin. Aber: Ich verachte alles, schließlich soll sich niemand unfair behandelt fühlen. Nun kam das bohrende Geräusch von der Wohnungstür: »Äääärrr.«

3

Bevor ich in die Bar ging, wusste ich über Wiesner schon fast alles. Ich wusste, dass er gerne in dieser Bar war, ohne dass ich selbst je dort gewesen wäre. Denn dort herumzusitzen und bei überteuerten Cocktails auf das Glück zu warten, hätte sich ewig hinziehen können. Ich wusste, wie Wiesner sprach und wie er sich kleidete. Drykorn und Hugo Boss bevorzugte er, ich konnte die Anzüge auf den Fotos erkennen. Die sozialen Netzwerke haben es einfach gemacht, jemandem vorzuführen, dass man viel mit ihm gemeinsam hat und derjenige daher unbedingt mehr Zeit mit einem verbringen sollte. Und schau: Wir haben sogar schon drei gemeinsame Bekannte im großen Fratzenbuch. Und da war auch das kleine Sternchen und die Jahreszahl deiner Geburt, und ich bin jetzt auch im gleichen Jahr geboren, sogar in der gleichen Woche, dann können wir die Partys zusammenlegen. Als sei ein Stern aufgegangen, oder als sei es die Rosette deiner Mutter, die dich ausgeschissen hat. Aus dem *Ich* habe ich ein *Wir* gemacht. Wir sind von besonderem Schliff, wir sind unbesiegbar. Wir sind vom gleichen Schlag, schau dich an, kleine Kröte. Ich bin die bessere Version von dir, du möchtest sein wie ich. Als ich ihn gefunden habe, hatte ich den Nachmittag damit verbracht, die –50%-Aufkleber auszuschneiden. Marlies wusste das, nehme ich an. Aber es war ihr auch egal. Manchmal bonierte Marlies die –50% auch einfach so. Nicht nur bei mir. Es wäre aufgefallen, wären die Aufkleber im Geschäft verschwunden, und sie waren ohnehin so einfach nachzubauen. Ich brauchte mein Geld schließlich für Drykorn. Ich hatte sogar dafür –50%-Aufkleber. Nur Sonnenbrillen und Gürtel durften gefälscht sein, das fiel nicht auf. Aber ein gefälschter Anzug? Das konnte nicht gutgehen. Dafür habe ich nicht genug Vertrauen in die chinesischen Schneider. Gut angezogen zu sein, kostet immer. Vor allem kostet es Nerven. Verkäufer in Markengeschäften blicken auf einen herab und versuchen stets zu signalisieren, dass man sich ihre Klamotten sowieso nicht leisten könnte, damit man sie aus Trotz kauft. Ich kaufe aber nicht aus Trotz, ich kaufe aus Notwendigkeit, und der Anzug, den ich in der Bar trug, war das Ergebnis einer langen Online-Suche, an deren Ende Fortuna mit den Worten lächelte: »1x getragen, unbeschädigt«. Ich sah mich auf Wiesners Seite im Fratzenbuch um. Was wollte Wiesner? Wiesner wollte Frauen, die sich auf den Fotos von ihm weg bogen, als hätte er etwas Ansteckendes. Keine Sorge, Ladys, Hässlichkeit ist nicht ansteckend. Er wollte das schöne Leben und eine Karriere ohne allzu großen Aufwand. Und Wiesner kannte Leute. Alle möglichen Leute. Politikmenschen, Kunstmenschen, Forschungsmenschen. Das bot Wiesner. Und Wiesner spottete gerne, also lass uns gemeinsam spotten. Das Umfeld, in dem er sich bewegte, hatte für jemanden wie mich viel mehr zu bieten als für ihn selbst. So nuanciert wie er, war ich auch. Alleine, wie er ein Wasserglas hielt.

Es hatte nach dem ersten Treffen in der Bar keine zwei Tage gedauert, bis ich ihn zum ersten Mal um einen Gefallen gebeten habe. Damit würde er glauben, dass auch ich seine Zeit wert sei. Ich habe ihn um die Kopie eines Skriptums gebeten, das er von einer strebsamen Studienkollegin kopiert hatte. Schau, wir sind gleichermaßen faul. Und mir konnte die Lektüre gewiss nicht schaden. Ich habe noch immer alles gelesen, was nicht völlig nutzlos schien. Nur ein feministisches Werk über Skigebiete habe ich nach der Einleitung abgebrochen. Skigebiete seien zu maskulin, und ich dachte: Wen schert's? Die Liftkarte kostet fünfzig Euro. Wenn ich nicht nach oben fahre, muss ich auch nicht gendergerecht hinunterrutschen. Jemanden um ein Buch zu bitten, ist ohnehin immer eine gute Idee. Wiesner glaubt sicher auch, dass ich den Dreck, den er zur Unterhaltung liest, gut finde. Aber er glaubt auch sonst, dass wir viel gemeinsam haben. Jede spezifische Information, die ich über ihn habe, habe ich als meine ausgegeben. Wir haben sogar das gleiche Leibgericht, auch wenn ich gerade vergessen habe, welches das ist. Täubchen à la Homburg sind es nicht. Je spezifischer die Information, umso besser. Ausgenommen tote Mütter natürlich, da großes Schweigen, das auch großes Leiden bedeutet. Wiesner musste der Eindruck gegeben werden, unverwundbar sein zu können, und ich musste interessiert wirken, das war alles. Warum sollte mir dieses Leben auch weniger zustehen als ihm? Was hat er schon dafür getan? Ich habe gleichermaßen das Recht auf diesen Lebensstil.

Cornflakes aus der Packung schmecken, als könnte man geradeso gut den Karton essen. Die Preise für Milch sind abartig. Für den Preis erwarte ich, dass jede einzelne Kuh einen Nippelorgasmus bekommen hat im Laufe des Melkvorganges.

An unserem ersten gemeinsamen Abend in der Bar hat Wiesner irgendwann begonnen, meine Zigaretten zu rauchen. Seither besitze ich ein Stopfgerät. Ich habe mich durch sämtliche preisgünstigen Tabaksorten getestet, um herauszufinden, welche seinen Gauloises am ähnlichsten waren. Wenn er betrunken ist, kann er den Unterschied nicht schmecken. Dieser erste Abend hat mich ein Vermögen gekostet. Aber bei dem, was die feine Gesellschaft so zu sich nimmt, fragt man sich ohnehin, ob sie noch schmecken kann. Wenn etwas ekelhaft ist, serviert man es mit dicker Soße und verpasst ihm einen französischen Namen: Cancrelat Rochefort zum Beispiel, und man kann den Irren geröstete Kakerlaken andrehen.

An den nächsten Abenden habe ich meinen Wodka statt mit Energydrinks mit billiger Orangeade aufgegossen. Ohne den Zucker hätte ich zu lange auf die Wirkung warten müssen. Wer hat schon die Geduld, sich gesittet zu betrinken? Irgendwann werde ich Wiesner um eine Niere bitten. Alles kein Problem.

4

»Ääärrr.« Vitus, Amadeus und eine Frau. Vielmehr ein Mädchen. Hello Girlie. Ein so unschuldiges Gesicht, dass man Schreckliches damit anstellen könnte. Kurzer Rock. Eine Saftschnecke. Vertrauenswürdig, etwas dümmlich. So wie man Kindern mit Downsyndrom nichts Schlechtes zutraut, bis man herausfindet, dass auch sie es faustdick hinter den Ohren haben. Schlank, knappes Kleidchen, erreichbar. Vitus' Cousine. Meinetwegen. Sie folgte Vitus bei Fuß mit hündischer Ergebenheit. Kein Neubauer. Alles alter Adel, aber Adel gab es ja nicht mehr. Man konnte einfach behaupten, altem Adel zu entstammen. Die Abschaffung des Adels hat es dem Pöbel möglich gemacht, sich als historisch belastet auszugeben. Wollte man nicht gerade den Maltesern beitreten, war das gleichgültig. Aber wer wollte schon den wahren Inzestopfern die Ärsche auswischen? Eine Familie, die mit dem Kaiserhaus eng verbandelt gewesen war. Habt ihr noch Inzestschäden davongetragen? Das saß. Stille. Ihr liebt es, mich zu hassen. Vitus lachte. Da hatte jemand immerhin gelernt, sich nicht anmerken zu lassen, dass er beleidigt war. Vitus trug einen schlecht ausgewählten grauen Anzug, und man konnte sehen, dass er Socken und Krawatte aufeinander abgestimmt hatte. Rosa.

Amadeus' Haare waren mittlerweile so lang, dass er sie mit einem Haarreifen aus dem Gesicht hielt, den er sich im Minutentakt neu aufsetzen musste. Als sei er ein Surfer unter südlicher Sonne, dabei war er ein mickriger, blasser Schreiberling mit vorhängenden Schultern, der sich geil vorkommen wollte. Wie schwul ist das denn? Und das meine ich jetzt nicht homophob, sondern ausschließlich als Beleidigung. Amadeus zog die letzte Silbe jedes Wortes stets dermaßen in die Länge, dass er immer genervt klang, als könnte er nicht fassen, dass er jetzt ausgerechnet damit belangt wurde, ganz gleich, worum es sich handelte, und dass er sich nun die Mühe machen musste, sich zu artikulieren. *Und dann gehe ich zu dieser Lesuhng und ihr könnt gerne mitkommehn, danach vielleicht auf einen Drihnk.*

Lasst mich wissen, was ihr denkt. Wiesner kippte einen: *L'chaim*. Jetzt war er in Stimmung. Verstörte Blicke. Ein kleiner Hieb von mir und Wiesner geriet in die richtige Laune. Jüdische Anspielungen erzeugten Gesichtsausdrücke, als hätte man eine heilige Kuh geschlachtet. Das lag nur daran, dass es keine Juden in der Runde gab, so konnten alle ihren »Das darf man doch nicht«-Gesichtsausdruck zur Schau stellen. Dabei ist das Schlimmste, was man einem Juden antun kann, ihn einen Araber zu schimpfen. Oder ihm vorzuwerfen, nur in diesem Land zu sein, weil er gerne Schicksen fickt. Am Ende waren nur die nicht jüdischen Anwesenden geschockt und Wiesner lachte. Im Vergleich zu diesen schlaffen Würstchen war sogar Wiesner ein Spieler. Provokation ist wirklich zu leicht im Morgengrauen dieses Jahrtausends. Vitus und Amadeus starrten nun mich an, sie wussten ja nicht, dass ich kein Jude war. Dabei muss ich doch an gar keinen Gott glauben, wenn nur einer an mich glaubt. Aber niemand in dem Raum begriff, dass es nichts Gutes gibt außer dem Teufel und dass dieser bedauerlicherweise tot ist. *God help us all.*

Davon jedoch verstanden Vitus und Amadeus erkennbar nichts. Das Girlie machte große »My-little-pony«-Augen. Mit den beiden war ich ja ausreichend vernetzt. Ein weiterer Grund, warum ich ihnen nicht allzu viel Vernünftiges zutraute; und nicht sehen konnte, was Wiesner in ihnen sah. Sie posteten ständig Motivationsbildchen. Der Erfolg von Personen, die derlei posten, ist exponentiell rückläufig zur Menge der Motivationsbildchen, die sie ins Netz werfen. Meine Motivationssprüche fressen eure Motivationssprüche zum Frühstück. Ihr seid wie dicke Katzen, die sich selbst am Arschloch lecken und dazu schreiben: *So schmeckt Awesomeness!* Zahnlose Menschen, durchsichtige Menschen. Der Anschlag, fing das Girlie an und schon tönte es von allen Seiten: Grauenhaft! Grauenhaft! Mehr kam auch nicht. Ich habe ja gepostet, dass ... Ich hörte Amadeus nicht zu. Kaffeehausaktionismus und Betroffenheitsfuror war mir schon immer zuwider. Nur um mehr Aufmerksamkeit zu bekommen. Irgendwo geschieht ein Unglück, und du hast Angst, dass die Welt dich vergisst? So verzweifelt zu versuchen, relevant zu sein, muss ja wehtun. Ich wusste nicht einmal, worum es ging, aber das Girlie sagte: »Ich hab ein Meme dazu.« Und dann zeigte sie allen ein Bild auf dem Display ihres Mobiltelefons. Sie hatte etwas Schwirrendes, sie schwirrte und schwirrte. Ihr *Spirit animal?* – Kolibri. Hundertprozentig. Sie sollte mehr kiffen. Sie sollte überhaupt kiffen, aber vermutlich betrachtete sie Gras als minderwertige Droge. Zu jedem Thema hatte sie ein Bildchen aus dem Internet. Dann lachte sie laut, und es klang wie das bizarre Zirpen eines Insektes. Wie hieß sie? Etwas modisches Französisches. Es war auch gleichgültig. Jemand hatte endlich meinen alten Wein geöffnet. Wie die reinsten Könner bückten sie sich über ihre Weingläser. Vitus schwenkte das Glas, Amadeus lobte den Geschmack, Vitus sagte: *Touché*. Ein Wort, das er ständig falsch verwendete.

Was ist mit der Bettwäsche?, wollte das Girlie wissen. Nein, du dummes Huhn! Ich wollte doch heute den guten Ton des Schweigens über aktuelle Vorkommnisse pflegen.

Moni zuckte. Oh Moni, du Bückstück. Moni erwachte wieder aus ihrer kurzfristigen Gleichgültigkeit. Sie erinnerte sich an ihre Mission. Ich hatte ihre Willenskraft unterschätzt. Ich hatte unterschätzt, wie zufällig Menschen reagierten. Moni zeigte auf mich: Er bleibt ein paar Tage.

Dann nickte sie dem Girlie zu. Was ist denn passiert? Das Girlie hatte Monis Fragefunktion übernommen. Sie kratzte nervös am Etikett meiner wunderbaren alten Flasche herum. Du schwirrendes Monster. Nervöses Etikettgekratze passt nicht zu altem Wein!

Jemand hat an den Schicksalsfäden gerissen. Das musste als Antwort reichen. Das spricht doch Herz und Hirn an. Moni setzte sich wieder neben mich: Erzähl doch! Kennen wir den oder die, der oder die dir Probleme bereitet? Moni bestand darauf, zu gendern. Ich mag dysfunktional sein, ich bin aber von noch dysfunktionaleren Menschen umgeben. Es war schwer, Monis ständigen Doppelungen der Pronomen zuzuhören. Ist etwas mit deiner Familie? Moni will's wissen: Wann hast du zuletzt mit deiner Mutter gesprochen?

Meine Mutter ging Moni gar nichts an. Zeitloch. Jetzt. Meine Mutter ist ein einziges Bühnenstück an Nörgelei. Sie ist meine Mutter, und seitdem der Teufel tot ist, hat sie seinen Platz eingenommen. Ich liebe sie über alles, aber sie kann nicht aufhören, sich zu beschweren. Danke dem Schnaps für die Pause.

Sie ist tot. Ich war noch klein. Betretene Stille. Wundervoll. Ich bin Gott, wenn ich bete, spreche ich mit mir selbst.

Wiesner wiederholte: Jemand hat an den Schicksalsfäden gerissen. Wie poetisch. Meine Herren, erinnern Sie sich, ohne Poesie müssen wir alle sterben! Wir sterben auch mit ihr, jedoch nicht so prosaisch.

Wiesner brachte Banalitäten zu meiner Rettung. Guter Mann. Ich kann Poesie nicht ertragen. Sie dreht mir den Magen um. Der Moment war zerstört. Man braucht keine Inhalte, wenn man nur ausreichend »schöne« Wörter verwendet. Ein großes Vokabular ist eine einzige Täuschung. Poesie ist ein Mittel zum Zweck. Amadeus meinte: Du könntest eine Line vertragen. Ich schüttelte den Kopf. Das würde all meine Bemühungen mit dem Schnaps zunichtemachen. Damit war das Thema endlich gegessen. Solange diese Leute hier waren, würde Moni mich in Ruhe lassen.

Amadeus faselte etwas von einem Verdampfungsgerät für Whisky. So eine Pussy. Wenn man Geräte oder Spiele braucht, um betrunken zu werden, macht man eindeutig etwas falsch. Jemand wie du sollte sich einfach zu Hause hinsetzen, einschenken und trinken, wiederholen, wenn notwendig, falls notwendig! Trunkenheit wird folgen. Du solltest dabei keinen Spaß haben. Du solltest das alleine machen, im Dunkeln, ohne Wasser, nimm einfach die Tränen deiner Einsamkeit. Ich wünschte, sie würden gehen, denn sie langweilten mich. Ich wünschte, sie würden bleiben, damit Moni nicht wieder auf mich ansprang. Augenblick, verweile doch, du bist so hässlich. Indem man sagt: Ich erzähle es dir morgen, weckt man erst recht Interesse. Ein Fehler. Wäre Wiesner alleine hier, hätte es sein Interesse getötet, aber für Moni war dadurch alles noch aufregender. Ich hatte sie nicht mit einkalkuliert. Die Musik klang tief, wie verlangsamt. In der Spiegelung eines Urlaubsfotos – Wiesner sah aus, als hätte er Sand zwischen den Zähnen und Sand zwischen den Backen, seinen Wabbelbacken – auf dem Beistelltisch konnte ich sehen, wie Amadeus sich an den Schwanz fasste. Das tat er immer, wenn er glaubte, niemand beobachtete ihn. Eine katatonische Starre. Ich wünschte, ich könnte Amadeus ewig so lassen. Ich habe Abschaum gesammelt. Völlig kontextlos sagte das Girlie: Ich habe noch nie für Drogen bezahlt.

Das war ihr: Schaut her, ich bin auch noch da! Und wohlstandsbehindert noch dazu. Wenn es um sexuelle Aufmerksamkeit geht, stellt sie sich sicher mit den Worten *Ich bin Nymphomanin* vor. Oder sie zieht ihren *Bra* aus dem Ärmel, nach dem Motto *Guck, ich hab auch welche*.

Sternhagel im Fenster. Erst wenn sie aussehen, als würden sie fallen, ist der Zeitpunkt gekommen, wo ich die absolute Kontrolle habe. Vorerst kann mir nichts passieren, aber die Flasche ist bald leer. Moni erzählte, wie schwierig es sei, zu entscheiden, ob sie in Sydney oder New York weiterstudieren sollte. In Wahrheit sang ihr Kopf: *Admiration time, come on!* Das ist ja wirklich ein massives Problem, wenn man an allen

Unis akzeptiert wird. Wiesner ließ ihr die Aufmerksamkeit. Prasselnde Gespräche. Geschwätz bedeutete für ihn auch eine Pause. Aus ihren Mündern würde die Behauptung, eine Arbeit anzunehmen, wirken wie die Drohung, seriös zu werden. Regel Nummer 1 ist, nicht zu sagen, wie gestopft man eigentlich ist, sondern sich nur so zu verhalten. Die richtigen Marken, die richtigen Getränke, die richtigen Drogen. Schlichte Sätze wie: Ich habe noch einen ausgezeichneten Wein zu Hause. Das war der richtige Eindruck.

Amadeus hatte Angst, man könne ihn für sein Buch verklagen, wenn nur jemand sich wiederzuerkennen glaubte. So ein Unsinn. So gut schrieb er nicht. Solange man der Figur einen Minipimmel verpasst, passiert das nicht, da will sich niemand identifizieren, sagte ich, am besten schreibt man an den Anfang des Buches: Alle Figuren in diesem Buch haben einen kleinen Penis. So wie du, Moni, fügte ich gedanklich hinzu, denn aus Monis Kopf hörte ich ständig: Sag es, sag es mir, sag es mir, sag es. Jedes Mal, wenn sie zu mir hersah. Großartige Idee!, rief Amadeus, und mein Kopf zog schwer in Richtung Boden, der Idiot tut das auch noch. Das Werk sollte immer vom Künstler losgelöst werden, wie bei Hitler. Ich hatte keine Lust mehr, die Gedanken Monis zu hören. Sag es, sag es, sag es. Neugier war ihr Antrieb. Ich hätte die Line doch nehmen sollen, aber so war es sicherer für mich. Nicht aufzufliegen als vorläufig einziges Ziel. Ich hörte Moni immer wieder, immer wieder in Gedanken Fragen an mich richten. Abgebrochen. Es war doch nicht genug Alkohol gewesen, um jedes Wort klar zu verstehen. Das Genie sitzt in der Flasche und kommt nicht heraus. Sitzt du dieses Semester auch in dem Seminar?, fing Amadeus an. Habe ich letztes schon gemacht, antwortete ich. Lügner, hörte ich ihn denken, er sagte aber nur: Das ist erst für das zehnte Semester. Ich wusste nicht, wie viele Semester ich auf meinen Studentenausweis geschrieben hatte. Ich habe die Karte schon ewig nicht verlängert und nur die Stelle mit dem Gültigkeitsdatum vorsichtig überschrieben, ich wusste nur: Ich war genervt. Tja, Genie lässt sich eben nicht verbergen, sagte ich also. Arschloch, dachte er und zog ab und sofort kniete das Girlie neben mir auf dem Sofa: Hast du Coelho gelesen?

Sollte das eine Anmache sein? Ich saß und nickte und hörte kein Wort. Ich wollte nur mehr meine Ruhe haben. Sie zog einen langen Tag unnötig in die Länge. Nach ihrem Referat über Coelho folgte eine Rede darüber, dass man Bestellungen beim Universum machen könnte. Ich nahm ihr Gesicht zwischen meine Hände und fragte: Hast du geweint? Sie zuckte zurück. Die Unterhaltung war beendet. Das funktionierte nahezu immer. Was hatte sie sich auch davon versprochen? Die Gesprächsthemen, die sie bislang ausgewählt hatte, zeigten mir nur, dass ich peinlich berührt gewesen wäre, sobald ich meinen Schwanz aus ihrem Mund gezogen und sie wieder gesprochen hätte.

Sobald wir am Boden der Flasche angelangt waren, verdrückte sich die Gesellschaft. Wir waren wieder nur zu dritt. Moni saß wieder neben mir. Sie legte die Hände zwischen die Knie, rieb ihre Handflächen aneinander. Wir sind immer für dich da, weißt du, während sie dachte: Du hast Scheiße gebaut, irgendwie hast du Scheiße gebaut, und ich werde herausfinden, um welche Art von Fäkalien es sich handelt. Verlogenes Miststück. Mitgefühl heucheln. Ich könnte fast wehmütig werden, wie schön die Prä-Moni-Zeit mit Wiesner war. Wir fragten in Bars nicht nach Preisen, wir fragten, wer die Frau dort gegenüber war.

Wiesner hat schon lange aufgehört, sich für die Ursache meiner Anwesenheit zu interessieren. Er würde mir niemals nachtragen, dass er heute bei Moni keinen Stich mehr machen wird. Halte dir vor Augen, Wiesner, ich bin der, der dich versteht. Ich habe aus dem Ich ein Wir gemacht. Das ist wichtiger als ein Koitus. Ich krieg dich schon noch, dachte Moni. Ich dankte dem magischen Fusel, ich würde in ihrer Gegenwart vorsichtig sein müssen. Ein erwachsener Mensch mag grundsätzlich die Fähigkeit haben, andere aus seinem Kopf herauszuhalten, nicht jedoch, wenn der Alkohol diese

Türen aufgestoßen hat. Nur für mich, für mich ist es umgekehrt, meine Kopfmauern bleiben stabil, dafür sehe und höre ich dann, was sich hinter euren knackenden Schädelknochen verbirgt. Und falls ihr es nicht erraten habt: Die meisten Menschen denken an banalen Unsinn oder an ihre Strategien der Selbsterhöhung. Hinter Monis Spritzgesicht war der Wunsch, mich zu erniedrigen, und auch, mich und Wiesner auseinanderzutreiben.

Endlich gingen sie ins Bett. Die Stuckatur um die Deckenlampe drehte sich. Moni hatte das Bett für mich bezogen. Ich trug immer noch die Kleidung, mit der ich angekommen war. Das Sofa war kurz für einen Menschen meiner Statur. Ich war zu groß gewachsen für diesen Augenblick.

Ich dachte an meine Wohnung, an mein Sofa, das sich nur ausklappen ließ, wenn man den Drehsessel ganz nahe an den Tisch schob. Arbeiten oder schlafen, beides zugleich war ohnehin nicht möglich. Die Schränke, die mich umgaben. Fünfzehn Quadratmeter Enge und Ruhe. Kein Wunder, dass der Nachmieter den Platz im Keller brauchte. Und der billige Wodka, weil es sich in der Enge schwer einschläft. Als ich einzog, putzte ich jeden Winkel in der Hoffnung, Bargeld zu finden. Beim Ausziehen war das nicht notwendig. Ich wusste ja, dass da kein Bargeld war, nirgendwo. Auch in keiner der Kisten. Ich kann Raum und Zeit verbiegen, ich kann im Tetris gewinnen, alles passt in Schachteln, da ist kein Millimeter Luft. Ich ziehe immer um, wenn ich mir eine Wohnung nicht mehr leisten kann. Die Kisten stehen im Kellerabteil. Ich putzte, ich putzte, ich stellte mir vor, hunderte von Euros im Kellerabteil zu finden, tausende, ich putzte und putzte und da war kein Kubikmillimeter Luft in der Wohnung, im Keller, in den Kisten, auf dem Sofa. Kein Kubikmillimeter Luft. Und überall Geld.

5

Klappern im Badezimmer, Klappern in der Küche. Moni bewegte sich anders als Wiesner. In Köpfen lesen zu können, bedeutet am nächsten Tag Kopfschmerzen. Ich drehte mich zur Rückenlehne des Sofas. Ich bin nicht da. Woisserdenn? In einem anderen Leben. In einem Haus im Norden an einem See mit einer großen Fensterfront und meine Zehen in einem Fellteppich vergraben. Aber sie ist da, mit aller Energie der unregelmäßigen Beschallung. *Is this a little bitch I hear?* Ich versuchte nicht zu tief einzuatmen. Ist man in der Wohnung eines Paares, ist die Wahrscheinlichkeit, dass sie auf der Couch gevögelt haben, auf der sie erwarten, dass man Platz nimmt, bei hundert Prozent. Aber vielleicht besteht die Gefahr hier auch nicht. Es sei denn, Moni bemüht sich zwischendurch so richtig. Lass die Nutte raushängen, Moni, sonst bist du obdachlos. Wie ich. Herzlichen Dank auch, nun bin ich wach. Kein Wunder, dass Napoleon alle erschießen wollte. Bei vier Stunden Schlaf pro Nacht.

Hinter dem Fenster war der Himmel grau. Gegenüber hing ein Werbebanner. Etwas »Kulturelles«. Am liebsten hätte ich alles vergessen. In Wahrheit war diese Stadt doch ein dreckiges, provinzielles Scheißloch, das sich für mondän halten möchte. Der Nabel.

Gleich würde Moni den Raum betreten. Drei. Zwei. Eins. Guten Morgen! Sie war viel zu fröhlich. Sie trug eines von Wiesners Hemden. Ich nahm an, dass sie darunter gar nichts anhatte. Sie holte den Saftkrug vom Wohnzimmertisch. Der Saftkrug hatte offenbar Priorität. Der Saftkrug war wichtiger als mein Schlaf. Oder sich vor mir in dem kurzen Hemd zu bücken. Ich glaube nicht, dass ich sie vögelte, wenn sie eine Möglichkeit dafür erschaffen würde. Es käme allerdings darauf an, was das Alternativprogramm wäre. Ein gutes Kartenspiel würde ich sicher vorziehen. Vielleicht wollte sie mir aber auch zeigen, dass sie sich doch für Wiesner ausgezogen hatte. Zumindest war sie gerade ein Anblick, der zu meiden war, sonst könnten noch die Fangarme aus ihrer Möse glauben, nach mir greifen zu dürfen. Ich richtete mich auf. Sie so: Gut, du bist wach! Immer noch viel zu fröhlich, mit so einem quiekenden Laut nach »wach!«. Sie setzte sich neben mich. Mir blieb auch nichts erspart. Frühstück? quietschte sie wieder. Ich hatte Kopfschmerzen. Sie hatte etwas vor. Wiesner erschien in der Tür, nickte mir zu und wanderte weiter ins Bad. Ein träges Tier. Moni tänzelte in die Küche. Ich konnte hören, wie sie Brot schnitt und mit Geschirr klimperte.

Ich rührte mich nicht und sah Moni dabei zu, wie sie verschiedene Käse, Butter und Schinken auf den Couchtisch stellte. Als servierte sie mir Frühstück ans Bett. Die Küche war auch weniger geräumig und trotz der Gesamtgröße der Wohnung wäre es dort schon eng genug zu zweit.

Moni nutzte die Zeit, die Wiesner im Bad verbrachte: Wie lange hast du vor zu bleiben?

Du, keine Ahnung. Ich.

Aha, ist es ein größeres Problem oder ein kleineres?

Ja, weißt du.

Hör bitte endlich auf, mit mir zu sprechen! Man kann alles vermeiden, ich werde auch diese Unterhaltung vermeiden. Ich habe ja schließlich auch den Militärdienst vermieden. Die eigenen Krankheiten, ein paar alte Röntgenbilder meines Vaters, und ich wurde bestaunt, wie ich bei so krummen Knochen so gerade gehen konnte. Ein anderer hatte bei der Stellung pränatales posttraumatisches Stresssyndrom diagnostiziert bekommen, wegen des emotionalen Ballasts der

Elterngeneration aus dem Zweiten Weltkrieg. Der hätte auch vorbringen können, dass seine Angststörungen auf den Dreißigjährigen Krieg zurückzuführen sind. Und überhaupt ist er ja ein Sohn Kains. Gerade jetzt könnte ich sein Talent bei der Darstellung abstruser Sachverhalte gut brauchen: Ich konnte nicht ehrlich zu ihr sein. Wo blieb Wiesner? Wenn jetzt nur dein Boiler kaputt wäre oder so, zum Beispiel, dann wäre das doch kürzer, nicht?

Boiler. Meine Güte, ja, das wäre ja einfacher geregelt. Dann käme ich ja nur her, um zu duschen. Wiesner war endlich wieder da und fragte: Worum geht's? Und Moni antwortete: Um nichts. Moni, die so tun möchte, als könnte ich es ihr doch noch erzählen. Wenn schon sonst niemandem, dann doch ihr. Wenn schon nicht Wiesner, dann doch ihr. Da hast du dich verschätzt, Moni. Sie öffnete den Kühlschrank. Wiesner setzte sich auf einen der Sessel. Er sah zur Tür. Wir konnten Moni sehen, wenn sie vom Herd einen Schritt zurücktrat. Sie sah Wiesner an und hob die Augenbrauen.

Wie ist das also, begann Wiesner, wie lange bleibst du?

Ich weiß es nicht.

Hm, machte Wiesner, sicher, dass wir dir bei deinem Problem nicht helfen können?

Nein, ich muss nur ein paar Nächte hier schlafen, das ist alles.

Wird deine Wohnung ausgeräuchert?, rief Moni aus der Küche. Mir wär's auch peinlich, so was zuzugeben.

Ich schüttelte den Kopf: Darüber würden sie Witze machen. – Glaubt mir, je weniger ihr wisst, umso besser.

Aber Moni fragte weiter: Und ihr hattet keinen Streit? Warum bist du dann eigentlich nicht bei ihr?

Bei der Mademoiselle? Weil ich sie nicht mehrere Tage am Stück aushalte. Darum. Dich könnte ich auch nicht aushalten, Moni. Aber ich sage stattdessen: Nein, ich will sie ja nicht in Gefahr bringen.

Fremde und lose Bekannte belügen einander in einer zehnminütigen Unterhaltung jeweils mindestens dreimal. Das hier macht doch ohnehin keinen Unterschied mehr. Lass es gut sein, Moni. Dann merkte ich erst, dass ich etwas anderes hätte sagen sollen. Moni ließ es nicht gut sein. Moni setzte an: Es ist also okay, uns in Gefahr zu bringen, wenn du uns brauchst, aber warum du uns brauchst, willst du uns nicht sagen? Sie wedelt mit dem Pfannenwender.

Wir sind doch alle verkatert. Muss das denn sein? Sie kommt mit der Pfanne ins Wohnzimmer und hat offenbar beschlossen, abermals die Strategie zu wechseln. Von »Wie kannst du nur?« zu »Schau her, wie tough ich bin, ich steck das weg«. Sie nickte und sagte: Es ist okay, wir kriegen das hin.

Wiesner blickte sie erstaunt an. Das war ein anstrengender Tanz. Moni griff nach dem Serviettenspender: *Voilà*: Brunch!

Brunch?, fragte ich.

Jaja, doch, es ist schon nach zehn.

Ich versuchte, mich zu konzentrieren, die Zeiger der Uhr in diesem Raum zu erkennen, aber sie verschwammen mit einem leichten Schmerz unter der Schädeldecke. Womit habe ich das verdient?

Meine Finger zitterten ein wenig, als ich nach der Kaffeetasse griff. Nichts Nervöses. Nur ein angestrengter Körper. Moni schenkte mir ein Glas Orangensaft ein: Du musst mit uns reden. Der Orangensaft floss noch. Ich bedankte mich für den Saft: Du bist so gut zu deinen Mitmenschen.

Nur zu manchen, lachte Moni. Ein dreckiges Lachen. Ein flirtendes Lachen. Sieh her, wir sind Verschwörer. Ich habe ja auch Mit-, nicht Untermenschen gesagt.

Treffer. *A Joke is a joke is a joke*. Ich und Wiesner genossen nun drei Minuten Stille.

Die meisten Menschen sind leicht zu beleidigen und zu verstören. Deswegen sind sie langweilig. Arbeiten am liebsten mit Selbstzensur. Die Welt ist für mich gemacht. Alle schlechten Dinge geschehen, damit ich darüber lachen kann. Sogar das Weltwirtschaftssystem ist nur deswegen unfair, damit ich Witze über ausgebeutete, sterbende Babys machen und andere damit vor den Kopf stoßen kann. Ein bisschen Angst und Schrecken für alle. Nur wer die Grenzen kennt, kann damit spielen. Sagen wir: Die Gesellschaft trägt Schuld an meinem Verhalten.

Mein Telefon unterbrach die Stille. Mademoiselle Tarán. Auf dem Weg hierher. Ich hatte gestern schon befürchtet, dass Moni sie kontaktieren würde, hoffend, alle Informationen zu bekommen, nach denen sie so gierte. Man kann ein Buch wirklich nach dem Cover beurteilen. Gerade Moni hatte einen recht deutlichen Klappentext auf die Stirn gedruckt. Wer mir von dir erzählt, erzählt auch dir von mir, Moni, vergiss das nicht. Aber Mademoiselle Tarán weiß nichts, also kann sie nichts erzählen, und du hast mit deinem Klatsch umsonst bezahlt. Seien wir mal ehrlich, Moni, du kannst in diesem Leben nicht mehr glücklich werden. Wie wir alle vermutlich. Sie räumte meine alte Weinflasche mit dem zerkratzten Etikett vom Tisch. Ich würde die Flasche also nicht mehr wiederverwenden können. Ich schluckte. Ich hatte gehofft, dass Wiesner sie aufmachen würde, und ich sie dann wieder mitnehmen könnte, wenn ich einen anderen Platz zum Schlafen gefunden hatte. Ich hatte sie schon so oft mit halbwegs Erträglichem gefüllt, als Gastgeschenk genutzt und leer wieder mitgenommen. Zuletzt hatte auch niemand bemerkt, dass ich einen Weißen eingefüllt hatte. Die können doch behaupten, was sie wollen, aber den Unterschied zwischen einem teuren, alten Wein und einem aus dem Tetrapak hat bislang noch niemand erkannt. Aber nun war das Etikett kaputt. Da stand nun nur mehr CH EAU L ITE ROTHSCHI. Das war alles, was von dem Schriftzug übrig war. Das dumme Girlie. Ich seufzte. Moni verließ das Wohnzimmer, als sie wiederkam, trug sie Jeans zu Wiesners Hemd und roten Lippenstift.

Ich drehte meinen Oberkörper ein Stück weit nach links. Es krachte. Ein Stück weit nach rechts. Es krachte wieder.

War das Sofa nicht bequem? Was soll ich sagen: Ich habe keine hohen Standards. Standards sind etwas für Menschen mit Optionen. Besser nützliche Leute als bequeme Sofas. Moni wurde immer unruhiger. Sie erwartete sich wohl bessere Antworten, wenn die Mademoiselle mich befragte. Ein Verhör. Schalte das grelle Licht ein. Wie naiv. Sie geriet langsam in diesen Zustand, den Menschen erreichen, wenn man sie lange im Ungewissen lässt. Manche zerbrechen früher. Gleich wird sie prähysterisch. Ich konnte sehen, dass sie bereits ungehalten darüber war, dass ich überhaupt hier wohnte. Entweder sie bekam, was sie wollte, oder sie würde mir die Tage hier zur Hölle machen.

Da war wieder dieses grässliche Läuten der Türglocke. Es hämmerte sich in meinen Schädel. Die Tarán betrat den Raum. An Auftrittpotenzial mangelt es ihr nicht. Sobald sie einen Raum betreten hat, bleibt sie kurz stehen, gleich nach dem Türrahmen. Damit man ihr Erscheinen gerahmt bewundern kann. Sie sah sich um. Das hatte eine gewisse Eleganz, wenngleich ich sicher war, dass sie sich nur deshalb umsehen musste, weil sie eine leichte Sehschwäche hat, die sie niemals zugeben würde. Der Trend mit den Hornbrillen widerte sie an. Mitte zwanzig und zu eitel für eine Brille. Ihre Kleidung war in den seltensten Fällen praktisch, aber für diesen Moment ausgezeichnet durchkomponiert. Sie erkannte mich, bewegte sich mit den Stöckelpfötchen auf mich zu und setzte sich mit einer fließenden Bewegung zu mir, dabei einen breiten Kunstfellschal von der Schulter fallen lassend. Kunstfell. Man muss ja Statements setzen. Die Liebe zum Auftritt würde auch verhindern, dass sie jemals ironisch Burka trug. Ein Glück, denn vor Dementoren, Nazgûl oder braven Musliminnen gruselt es mich wegen ihrer Gesichtslosigkeit gleichermaßen.

Sie strich sich die langen, dunklen Haare aus dem Genick. Gift gibt es in jeder Farbe. Moni stellte ihr eine Tasse hin und fragte sie nach ihrem Befinden. Die Tarán schielte zu mir. Gleich würde es wieder losgehen, drei, zwei, eins.

Er hat dir also auch nicht gesagt, warum er hier schläft?, gurrte Moni. Schon die Stimme klang nach dem metallischen

Klingeln von Münzen, oder als läutete sie unentwegt nach einem Dienstboten.

Nur, dass er untertauchen muss. Die Tarán nickte.

Untertauchen? Das wird ja immer schlimmer? Ich dachte ja, es sei vielleicht ein Problem mit dem Boiler. Aber vor wem musst du dich denn verstecken? So macht man aus einer Fliege in wenigen Schritten einen Elefanten: Aus der Nächtigung wird ein Verstecken. Ein Flügelchen der Fliege wegradiert und den Rüssel etwas länger gezeichnet.

Moni sagte das wie zu einem kleinen Kind. Woisserdenn? Du weißt nicht, wie verachtenswert du gerade bist. Die Tarán nippte an ihrem Kaffee. Schwarz ohne etwas Unnötiges. Wie bei der Armee. Moni reichte ihr einen Teller. Du solltest den Lachs probieren. Vielleicht war es ein Glück, dass sie die Frühstücksplanung an sich gerissen hatte. Ich dachte an den gestrigen Nudelauflauf. Wäre sie nicht hier, würden ich und Wiesner allerdings noch schlafen. Und der Lachs war auch grausig. Ich weiß gar nicht, was guten Lachs von schlechtem unterscheidet.

Sicher, dass wir dir nicht irgendwie helfen können? Sie ließ nicht locker und Wiesner schielte nach der Schnapsflasche. Sie will dich scheitern sehen. Mademoiselle Tarán strich mir mit den Fingern sanft über den Nacken, als wollte sie ein Tier beruhigen. Sie hatte sich zurückgelehnt und die Beine übereinandergeschlagen. Bewundert meine roten Schuhe. Ich bin die Hexe von Oz.

Wir können später darüber sprechen. Sie nickte mir zu.

Aber wenn du doch hierbleibst, finde ich, sollten wir schon wissen, warum. Moni griff nach Wiesners Hand. Er wirkte verwirrt, sah sie kurz an und nickte dann. Sie hatte ihm offenbar über Nacht eingetrichtert, ihr bei ihrer Mission zur Seite zu stehen. Die Tarán stand auf und schritt langsam in Richtung Toilette. Sogar daraus musste sie eine Show machen.

Ihr kennt niemanden von den Leuten, und das ist am besten so. Am sichersten. Wenn ich mein Leben wieder normal weiterführen kann, wird man mir Bescheid geben.

Man oder frau wird dir Bescheid geben? Moni lächelte. Verdammt. Jetzt hatte sie jemanden, nach dem sie fragen konnte. Und wir kennen diese Person nicht? Das ist also niemand aus unserem Freundeskreis?

Sonst wäre ich nicht hier. Was hätte es für einen Sinn, dort unterzutauchen, wo die mich finden können?

Die? Moni hatte Blut geleckt. Wer sind die?

Was hatte ich angerichtet? Üblicherweise kann ich das besser. Wiesner schielte wieder zur Schnapsflasche. Wiesner, du Weichei. Du hast verstanden, wie das am besten funktioniert. Zu allem zu nicken, was die Frau sagt. Panzerlose Weichamphibie.

Noch einmal, sagte Moni, wer soll dich da wovon benachrichtigen?

Moni wollte also eine Geschichte, dann eben, nur für Moni. Ich habe da vor ein paar Wochen in einer Bar einen Typen kennengelernt, bin mit ihm abgestürzt, den kennt ihr alle nicht. Und der Abend hat eine Richtung genommen, an die ich mich nicht erinnern kann. Wiesner blickte auf. Hatte ich Wiesner je erzählt, dass ich so etwas wie alkoholinduzierte Gedächtnislücken nicht kenne? Irgendwann nach 26 Shots habe ich zu zählen aufgehört. Immerhin den persönlichen Rekord gebrochen. Jedenfalls bin ich offenbar, angeblich, mit einigen Menschen in Konflikt geraten. Jetzt muss ich warten, bis das geklärt ist. Mademoiselle Tarán kehrte zurück, enttäuscht, dass man einstweilen offenkundig nicht begonnen hatte, über sie zu sprechen. Moni war unerschütterlich und unbeirrbar in ihrem Antrieb.

Und wie klärt sich das, fragte Moni, wenn du dich doch hier versteckst? Moni konnte nicht aufhören. Reicht dir das denn nicht, Frau?

Mein neuer Bekannter wird das klären, der kennt die Leute besser.

Wo bist du da nur wieder hineingeraten? Moni schüttelte den Kopf und seufzte. Empathieheuchelei.

Ja, wirklich, Wiesner nickte. Hatte ich ihm erzählt, dass ich niemals Blackouts habe?

Das war zu viel für die Tarán. Sie zupfte an einem Fingernagel. Sie wirkte gänzlich unbeeindruckt:

Wisst ihr, was mir kürzlich passiert ist? Ich bin aus dem Bus gestiegen und der Fahrer hat mir eine Liebeserklärung gemacht. Eine richtige Liebeserklärung. Er hat sich umgedreht und gesagt: Ich liebe dich, du bist etwas Besonderes, ich muss dich kennenlernen. Ich habe auch Geld. Dann war er still und starrte auf seine Füße, während ich einstieg. Kein Wunder, dass er immer auf mich wartet, wenn ich zur Bushaltestelle komme. Ist das nicht verrückt? Auch wenn ich nicht laufe. Ich laufe nie.

Ja, es war zu viel gewesen für Mademoiselle Tarán, sie brauchte mehr Aufmerksamkeit. Dieses ewige Theater. Sie macht das auch, wenn es mir richtig dreckig geht, aber heute musste ich dankbar sein, sie lenkte ab. Sie lenkte von mir ab. Sie brauchte ihre kleinen Spielchen.

Ich habe es auch online gestellt. Hundertzwanzig Likes. Sie griff nach ihrem Telefon. Mindestens die Hälfte aus Höflichkeit, nehme ich an.

Moni staunte sie mit großen Augen an. Mehr Aufmerksamkeit für die Tarán, mehr davon. Sofort:

Hundertzwanzig Menschen, die diesen Quatsch glauben? Ich lehnte mich zurück. Wiesner lachte. Er wurde langsam wach. Mademoiselle Tarán sah mich aus böse zusammengekniffenen Augen an. Die Welt ist schlecht, mein Kätzchen. Da hast du deine Aufmerksamkeit. Immer noch so unzufrieden?

Im Internet glauben die Leute ja jeden Unsinn. Penisvergrößerungspillen, hob Wiesner seine Tasse, er taute endlich auf.

Hundert Frauen in einem Kilometer Entfernung, die Sex mit dir haben wollen, gab ich zurück.

Die spektakuläre Legende von jemandem, der knapp dem Tode entronnen ist, ergänzte Wiesner.

Aber das Internet spricht auch viel Wahres: Ich habe da einen Freund, der 900 Euro in der Stunde verdient, antwortete ich, und Wiesner spuckte prustend den letzten Schluck Kaffee auf Moni und damit auf sein Hemd.

Moni stand auf, sie würde sich umziehen müssen: Ihr seid Idioten. Mir ist auch schon einmal etwas Ähnliches passiert. Das passiert sicher einer von fünf Frauen mindestens einmal im Leben.

Ja, Moni, du bist so toll: Oh oh oh. Neun von zehn Menschen stimmen zu, dass die meisten Statistiken spontan erfunden sind.

Aber immerhin, was nicht wahr ist, muss gut erfunden sein. Einer von Wiesners Freunden begann eine Geschichte einmal mit den Worten: Ich war ja jetzt das erste Mal seit Monaten in einem Supermarkt. Da wusste ich schon, die Richtung der Geschichte würde mir missfallen. Dann behauptete er, er habe geschältes, in Folie verpacktes Obst entdeckt, und wie grauenhaft er das fand. Umweltschutztechnisch und all das. Die Geschichte kursierte vor knapp zwei Jahren im Netz und er gab sie als eigenes Erlebnis aus. Es war ein Abend, an dem ich und Wiesner viel Vergnügen daran fanden, ihn bloßzustellen. War es Vitus oder Amadeus? Einer von den beiden bestimmt.

Wie lange bleibst du also? Moni, nicht schon wieder. Sie war vollständig angekleidet. Noch nie habe ich eine Frau getroffen, die sich so schnell fertig machen konnte. Hartnäckiges Miststück. Kannst du nicht einfach zur Polizei gehen? – Ja, zur Polizei gehen. Vom Verstecken zum Anzeigen. Die Beinchen der Fliege dicker zeichnen.

Ich schüttelte den Kopf, bloß nicht, dass mir bloß niemand zur Polizei geht. Nein nein. Ich kann da erst einmal gar nichts machen. Ich hoffe, es dauert nur ein paar Tage. Ich werde Entwarnung erhalten.

Was hast du denn getan? Da musste noch ein Elefantenstoßzahn ergänzt werden.

Ich habe doch gar nichts getan.

Warum kannst du dann nicht zur Polizei gehen? Und die Augen der Fliege werden plötzlich ganz klein und die Flügel ganz groß und es ist kaum mehr eine Fliege. Ihr kennt diese Leute nicht und das ist besser so. Die haben ganz andere Kontakte.

Ganz andere Kontakte? Moni staunte mich an, sah zu Mademoiselle Tarán, die wieder genervt war, dass sie den Scheinwerfer nicht auf sich halten konnte. Ganz andere Kontakte?, wiederholte Moni. Jetzt hatte sie wieder eine Phrase gefunden. Woher weißt du das? Welche Kontakte die haben?

Sieh mal, Moni – es ist Zeit, Moni zu erklären, dass sie zu wenig von der Welt weiß, dann ist sie beleidigt, und wenn ich Glück habe, straft sie mich mit Schweigen. – Sieh mal, Moni, dieser neue Bekannte sah nicht so aus, als wäre es eine gute Idee, die Polizei zu rufen.

Warum?, bohrte sie weiter. Da war auch der Schwanz des Elefanten endlich zu sehen.

Wie sah er denn aus? Nun hatte auch Wiesner Blut geleckt: Wie war er gekleidet? Hatte er Tätowierungen?

Tätowierungen?, fragte sie. Die Flügel bekamen noch mehr Ohrenform.

Ja, Tätowierungen, und Tätowierungen sind für manche Menschengruppen Informationen. In manchen Ländern wird die Macht so codiert. Wiesner bezog bestimmt sämtliche seiner Informationen aus einem Buch oder einer Dokumentation.

Codiert?, fragte Moni weiter.

In Gefängnissen zum Beispiel, sagte er. Jetzt waren wir auf fremdem Territorium.

Und ich hoffe doch, dass ich mich darauf verlassen kann, dass das unter uns bleibt. Ich versuchte, ernst zu klingen, bei diesem Berg an Elefantendung, der noch hinzu gezeichnet wurde.

Mafia?, zischte Wiesner. Ein vollwertiger Elefant neben einem gigantischen Dunghaufen in einer fremden Region. Nun gut. Dann ist es eben die Mafia. Leger de main. Taschenspielertrick. Hauptsache, nicht die Wahrheit. Schaut, was diese Hand macht, während ich mit der anderen in eurem Portemonnaie bin. Wiesner nahm die Brille ab, rieb sich die Augen. Ohne Brille war sein Gesicht schweinchenhaft. Eine

Schweinchenschildkröte. Da war ein kurzer Moment der Stille und doch:

Ich kannte da jemanden, begann die Tarán. Sie erzählte von jemandem, der die Geschichte seines Lebens auf dem Körper trug. Kein schönes Bild, er war schon alt. In Osteuropa sah man so etwas oft. Die Tätowierungen so dilettantisch gemacht, dass es eine Schande war, sie überhaupt so zu nennen. Eine Erzählung von Tränen, Elend und Gewalt am Körper. Aber er war stolz darauf und hielt sie für das Geheimnis seines Erfolges bei Frauen. Nicht bei mir natürlich. Aber betrunken habe ich mich zumindest mit ihm. Am Ende hatten wir beide bestimmt 26 Shots.

Monis Augenlider zuckten. Moni hatte es bemerkt. Frag nicht nach. Frag nicht nach, Moni. Warum musste die Tarán auch 26 sagen?

Nun hatte sie es geschafft. Moni nickte langsam. Die Tarán hatte ein Bild von sich aufgebaut, sodass niemand genau wusste, woher sie wirklich kam. Was sie erzählte, konnte einen glauben machen, dass sie überall und nirgendwo aufgewachsen war. Sie strich sich eine Strähne aus dem Gesicht, die nur Bewegungsfreiheit hatte, damit sie diese aus dem Gesicht streichen konnte. Eine zarte Bewegung. Was hatte ich der Mademoiselle erzählt? Die Tarán hat doch nie im Leben 26 Shots getrunken.

Das wird wieder, sagte Moni. Die Couch gehört ja ohnehin dir, solange du willst. Aber heute würde ich an deiner Stelle wirklich nicht aus dem Haus gehen. Moni möchte, dass ich hierbleibe. Warum hatte die Tarán auch gesagt 26? Warum hatte sie Fashionshow auf dem Weg zur Toilette spielen müssen? Aber Moni schien sich beruhigt zu haben, ich hatte ihr genug gegeben.

Wirklich, bleib so lange du willst, wiederholte Moni.

Wie gönnerhaft, wie großzügig, als handelte es sich um ihre Wohnung. Sie küsste Wiesner. Er behielt die Augen offen. Als hätte er mit einer App das Küssen gelernt und wartete auf Feedback. Frauen wie Moni spülen Männer weich und verbrühen sie dann.

Danach blickte Moni mich an, als erwartete sie, dass ich Wiesner um den Kuss beneidete. Die Mademoiselle regte sich nicht. Ich lächelte sie an. Ich weiß doch, dass ich interessanter bin als die kleine Schildkröte. Wie er ziehe auch ich Horrorfilme Romantikkomödien vor, aber soll man sich auf ein Huhn wie Moni einlassen, wenn man eine Tarán neben sich sitzen hat. Man sollte immer die kapriziöseste Frau neben sich sitzen haben.

Wir sollten wirklich –

Mademoiselle Tarán blickte auf ihre Uhr. Ich habe sie ihr zum Geburtstag geschenkt. Sie mag Glänzendes. Zuspätkommen störte mich nicht, dennoch sagte sie: Wir müssen gehen. Sie legte sich den Schal um die Schultern. Ich hatte vergessen, dass wir ihren Bruder treffen sollten. Erdbeerchen! Erspar mir das. Das erste Familienmitglied, das ich kennenlernte. Schlimmer als ein Kirchgang. Immerhin würde ich etwas über sie erfahren, auch wenn der Zeitpunkt ungünstig war. Ich habe auch richtige Probleme.

Moni fragte, ob wir das Treffen nicht absagen wollten, wenn ich mich doch verstecken musste. Aber ich schüttelte den Kopf. Die wissen nur, wo ich wohne, aber von euch allen wissen sie gar nichts.

Ich half der Tarán in den Mantel. Als wir auf die Straße traten, versuchte sie mir über die Wange zu streichen, ich wich aus, sie fragte: Geht es dir gut?

Schlechten Menschen geht es immer gut. Wir kommen zu spät. Wie immer.

6

Ich steckte mir eine Zigarette in den Mund und klappte den Mantelkragen hoch, es war sonnig, aber kühl. Morgen sollte das Wetter auch superfotzig werden. Das Treffen hatte Mademoiselle Tarán schon vor Wochen vereinbart. Wir gingen eine Zeit lang nebeneinander her. Wir schritten recht schnell dahin. Da sie kleiner war als ich und stets hochhackige Schuhe trug, bereitete es ihr Mühe, das Tempo zu halten. Das verhinderte, dass sie versuchte, eine längere Unterhaltung zu beginnen. Schließlich war ich gerade erst Moni entronnen. Ich hatte zu viel Angriffsfläche geboten. Niemals trägt die Tarán Schuhe, in denen man gehen kann. Exzellent kann man darin liegen oder getragen werden. Ich hatte auch keine Lust, mich mit ihrem Bruder zu befassen. Im Grunde wusste ich doch schon, dass es sich nur um ein weiteres Exemplar eines verzogenen Mittelschichtkindes handeln würde. René. Auch so ein Name. Besser als Vitus zumindest. Vielleicht hatte sich ihr Bruder den Namen auch selbst zugelegt. So wie Mademoiselle Tarán sich ihren Namen meist selbst aussuchte oder annahm, wie man sie nannte, wenn es ihr gefiel. Sie war überall gewesen und führte auch – wohl ohne selbst recht davon überzeugt zu sein – abergläubische Rituale im Repertoire, weil sich das eben traditionell so gehörte. Zu welcher Tradition auch immer gehörend. So behauptete sie zum Beispiel felsenfest, dass sie niemals in eine Wohnung einziehen könnte, die nicht zuerst von einer Katze betreten worden war. Vielleicht war sie auch nirgendwo gewesen. Die vergangenen Jahre lagen im Dunkeln. Die Tarán meinte eben, es sei allerhöchste Zeit, wir würden einander schon so lange kennen und ihr Bruder wüsste nun schon seit ein paar Monaten von meiner Existenz und es sei eben allerhöchste Zeit.

Bist du sicher, dass es nicht gefährlich für dich ist auf der Straße?, sagte die Tarán plötzlich. Eher drohte Gefahr in Wiesners Wohnung. Moni war die einzige Bedrohung. Moni war die Einzige, die etwas nicht einfach hinnehmen konnte. Moni war die Letzte, die erfahren durfte, dass ich pleite war. Sobald es Moni wüsste, wüsste es jeder, und ich könnte mir eine neue Stadt suchen.

Nein, keine Sorge. Wir gehen ja nirgendwo hin, wo wir immer hingehen. Ein bisschen besorgt war sie doch.

Wieso bist du dann eigentlich zu Wiesner und nicht zu mir gekommen, um abzutauchen?, fragte sie weiter, und ich weiß, dass ich es hätte kommen sehen müssen. Sie klang empört.

Unter keinen Umständen. Ich versuchte, empörter zu klingen als sie. Unter keinen Umständen würde ich dich in Gefahr bringen. Und unsere Beziehung ist ja nun nicht gerade ein Geheimnis. Sie lächelte. Ich hatte zwei Zauberwörter in einem Satz benutzt: Beziehung und Geheimnis. Die Mademoiselle wurde gerne mit mir gesehen. Welche Frau würde mich nicht als optische Vervollständigung ihres Outfits betrachten? Sie war leichter in die Gleichgültigkeit zurückzuschicken als Moni.

Trotzdem waren sie vom gleichen Schlag. Sie bewegten sich schließlich in Wiesners Dunstkreis und hatten beide etwas von Daisy Duck. Der eigene Vorteil ist das Wichtigste. Gustav und Donald bleiben auf der Strecke oder werden gegeneinander ausgespielt. Moni ist auch überzeugt, dass die einkommensfernen Schichten einfach stets die falschen Entscheidungen treffen. Vielleicht sehen sie den Vorteil des Genderns oder von Demonstrationen für Quoten nicht. Die Monis der Welt machen alle schrecklich wichtige politische oder kulturelle Dinge und tippen Online-Updates darüber und über ihr faszinierendes Leben. Über verliebte Busfahrer zum Beispiel. Oder darüber, wie ekelhaft sie es finden, dass ihnen Bauarbeiter hinterherpfeifen. Oder wie fies sie es finden, wenn sie es nicht tun. Dabei würde sich die Welt vermutlich auch ohne ihre schleifchenbesetzten Köpfe weiterdrehen.

Das Einzige, was wir Frauen von Monis Schlag zu verdanken haben, ist, dass es vier Sorten Milch an jedem Kiosk gibt, der Kaffee ausschenkt. Vier Sorten Milch oder Gezeter. Gezeter ist ohnehin ganz groß.

Menschen, die klaglos arbeiten, haben einfach noch nicht verstanden, wie sehr sie ausgebeutet werden, im Vergleich zu so einer Moni. Die leidet schon seit Jahren. Nicht einmal, wenn sie gegen den Spiegel kämpft, verfügt sie über die geringste Selbstreflexion. Auch die Tarán leidet, aber eben anders. Glücklich darf man sowieso nicht sein, oder gar zufrieden, denn das wäre ja naiv und da würde man die Augen vor der Welt verschließen und nicht solidarisch genug mit all den Verdammt*innen dieser Erde sein.

Die Tarán mochte nichts übrighaben für Sojamilch, aber dafür, genau das Gegenteil jedes Trends möglichst schnell zu verinnerlichen.

Wir betraten das Café und durchquerten sämtliche Räume sowie das Parterre eines Wohnhauses, um in den Gastgarten zu gelangen. Die Tarán hatte den Ort ausgesucht. Ein beschaulicher Ort mit Flieder und Rosenbüschen, die das Gärtlein bestimmt kitschig wirken ließen im Sommer. Hier landete man nicht zufällig. Eine bessere Wahl, als ich sie ihr zugetraut hätte. Sie zog den Pelz näher um den Hals.

Hallo, Nushka, begrüßte der Bruder die Tarán. Das war neu. Nushka. Er hatte schon ein Bier auf dem Tisch stehen.

René, er reichte mir die Hand. Ich stellte mich vor und bestellte einen Cocktail bei der Kellnerin. Ich tauschte einen Blick mit ihm.

Es ist Vormittag und ich bin bei meinem dritten Bier, ich urteile nicht, lachte er.

Ja, früher habe ich auch geliebt, Gedichte geschrieben, und jetzt – jetzt besauf ich mich. Aber die Werbeindustrie macht meinen Alkoholismus zu einem schicklichen Hobby. Ein bisschen in seinem Kopf zu wühlen, konnte ja gerade nicht schaden.

Die Tarán ließ sich auf einen Sessel fallen. Sie rieb sich die Schultern, sie fröstelte schnell.

Du bist also der, der meine Schwester vögelt, fuhr er fort.

Er versuchte, ein Verhör daraus zu machen. Davon hatte ich doch heute schon genug gehabt. Dabei hatte die Tarán mir ungefragt versichert, dass er mich nicht verhören würde.

Und was machst du so?

Fragen, wie sie Väter stellen – ich antwortete: Consulting. Damit kann man nicht falschliegen. Ich hätte auch sagen können: Key Account Manager. Diese Dinge können schließlich je nach Arbeitsplatz höchst Unterschiedliches bedeuten.

Ich setzte mich neben die Tarán und lehnte mich zurück: Alles, bei dem es nicht um Unsterblichkeit geht, ist pure Zeitverschwendung. Ein bedeutungsvolles Nicken folgte vonseiten der Tarán. Blabla eben. Ewigkeit ist nichts für Weicheier.

Er rutschte tiefer in seinen Sessel, er lag fast, führte vor, wie gleichgültig ihm sämtliche Haltung war: Wenn mir jemand mit so einem Scheiß wie Leben nach dem Tod kommt, bring ich ihn um. Die Kellnerin servierte die Getränke, ich nahm einen großen Schluck.

Ja, du bist der Coolste und der Härteste, ich seh schon. Wahrscheinlich spielt er in einer Band oder so. Eine Band, in der er so tut, als hätte er kein Geld. Der Ärmste überhaupt. Und kleine Mädchen aus gutem Hause, die auf der gleichen Privatschule waren, ihm zujubeln. Karl Friedrich und Eduard sind vermutlich die Namen der anderen Bandmitglieder.

Du liebst meine Schwester also nicht? – Das war der nächste Punkt im Verhör.

Wie bitte? Ich sollte mehr trinken. Wie käme er zu dieser Behauptung?

Darauf stieg die Tarán ein: Weil du sagtest, früher hättest du geliebt.

Gerade, dass sie nicht fragte, was ich zu meiner Verteidigung vorzubringen hätte.

Manche Menschen haben kein Gefühl für Humor.

Und was machst du so?

Ach, dieses und jenes. Er zupfte am Ärmel seiner Sportjacke. Kokainhandel. Er lachte. Also jemand, der das Bedürfnis hat, so zu tun, als sei er ein Outlaw. Irgendwann reichen verschreibungspflichtige Medikamente nicht mehr für die Imagepflege. Gesellschaftliches Fallobst. Ein mäßig sorgfältig aufgebautes Fußvolkdasein, ein bisschen abgeranzt wirken, als würde einen der ganze Lebensstil nicht interessieren. Er machte also schlicht gar nichts. Die Existenz als Humanmüll. Da hat wohl jemand noch nicht verstanden, dass sie dich nur so wahrnehmen, wie du bist, wenn du bist, was sie sehen wollen. Das ist besser, als zuzugeben, mit den kleinen Selbstverwirklichungsfantasien ans Ende geraten zu sein. Und wenn etwas nicht klappt, dann hat es irgendeine minderbemittelte Kackfresse versaut. Schuld sind immer die anderen.

Die Tarán hielt sich die Hand vor den Mund und gähnte. Sie hatte den Mantel von den Schultern rutschen lassen, aber die Handschuhe anbehalten: Wir kommen gerade von Wiesner.

Er nickte. Monis Vater hatte René irgendwann Geld dafür geboten, dass er sich von Moni fernhielt, fuhr die Tarán fort. Noch so ein Idiot, der auf die Giftspritze hereingefallen ist. Er lachte wieder. Warum sich wundern. Er sah ja auch aus wie jemand, bei dem die Suchmaske automatisch »Vergewaltigung« ergänzt, wenn man seinen Namen eingibt.

Die Tarán tippte etwas in ihr Telefon. Sie musste sich schließlich ständig selbst verlinken, damit niemandem entging, wo sie sich befand.

Smoothies sind ohne Gin? Sie lacht in sich hinein. Hashtag. Geschäftsidee: Syrisches Restaurant.

Ich bin nicht betrunken, ich trinke.

Der Kaffee ist mir zu sauer. Die Tarán winkte nach der Servierdame.

Wer nicht netzaktiv ist, ist doch unmodern und muss dann eben eine so gewöhnliche Arbeit machen wie zum Beispiel kellnern. Gleich würde sie die Servierdame anschnauzen.

Wenn du scheiße zu meiner Schwester bist, werd ich dich kaltmachen, du Arschloch. René nahm einen Schluck von dem Bier.

Macht da jemand ein bisschen auf Gangster-Rapper, gutschiguuu. Ich bin schon von besseren Leuten Schlechteres genannt worden. Von mir aus kannst du beim Rasieren verunglücken. So ein dummer Schlumpf.

Die Mademoiselle bestellte Rotwein. Ach bitte, sagte sie verächtlich in meine Richtung.

Ja, wirklich, bitte, was bist denn du für ein Arschloch?, fuhr ihr Bruder fort. Da war noch ein langer Nachhall von Arschloch in seinem Kopf.

Und man schaue sich an, wer das sagt. Ich hatte ausgetrunken. Jetzt sah die Tarán René an: Er hat gerade andere Sorgen. Dann richtete sie einen erwartungsvollen Blick auf mich. Vergiss es, Weib. Ich werde bestimmt nicht mit der Grinsefresse hier über die Situation diskutieren, die im Übrigen schon viel zu lange andauert und nichts mit dem zu tun hat, was Moni und Wiesner sich Hübsches ausgedacht haben. Bald kämen noch mehr Fragen auf mich zu. Wenn der Nachmieter meine Klamotten aus seinem Kellerabteil entfernen möchte, zum Beispiel. Ich habe keinen Platz. Es ist Zeit, Arbeit zu finden. Oder Geld. Manchmal muss man Geld ohne Arbeit finden. Wenn ich noch etwas hätte, das ich verpfänden könnte. Auf diesem Weg hatte ich schon meinen Fernseher verloren. Aber wer braucht schon einen Fernseher, wenn man einen Computer hat. Ein Selfstorage-Abteil kostet hierzulande rund 48 Euro im Monat. Wenn man es für ein halbes Jahr mietete, bekam man einen Monat gratis, musste aber eine Anzahlung leisten, ich sollte versuchen, bald zu Geld zu kommen. Die Abholung der Klamotten war unentgeltlich, wenn man bar zahlte. Aber das kann man den Gören nicht sagen. Das verstehen sie alle nicht. Davon haben sie – ich arbeite im Sommer in der Firma meines Vaters – nie gehört. Das alles funktioniert natürlich nur, wenn ich in einem anderen Bezirk der Stadt arbeite. Manche von ihnen gehen ja doch selbst einkaufen und einige wenige erzählen Mist über geschälte und folierte Mandarinen. Wenn mir jemand etwas über Supermärkte erzählen will, möchte ich kotzen. Ich habe auch schon Vollzeit Regale eingeräumt. In dem Sommer, in dem ich sagte, ich fliege für zwei Monate nach Australien. Ein, zwei neue Profilbilder mit Sonnenschein für die sozialen Netzwerke und gut ist's. Hintergründe sind so austauschbar. Lügen kostet nichts.

Ich sagte: Nushka. Als sagte ich: Lass mich doch vom Haken, Mäuschen.

Sie schaute mich beleidigt an. Sie Nushka zu nennen, war wohl dem pseudoverlumpten Bruder vorbehalten.

Ich war an dem Tag nicht einmal zu spät gekommen. Ich war pünktlich. Ich kenne niemanden, der pünktlich ist. Ich bin trotzdem rausgeflogen. Kein neuer Job, Mietrückstand, hier sind wir. Das kann ich der Mademoiselle nicht sagen. Das kann ich Wiesner nicht sagen. Denn man will doch unter seinesgleichen bleiben. Man hält aus Prinzip, weil Mami und Papi einem das eingetrichtert haben, den Neoliberalismus für das Größte, ohne auch nur einen Tag im Leben einem Broterwerb nachgegangen zu sein. Das stünde auch der Selbstverwirklichung im Weg. Und das darf natürlich nicht zugelassen werden. Schließlich sind alle etwas ganz Besonderes und zu Großem bestimmt, ohne es je beweisen zu müssen. Und wenn Mami sagt, man ist das Größte auf diesem Planeten, dann wird das wohl so stimmen. Aber immerhin: Bei Wiesner zu bleiben, war sicher die bessere Entscheidung, die Tarán neigte dazu, mich viel zu oft von der Herde zu isolieren. Das war unnütz. Wenn man die richtigen Leute kennt und sich nicht ziert, seinen Lebenslauf zu beschönigen, hat man Aussichten. Es war Zeit, eine neue Einkommensquelle zu finden, das hingegen war schwieriger, wenn ich auf Wiesners Couch lebte. Als ob die letzten Monate auf Jobsuche nicht gereicht hätten. Ich habe mich sogar bei einer Firma im Kongo beworben. Dann hätte ich sagen können, es sei ein studientechnischer Auslandsaufenthalt. Noch unerträglicher wäre es aber, bei Mademoiselle Tarán unterzukommen. Wiesner würde niemals fragen, woran ich da am Computer gerade arbeitete. Es geht niemanden etwas an, wenn ich Bewerbungen schreibe. Aber die Mademoiselle glaubt ja, dass sie alles etwas anginge. Sie versteht nicht, wann die Grenze überschritten ist. Als hätte auch die Tarán Angst, dass sie das Sprechen verlernt, wenn sie nicht alles bis in den letzten Winkel auskommuniziert. Als wollte sie vergessen, dass wir zwei verschiedene Personen sind.

Erführe die Tarán, dass ich nicht zu dieser Brut gehöre, weder durch Geburt noch durch Arbeit, sie würde mich verlassen. Sie war nicht mehr in dieser Rebellionsphase, in der das Töchterchen Papilein eins auswischen will, indem sie jemanden mit nach Hause bringt, der einen weniger großfüßigen Lifestyle hat. Selbst wenn sie sich selbst gerne beim theatralischen Drama zusieht, so würde jemand, der sie nicht ausführen kann oder ihr nicht ausreichend schöne Dinge schenkt, für sie wohl ganz unansehnliches, tatsächliches Leid bedeuten. Dafür hängt sie immerhin mit kleinen Pseudokünstlern herum, die alle behaupten, dass sie ja nach Berlin ziehen würden oder nach Amsterdam, denn da sei total die Szene, und dann würden sie entdeckt und berühmt und überhaupt, denn das, was da erst kürzlich prämiert worden wäre, das könne man doch auch, und wie kann so etwas ein Superhit, eine erfolgreiche Ausstellung, ein Bestseller werden, wenn man doch selbst viel mehr Potenzial hätte, nähme man sich nur einmal die Zeit dafür. Ja, wirklich, das könne man besser als die anderen. Man habe eben vor lauter Müßiggang und Partys keine Zeit dafür.

Ich sage noch einmal: Nushka. Mit einem Lachen. Bin ich nicht unwiderstehlich? Ja, das bist du. Sie lächelt, dann noch ein giftiger Blick. Es ist noch nicht vorbei. So schaut sie immer. Sie benutzt aufgewärmte Streites als Druckmittel. Die Entschuldigung, die sie jetzt nicht fordert, fordert sie, wenn sie noch etwas anderes möchte. In ein Konzert oder fein essen gehen.

Hat sich der Kleine die Hose bekleckert?, fragte René. Fick dich doch ins Knie, mit deinem beschissenen Grinsen.

Seid nett zueinander, sagte die Tarán.

Aber wir sind doch nett. Was willst du denn noch, Frau? Dass wir unsere Penisse mit Geschenkband zusammenbinden und zu Bohemian Rhapsody tanzen?

Die Tarán fragte nach der Rechnung. Ich wartete immer noch, dass sie die Serviererin attackierte. Als die Rechnung am Tisch lag, sah sie uns abwechselnd an.

René machte eine abwehrende Handbewegung: Ich hab keine Kohle. Wie sich manche anbiedern, leben solltet ihr, so arm, wie ihr euch stellt. Es sind doch immer die Gleichen, die erst behaupten, kein Geld zu haben, und dann drei Monate in der Südsee Urlaub machen. Ich konnte im Kopf der Tarán hören: *Nye pribyednyaysja.*

Die Rechnung blieb an mir hängen, das war mein letztes Bargeld. Nur niemals Trinkgeld geben, ist ohnehin meine Devise. Nur Menschen niedriger Schichten verschenken Geld. René verabschiedete sich. Ich konnte in seinem Kopf noch leise hören: Du bleibst nicht lang. Ich lächelte die Tarán an, als wäre es ernst gemeint. Ich stehe unbesorgt am Heck eines sinkenden Bootes.

7

Diese Begegnung hatte lang genug gedauert. Wenn ich jetzt zurück zu Wiesner ging, war Moni vielleicht schon außer Haus. Sie hatte schließlich immer wichtige Dinge zu erledigen. Kaffee trinken mit Freundinnen zum Beispiel. Ich könnte mich friedlich auf die Couch legen und liegend Bewerbungen verschicken. Beschaulichkeit.

Wir könnten essen gehen. Die Tarán warf sich den Schal über die Schulter.

Sie war wohl irgendwie zu der Annahme gelangt, dass wir den Tag gemeinsam verbringen würden.

Nein, ich gehe zurück zu Wiesner. Mit der Tarán essen zu gehen, war eine schlechte Idee. Sie fraß Geld, und ich hatte eben mein letztes Bares ausgegeben. Sie dachte, was sie so dachte, wenn sie sich vernachlässigt fühlte: Wenn du mir keine Aufmerksamkeit schenkst und niemals an mich denkst, werde ich mir Geld von dir borgen, wirst schon sehen, wie du dann an mich denkst, du Arsch. Manchmal dachte sie auch in einer fremden Sprache, die ich nicht zuordnen konnte.

Tja, Pech, bei mir gibt es gerade nichts zu holen.

Na komm, nur kurz für einen Snack in die Trattoria vielleicht. Der Lachs bei Wiesner war ekelhaft. Sie schüttelte sich.

Ja, die Tarán war andere Dinge gewohnt als ich. Als Kind hatte mich meine Mutter noch gebeten, einen Hundertschillingschein zu suchen. Sie hätte ihn im Hof verloren und ich dürfte ihn behalten, wenn ich ihn fände. Stundenlang habe ich gesucht, bevor ich begriff, dass sie mich nur beschäftigte. Was hätte ich jetzt für dieses Geld gegeben. Eine ganze Tarán hätte ich geopfert. Ihren Bruder gleich dazu.

Als das Unheil begann, hatte der Filialleiter gerade verkündet, dass es Kunden gäbe, die nach Mitarbeitern Ausschau hielten, die sich nicht den Regeln entsprechend benahmen. Die kein Haarnetz trugen oder die telefonierten. Die anderen Mitarbeiter konnten darauf wetten, wer gefeuert würde, und Gewinner bekämen einen Zehner. Ich hatte auf Jörg getippt. Dann rief die Tarán an. Genau genommen hatte die Tarán daher einen Anteil an meiner misslichen Lage. Aber wer wäre ich, sie dafür zu bestrafen. Ihre Blowjobs sind ganz gut. Und der Schein ist unter allen Umständen zu wahren. Man musste nur als die richtige Art von Langzeitstudent gelten: Nicht einer, der so lange brauchte, weil er es sich nicht leisten konnte und nebenbei einem Brotberuf nachging, sondern einer, der so lange brauchte, weil er es sich leisten konnte. Aber so habe ich statt des Jobs eben eine Tarán und sie war für den Anschein essenziell.

Ich glaube, dass das keine gute Idee ist. Ich versuchte, das in möglichst ernstem Ton zu sagen. Da änderte die Tarán die Richtung, sowohl geografisch als auch strategisch, sie zog mich am Arm in eine Seitengasse und fragte: Wegen dieser Geschichte?

Ich nickte. Bedeutungsvolles Nicken.

Denkst du denn, dass wir in der Trattoria dem Tätowierten begegnen? Sie schmunzelte.

Ich schüttelte den Kopf. Obwohl: Unmöglich ist es nicht.

Ach bitte, winkte sie ab, eine Barbekanntschaft.

Nun ja, sagte ich, ich habe ihn nicht erst in der Bar kennengelernt.

Sondern?

Supermarktparkplatz. Ich weiß nicht, warum ich das gesagt habe, ich war müde.

Supermarktparkplatz?, fragte sie, wie kommt man auf einem Supermarktparkplatz mit einem Wildfremden ins Gespräch?

Nun, das ist einfach, log ich mich eifrig hinfort, er hatte viel zu tragen, Alkoholika und Einkaufstüten, und da habe ich ihm geholfen, das ins Auto zu bringen. Er ist eher ein mageres Bürschchen. Solche Jungs, wie man sie eben manchmal am Hauptplatz sieht.

Die Tarán musterte mich. Ja, Frau, bewundere mich in meiner Stattlichkeit und meinem Gutmenschentum. Ich helfe Menschen mit ihren Einkäufen. Auch beruflich, wenn ich muss.

Das heißt, du hast die Autonummer? Sie blieb kurz stehen, ich zog sie weiter: Nein, und das ist auch irrelevant, von ihm geht keine Gefahr aus. Er ist der, der mir gerade hilft.

Ja, wobei hilft er dir denn? Und wieso? Sie hörte nicht auf zu fragen, sie war schlimmer als Moni.

Scht, sagte ich. Da gingen Leute an uns vorbei. Ich nahm sie an den Schultern und drückte sie leicht gegen die Wand. Sie glaubte tatsächlich ein Anrecht auf sämtliche Informationen zu haben.

Der meinte jedenfalls, dass ich immer zu ihm kommen könnte, wenn ich etwas brauchte. Und dann waren wir etwas trinken. Er hat mir dann noch eine bestimmte Art Begrüßung gezeigt, und das ist die ganze Geschichte.

Und was genau hast du mit ihm angestellt, dass du dich jetzt verstecken musst?

Das ist die ganze Geschichte, soweit du sie wissen musst. Das ist genug. Ich ließ sie los.

Ich zündete mir im Gehen wieder eine Zigarette an. Himmel! Begrüßung. Wie lächerlich ist das denn. Zu meiner Verteidigung: Ich war müde. Was für eine aufgebauschte Scheiße.

Die Tarán lachte: Begrüßung? Bist du aus Versehen einer Gang beigetreten oder wie? Sie bog sich ein bisschen von mir weg, während wir weitergingen.

Ja, reg dich ab, du hast den Fehler gefunden, aber je länger du darüber nachdenkst, umso glaubwürdiger wird er dir erscheinen. Irgendetwas Kotzromantisches wird das dann in deinem kleinen Köpfchen, etwas zwischen Verbrecher und Undercoveragent.

Und was genau war das für eine Tätowierung? Sie bohrte immer noch weiter. Haben wir nicht schon genug unnütze Details für euch erlogen?

Löwe, sagte ich.

Nur ein Löwe? Sie hob eine Augenbraue.

Ein Löwe, auf dem eine Frau reitet. Wasauchimmer. Eh egal.

Sie nickte langsam: Hört sich bedrohlich an. Bist du sicher, dass du mir nicht sagen willst, was an dem Abend passiert ist? Vielleicht kann ich etwas tun. René kennt Leute.

Nein, glaub mir, du kannst nichts tun. Da siehst du, jetzt hab ich dich angeschnauzt. Selbst schuld. Das ist, was ich noch brauchen könnte. Dass der grinsende Bruder sich einmischt.

Sie änderte die Richtung wieder, zog mich am Arm in eine andere Gasse und sagte: Ich hätte da noch einen Vorschlag zur Nachmittagsgestaltung. Sie grinste, sie hatte den Weg zu sich nach Hause eingeschlagen. Essen wird ja ohnehin überbewertet. Ich wusste, was sie meinte. Aber damit sie sichergehen konnte, dass ich sie verstanden hatte, musste sie noch sagen: Ich habe neue Bettwäsche. Als sagte sie: Ruinier mir die Laken.

Manche Frauen schaffen es, einen Menschen auf so vielfältige Weise zu missbrauchen. Einige Männer wohl auch, aber die Tarán hatte es zur Meisterklasse gebracht. Sie war eine Mischung aus Ungeduld und mäßig geschriebenem Pornoskript. Eine Person, die einen aussaugte. Die etwas von einem forderte und in der Hälfte der Fälle im letzten Moment etwas anderes entschied. Das machte es schwieriger, eine angebotene Möglichkeit abzulehnen. Sie war eine Frau, an deren Seite man vielleicht sterben könnte, leben aber gewiss nicht. Nun, das war es wert.

Nein, es ist besser für uns, wenn wir. Ich hatte nicht zu Ende gesprochen.

Wie grausam von dir! Ich fühle richtig körperlichen Schmerz, eine Schwäche in den Gliedmaßen und ein Pulsieren im ganzen Körper. Ich brauche dich. Aber jetzt weiß ich ja, dass du mich nicht liebst.

Ja, das Leben ist amüsant und grausam. Glaubwürdig war sie damit auch noch. Big Drama, Baby. Da waren wir, jetzt warf sie mir den Scherz aus dem Café vor. Zumindest war sie nicht langweilig. Die Welt ist schlecht, mein Täubchen, fressen könnte ich sie, so putzig war das Getue. Seelenloser Mann!, dröhnte es aus ihrem Kopf. Das konnte ich hören, so laut dachte sie es, dass der kleine Cocktail ausgereicht hatte. Man konnte sie sich gut auf einem Schwein fliegend vorstellen. Die Sexbombe, das Opfer, die Großmütige, Frau Dr. Allwissend, das Feenwesen, das Karriereweib, das Arbeitstier, der kritische Geist, die Runendeuterin, die Menschenjongleuse – was immer sie gerade brauchte, um nicht zuzugeben, dass sie schrecklich einsam wäre ohne ihre Persönlichkeitsgarderobe. Manche waren glaubwürdiger als andere. Manchmal musste man viel Aufwand betreiben, bevor man ihr die Hand auf die Schulter legen und zur Sache kommen konnte.

So habe ich sie überhaupt bekommen: Wir hatten uns nur zwei Minuten unterhalten und mitten in einem ihrer ausholenden Sätze sagte ich: Hast du geweint? Das passte ausgezeichnet zu ihrer Abendpersona: das Mädchen mit dem aufgesetzten Lächeln und den zahllosen Wunden. Hach. Ein oft zu gebrauchender Satz. Bei der Tarán war die Wirkung eben eine andere gewesen.

Ich sagte trotzdem: Ich möchte dich nicht in Gefahr bringen.

Sie blieb stehen, griff nach der Knopfleiste meines Mantels, küsste mich: Ich sehe hier niemanden mit schwindeligen Tätowierungen. Sie roch süßlich. Frauen sollten nicht nach Vanilleeis riechen. Man erwartete dann den fast bitteren Geschmack von purem Vanilleextrakt in ihrer Vulva. Wenn ich mir nur die Parfummarke merken könnte. Der Nachhall des Geruchs war stets stundenlang in meinem Kopf.

Du solltest dir die Haare schneiden lassen, sagte sie nun und fuhr mir über den Kopf. Hipsterhair steht mir auch wirklich nicht. Die Tarán hatte recht. Aber heute war nicht der richtige Tag dafür. Der richtige Tag ist der, an dem man die Lehrlinge ranlässt. Und nicht einmal das ist gratis. Nur wenn meine Mutter mir die Haare schnitt, hatte das nichts gekostet. Leider war sie völlig talentfrei. Der Nachbarstochter hat sie zwar ganz gut die Spitzen geschnitten – geradeaus mit der Schere ging ja noch – aber mir setzte sie einen kleinen Topf auf den Kopf und schnippelte drumherum. Als mein Kopf größer wurde, sah ich aus, als hätte mir etwas die Haare zu weit oben abgefressen. Einmal hat sie es so versaut, dass ich mir den Kopf rasieren musste. In der Folge behauptete ich, Punk zu sein. Die zerrissenen Hosen passten allemal dazu. Das war die zweite Kopfrasur in meinem Leben. Die erste war wegen der Läuse im ersten Schuljahr. War ohnehin besser. Schließlich war die Allround-Seife auch unser Haarshampoo. Ich wischte die Hände der Tarán von meinem Kopf.

Hör mir zu: Weißt du, was du brauchst? Ablenkung, das brauchst du. Lass uns ein bisschen Spaß haben. Sie zog an meinem Mantel.

Ich konnte nicht nicht nachgeben. Sie machte eine dieser eleganten Handbewegungen, die ihr Geheimnis waren. Sie sähe vermutlich selbst beim Öffnen eines Gurkenglases anmutig aus.

Also gehen wir nicht nach Hause? Stattdessen sagte ich: An welche Ablenkung hast du gedacht?

Du brauchst einen kleinen Nervenkitzel, sagte sie, dabei konnte ich gerade das am allerwenigsten brauchen. Einen Nervenkitzel. Meine Nerven lagen doch schon blank genug, dank eurer dummen, kleinen Krimi-Fantasien, eurem wohligen Gruseln, wenn ihr an die *Sopranos* denkt. Sie lachte wieder. Aufregung schien sie ohnehin nicht zu kennen. Nur Langeweile: *Been there, seen that, did that.*

Sie stieß mich in einen Coffeeshop. Oder so etwas eben, Starbucks, Baristas, Tribeka, irgendetwas mit einem runden

Logo eben. Ein Hipster-Aquarium. Wir stehlen uns jetzt etwas, zischte sie mir zu. Die Tarán, diese Maniac-Pixie-Dreamgirl-Urgewalt schlechthin. Bist du irre?, zischte ich zurück. Sie lachte wieder, diesmal leiser: Mach dir nicht in die Hose. Mindestens zwei Sachen, fügte sie noch hinzu, und steckte schon eine CD in eine meiner Manteltaschen. Ich griff nach ihrem Handgelenk, aber sie war zu schnell. Sicher Lounge-Dudelei. Was tust du mir an, Miezchen?

Eine Frau ging neben uns an der Schlange vorbei ganz nach vorne und holte ihre Bestellung ab. Die hat vermutlich mit App bestellt, flüsterte die Mademoiselle, als sei das etwas Widerliches. Auch Moni hatte für alles eine App. Die tut das ausschließlich, damit die Leute, die Schlange stehen, sie neidisch anstarren. Auch diese Frau wirkte nicht gerade, als fehle es ihr an Zeit, um in der Schlange zu stehen. Sie wirkte damit aber viel weniger lasziv als Moni. Eher, als wollte sie in den Arm genommen werden, und weniger, als wollte sie sich öffentlich anbiedern. Hinter der Frau steckte die Tarán einen Muffin in ihre Handtasche. Komm schon, nimm etwas, zischte sie wieder. Beim Preis eines Double Latte macchiato mit Sojamilch, Karamellsirup, doppeltem Milchschaum, Lebkuchengewürz, Eis und Süßstoff ist so ein Zitronenmuffin leicht mitbezahlt.

Ich drehte mich um, ich würde mitspielen müssen. Ich tat, als würde ich aus dem Kaffeeangebot auswählen, während ich nach etwas Ausschau hielt, das möglichst leicht in meinen Taschen verschwinden könnte, etwas auf Hüfthöhe.

Auch die Mademoiselle wandte sich der großen schwarzen Tafel über dem Barista zu, an ihrer Handbewegung erkannte ich, dass wieder etwas in ihrer Handtasche verschwunden war.

Der Barista starrt uns an, sagte ich, er hat uns gesehen.

Sie lächelte: Lass dir Zeit, lass dir nur Zeit.

Ich spürte noch den Alkohol und hörte dumpf und weit entfernt in ihrem Kopf: Keinen Tau von Firmenpolitik, Junge.

Eh nicht, sagte ich und ärgerte mich, hoffte, dass sie mich nicht gehört hatte. Man antwortet nicht auf Gedanken, das ist ja Regel Nummer eins. Die Firmenpolitik der Hipster-Aquarien. Hey, die haben bestimmt großartige Konditionen, Arbeitszeiten und Versicherungen. Ich schaute den Barista an, der sich nun mit blasiertem Blick von mir wegdrehte und die nächste Bestellung entgegennahm, mit der Milchkanne hart auf den Tresen klopfte und mit einer zittrigen Bewegung ein Blattmuster in die Oberfläche des Milchschaums goss. Etwas teurer wegen der großartigen Konditionen, Arbeitszeiten und Versicherungen?

Komm schon, zischte die Tarán wieder, und ich steckte ohne hinzusehen etwas in meine zweite Manteltasche, in der es jedoch zu meiner Überraschung reichlich eng wurde: Die Tarán benutzte meinen Mantel als zweite Handtasche.

Sie deutete mit ihrem Kinn zum Barista: Wenn der uns verpfeift, fliegt höchstens er raus. Sie kicherte. Ich schwitzte, es war zu warm in dem Laden, und wären wir hier, um Kaffee zu trinken, hätte ich meinen Mantel schon längst ausgezogen. Wenn das nun als nervöses Schwitzen wahrgenommen wird? Ich zeigte auf die Tafel und sagte zur Tarán in möglichst normaler Lautstärke: Und mit Kardamom?

Da werden Teenagergruppen beobachtet, und jeder, der ein bisschen nach Lurch oder Verbrechen aussieht, ist in jedem Kamerabild. Auch wenn er eigentlich ein erfolgreicher Programmierer ist, der eben gerne Badeschlapfen trägt. Die Tarán ist der lebende Beweis, dass auch mondäne Dämchen Kleptos sein können. Wir hätten ein Rudel Teenager mitbringen sollen, dann wäre das einfacher. Der Barista sah wieder zu uns her, wir sind schon viel zu lange hier und haben immer noch nicht bestellt, zu lange abseits der Schlange zu stehen, war verdächtig. Wieder fixierte uns der Barista. Verschwinden wir, flüsterte ich. Aber die Tarán drängte sich unter dem Blick des Mannes an den Leuten vorbei nach vorne, beugte sich über die Kassa – sie wird doch wohl nichts bestellen, ich habe kein Bares mehr – und fragte: Pumpkin-Spice habt ihr nicht?

Er schüttelte den Kopf: Ist nicht die Saison.

Mit einem Aha machte sie kehrt, griff nach meinem Arm und schob mich zur Tür hinaus.

Auf dem Gehsteig bog sie sich vor Lachen und riss mich fast zu Boden. Wo sind nur die Zeiten, wo wir nur fröhlich aneinander rumgelutscht haben, als gäbe es kein Morgen?

Ich gab nach: Ich entschied, mit ihr nach Hause zu gehen. Nach diesem Unsinn hatte ich mir eine Pause verdient. Schlafen konnte ich auch postkoital und die Bewerbungen ließen sich auch abends noch mailen.

8

Als wir in ihre Wohnung kamen, gestalteten sich die ersten Minuten bereits anders, als ich erwartet hatte. Ich warf die Tarán über die Schulter, sie kicherte und quietschte. Ich küsste ihre Fingerspitzen, aber sie riss sich los: Kaschmir reißt leicht!

Sie hatte einen empörten Ton gewählt. Na und? Kaufst du dir eben einen neuen Pulli. Ich kauf dir einen neuen Pulli. Meine Miete bei ihr waren neue Pullis. Auf jeden Fall hatte sie entschieden: Richtungswechsel. Als wären wir in der Politik. Ich hatte plötzlich ein Glas Weißwein in der Hand – immerhin – und saß auf ihrem Bett, wo sie ihre Beute ausgebreitet hatte, als wäre auch ich Diebesgut, während sie in Unterwäsche herumlief und Kleidungsstücke aus ihrem Schrank warf. Immerhin saßen die Spasten, die sie sonst um sich scharte, nicht herum. Kaum etwas wäre mir mehr auf die Nerven gegangen, als wenn mir so einer während ihres kleinen Schauspiels noch etwas über sein neues Literaturprojekt vorgelabert hätte. Das war die falsche Art von Mösentheater. Ab sofort spielte sie Madame Haram. Aber immerhin: in Unterwäsche. Sie war gut gebaut. Sie ging mit Moni ins Fitnessstudio. Wie sollte auch eine Frau, die schlecht zu ihrem Körper ist, gut zu meinem sein? Und die Tarán war das Lachen der Sonne über dem Fujiyama, wenn sie mit meinen Bällen spielte. Sie warf eine Bluse hinter sich zu Boden. Ich hatte vergessen, dass heute Abend wieder Party angesagt war, irgendjemandes Geburtstag. Sie hatte noch sechs Stunden, um sich für ein

Outfit zu entscheiden. Ich war vom Sexobjekt zur Ankleidehilfe abgesunken. Ich schenkte mir Wein nach, sie griff nach meinem Glas. Ich zog es weg. Böse Nushka, knurrte ich. Sie schaute angepisst. Ich hab schon verstanden: Nur der Bruder darf Nushka sagen, schon klar. Welchen Ursprung dieser Name auch immer haben mochte. Ein giftiger Blick. Ein Ich-fress-dich-Blick. Sie dachte: Ich fress dich. Ist ja ihre Wohnung, sie könnte sich doch ein eigenes Glas holen. Die Wohnung war nicht groß, aber sorgfältig mit allem ausgestattet. Ein alter Nierentisch. Eine Lampe aus den Dreißigern. Ich nahm an, dass auch hier die Eltern dafür geblecht hatten. Vintage-Hipsterdreck. Ich wusste nicht einmal, ob die Wohnung Eigentum oder Miete war, man fragte schließlich nicht. Ich nahm einen großen Schluck. Alles, was du tun musst, ist ein bisschen um Gnade betteln, dachte sie. Sie fuhr den Flaschenhals mit ihren Fingern auf und ab, auf und ab, auf und ab, mir dabei ohne Unterlass in die Augen blickend. Das war zu mühsam, ich hielt sie mit meiner Linken auf Abstand, das Glas in meiner Rechten weit zurückgestreckt. Ich sagte: Mimsey. So durfte nur ich sie nennen und ich forderte einen Kuss, winkte als Gegenleistung mit dem Glas. Das war besser, als sich zu entschuldigen. Sobald man sich entschuldigt, hat man verloren. Um Gnade winseln, pah! Sie beugte sich. Nun stand sie wieder da und starrte in den Kleiderschrank. Um mit einem anderen Menschen wirklich glücklich zu sein, muss man vermutlich auch beständig wahnsinnig sein. Wenn Menschen immer dann sterben würden, wenn sie am glücklichsten sind, dann barg die Tarán keine Gefahr mehr. Wir kannten einander noch nicht allzu lange, aber lange genug. So entliebte man sich doch auch am sichersten. Man könnte eine Person nicht mehr treffen, aber das war unsinnig und mühevoll. Einfacher war es, sie besser kennenzulernen. Wer mich glücklich macht, entscheidet sich oft schnell dafür, sich in ein Problem zu verwandeln. Das Abschreckendste bislang war, dass Liebe ihre Ersatzreligion war. Der Disney-Kult. Von »komm mir nicht zu nahe« war sie schnell in einen »und wenn sie nicht gestorben sind, dann leben sie noch heute«-Modus gewechselt. Etwa so seriös wie die Heilslehre. Da konnte man Glückshorror bekommen. Sie hatte eine »Ich will das, also werde ich es bekommen«-Einstellung. Eine bewundernswerte Beharrlichkeit für gar nichts. Aber sie wusste ja nicht, dass ich ihre Kriterien in Wahrheit weniger erfüllte denn je. Diese Beharrlichkeit war gepaart mit einem Glauben an romantischen Fatalismus. Popeye sei romantisch. Dabei war er nur ein Schläger, der jeden verprügelte, der sein Mädchen schief anschaute. Das Bild wäre zerstört, handelte es sich bei Spinat um Bier.

Albert und Corinna kommen heute Abend auch, sagte sie, ohne sich umzudrehen. Bitte keine Doubledates, dachte ich. Ich trank den Wein leer. Wer waren Albert und Corinna nochmal? Die beiden heiraten bald, dachte die Mademoiselle.

Das ist es also, was wir heute noch tun werden? Streiten? Immerhin fragte sie niemals, ob sie fett sei. Ich zog mein Portemonnaie aus der Tasche. Der Mimseykalender sagte, dass wir noch nicht in der roten Phase ihres Zyklus waren. Vielleicht war an der Theorie über Hysterie doch etwas dran. Wir hatten heute nicht miteinander geschlafen und schon wanderte ihr die Gebärmutter zum Hirn und saugte sich daran fest. Sie durfte auch gewiss nicht zur falschen Zeit im Monat erfahren, dass ich einen derartigen Kalender habe. Für Frauen zahlte sich das Heiraten zumindest finanziell oft aus. Wäre es so lukrativ für Männer, wäre unsere Welt eine andere. Hier ging es aber nicht um Notwendigkeit und Absicherung, sondern um Luxuserhalt. Einmal hatte sie argumentiert, dass doch jemand die Maschinen abschalten müsse, wenn sie zu geistigem Gemüse würde. Als wollte sie sagen: Nur dir vertraue ich. Dieses Pathos! Ich wehrte mich und irgendwann rief sie: Du würdest also deine Frau nicht töten, wenn sie dich darum bittet?! Ich antwortete: Du bist nicht meine Frau. Sie strafte mich mit Schweigen. Drei Tage, die ich genießen konnte. Ein anderes Mal sagte sie, ich sei verpflichtet, sie zu heiraten, erlitte sie durch mich einen Analprolaps.

Ja, Kinder und Ehe, dann weiß man, was Glück ist, nur ist der Zug dann bereits abgefahren. Ich bereute sofort, das laut gesagt zu haben. Über Beziehungen zu reden, war immer ein Fehler, man sollte dabei bleiben, zu raten, was der andere denkt. Wir zumindest hätten dabei bleiben sollen, denn da hatte ich einen erheblichen Vorteil. Wieder ein giftiger Blick. Arschloch. Schon klar. Ich hab verstanden. Das hätte ich auch erraten können. Ich sollte sie ablenken. Ich sah mich um, ob der hölzerne Kochlöffel in ihrem Zimmer herumlag. Ich hatte sie niemals damit kochen sehen. Der Kochlöffel war ausschließlich dazu da, ihr den Hintern zu versohlen, auch wenn sie es gerade nicht verdient hatte.

Ich verstehe schon, du würdest mich niemals heiraten, du wartest lieber, dass so jemand wie Moni daherkommt. Sie sagte das von oben herab. Moni, die dumme Schlampe, dachte sie. Ohohoh, Mamsell Tarán. Für viele Frauen ist die beste Freundin der Erzfeind. Auch wenn diese Menschen für ein gesellschaftliches Fortkommen völlig unnütz waren. Sie musste sich abregen. Na was jetzt? Streiten, heulen, ausziehen?

Haben wir denn das Alter schon erreicht? Die Torschlusspanik?, lachte ich. Wohl kaum!

Sie fühlte sich geschmeichelt. Wie alt war sie eigentlich? Wie alt bist du eigentlich?

In ihrem Kopf war Stille. Ich würde ihr später einfach die Geldtasche klauen und auf ihrem Führerschein nachsehen. Hatte sie so etwas überhaupt? Warum fahren lernen, wenn man auch gefahren werden kann. Wo ich herkomme, ist man ohne Führerschein ein Krüppel.

Oder eine dieser anderen kleinen Nutten, mit denen du früher etwas hattest?

Und du bist ein unbeschriebenes Blatt, gab ich zurück.

Eine Dame zählt nicht, sagte sie, machte eine Pause: Vielleicht – die anderen erwarten –

Dass wir heiraten?

Dass wir nicht heiraten, ergänzte sie. Sie hoffte wohl, dass ich das Gegenteil von dem tun wollen würde, was andere erwarteten. Wie naiv. Als sei ich gestrickt wie sie. Umgekehrte Psychologie.

Aber wir werden diese Entscheidung doch wohl nicht von anderen Menschen abhängig machen, werden wir?, sagte ich. Sie hasste es, wenn ich mit ihr sprach wie mit einem Kind. Sie war beleidigt: So lasse ich mich nicht behandeln!

Sie gehörte zu den Menschen, die sich beständig darüber wunderten, dass in Brautmodengeschäften nicht auch Bräutigame verkauft wurden. Erwartungen hatte sie. Ich stand auf, umarmte sie von hinten. Ich strich ihre Wirbelsäule entlang, fuhr mit den Fingern von hinten in ihren Schlüpfer: Sind wir eingeschnappt?, fragte ich. Sie drehte sich weg.

Ich bin nicht beleidigt, ich bin enttäuscht, da gibt es einen Unterschied.

Ich konnte mir ein Augenrollen nicht verkneifen. Beleidigt also.

Gehst du mit?, fragte sie trocken.

Auf die Party? Nein, besser nicht.

Du wirst müssen, sagte sie, Wiesner und Moni kommen auch. Du kannst nicht alleine in Wiesners Wohnung sitzen.

Äch.

Weißt du was? Sie drehte sich um, legte die Hände in meinen Nacken. Ich fühlte mich bedroht. In manchen Momenten schaffte sie es, eine heillose Angst in mir zu wecken. Wie alle Frauen. Angst vor der irrsinnigen Wut, bei der man Gefahr lief, zerquetscht oder totgeküsst, bei manchen ins Feuer oder an die Wand geschleudert zu werden. Aber sie sagte nur: Lass uns Urlaub machen!

Daher wehte der Wind also? Urlaub machen wollte sie? Ja, klar, in Las Vegas. Ein Klischee sein will sie. Ich habe kein Geld für Urlaub. Irgendwie war sie ja süß, wenn sie angepisst war.

Und wenn es nur ein Abstecher nach Griechenland ist.

Ja, klar, Griechenland hab ich selber am Konto. Aber ich sagte: Sieh mal, das ist gerade ein schlechter Zeitpunkt. Geburtstag!, hörte ich sie denken.

Den Geburtstag der Mademoiselle hätte ich fast vergessen. Sie wird meinen Kopf fordern. Letztes Jahr war ich gerade zu einer beschaulichen, kleinen Summe gekommen, und da waren ein schickes Abendessen, ein Armband und ein Blumenstrauß drin, mit dem sie am Ende des Abends noch wütend auf mich einschlagen würde. Sie wird die Halskette zum Armband erwarten. Ich kann wohl kaum mit ihr zu Ikea frühstücken fahren, bloss weil es dort nur einen Euro kostet. Die Honigdose der Mademoiselle musste man sich schließlich erst verdienen, das wird sie wieder unter Beweis stellen.

Und warum?, ergänzte sie. Wo könnte man besser untertauchen als in weiter Ferne? Und zuletzt bist du ohne mich gefahren. Sie küsste mich wieder. Sie konnte so lieb sein. So verlogen lieb. Mehr von dem Wein! Wie soll man mit der Frau sonst umgehen? Als hätte ich Geld für Urlaub! Du wirst schön mitgehen zur Party, dachte sie. Letztes Jahr habe ich alles, was hereinkam, zu ihrem Geburtstag ausgegeben. Gut, hätte ich das nicht getan, wäre mein Bankkonto vielleicht für zwei, drei Monate nicht ganz bei null gewesen, aber hätte ich warten sollen, bis das Geld dort langsam durch alltägliche Ausgaben verpufft wäre? Ist doch egal, da kann ich den Taschenrechner gleich wegpacken, es ergibt immer null. Aber da ist plötzlich eine Mademoiselle. Liebe ist teuer, und sie hätten mir knapp darauf fast den Strom abgedreht. Ich musste es ausgeben, bevor es verschwindet. Mag sein, dass ich mich finanziell bei Geschenken meistens etwas zu weit aus dem Fenster lehne, aber warum nicht, wenn ich es mir leisten kann. Es gibt keinen Grund, dass das Geld so dahingehen sollte wie früher: Einen Sparefroh besucht ein böser Geist, der reibt sich die Hände und weg ist es.

Die haben Kontakte werweißwohin, sagte ich nun. Damit würde sie still sein.

Zu Kreditkartenfirmen?, sie lachte.

Lass gut sein, hör auf, es geht eben gerade nicht. In ein paar Tagen ist alles ausgestanden. Hoffe ich, fügte ich in

Gedanken hinzu, einen Schmerz in der Brusttasche wahrnehmend, wo sich meine nutzlose Kreditkarte befand. Ich habe bisher immer eine bezahlte Tätigkeit gefunden, wenn es sein musste.

Du bist ja echt ein Arschloch. Schon gut, du willst mich nicht heiraten, warum dann überhaupt die Zeit investieren, obwohl, das tust du ja auch nicht. Kein gemeinsamer Urlaub, und du willst auch nicht mit auf die Party.

Weib, was willst du?, dachte ich und ihr Kopf war zu undurchsichtig. Gut, dass wir keine gemeinsamen Hobbys haben außer dem Trinken.

Was willst du? Erst willst du essen, dann willst du vögeln, dann willst du heiraten, dann willst du Urlaub, dann willst du auf die Party, was zum Teufel willst du von mir?

Alles!, schrie sie, den Raum verlassend. Das war immerhin die Wahrheit. Es ist nur ein kleiner Sprung vom Maniac Pixie Dreamgirl zu »don't stick it into crazy«. Irgendwann gleicht der Sex das nicht mehr aus.

Dann wäre das geklärt, rief ich der zuschlagenden Tür zu. Ich setzte mich wieder auf das Bett. Am Boden ein Wasserglas und ein paar verkohlte Zündhölzer. Sie zündete ständig Zündhölzer an. Gegen das Kopfweh, sagte sie. Ich seufzte. Gleich würde sie wiederkommen. Das konnte unmöglich alles gewesen sein. Und tatsächlich, sie kam zurück, immer noch halb nackt, mit einer weiteren Flasche Wein in der Hand. Ein roter diesmal. Und – Paukenschlag – sie warf sich auf die Knie. Ich halte mich für einen beherrschten Menschen. Andere hätten sie schon körperlich ermahnt.

Das war kein gewöhnliches »Sich auf die Knie werfen«, sondern ein passiv-aggressives. Sie sagte damit nicht: Du bist ohne mich in Urlaub gefahren. Sie sagte auch nicht: Du hast ohne mich einen Urlaub gebucht. Sie sagte: Du machst deinen Urlaub ohne mich, das ist in Ordnung, schon gut, passt schon, ich werde mir auch einen eigenen Urlaub buchen. Mach einfach weiter, was du tust, das scheint dir so viel wichtiger zu sein, viel wichtiger als ich.

Es tut mir leid, dass du das nicht verstehen kannst, sagte ich. Mich zu entschuldigen, ohne es ihr zur Last zu legen, durfte mir nicht passieren.

Sie sah aus, als finge sie gleich an zu weinen. Oder als strengte sie sich an, endlich weinen zu können. Hoffentlich zerrte sie sich keinen Muskel im Unterlid. Du bist ein Soziopath!, rief sie, und du hältst das auch noch für ein Kompliment!

Das reichte also nicht. Die Entschuldigung war nicht genug. Sie liebte es, Entschuldigungen mit öffentlicher Demütigung zu fordern. Das hier war wohl nicht öffentlich genug. Damit sie später Moni erzählen könnte: Stell dir vor, wo wir hinfahren!

Was ist denn Tragisches passiert, dass du es mir nicht erzählen kannst?, presste sie hervor.

Nichts. Es tut mir leid, dass du das so empfindest.

Nichts? Warum dann das ganze Theater. Jetzt giftete sie mich dafür an. Ihre kleinen Strategien waren besser als die Monis. Moni, dachte sie, sie dachte an Moni. Moni würde denken, dass zwischen uns etwas nicht stimmt.

Ich meine nicht: nichts. Ich meine: Wenn ich könnte, würde ich.

Sie stand endlich auf, schmiegte sich an mich: Was ist mit dieser Tätowierung? Nur ein Löwe, auf dem eine Frau reitet? Keine Schrift? Ganz sicher, dass dir die Polizei nicht helfen kann?

Ganz sicher. Und ja, da war vielleicht etwas. Eine Schrift. Hätte etwas Slawisches sein können oder Latein, das war doch ziemlich verschwommen.

Gefängnistattoos, nickte sie. Und dachte: *Oderint, dum metuant.* Manchmal tat sie so etwas. Heute war es schon das zweite Mal. Eine fremde Sprache wirft mich aus dem Gehirn. Ich trank einen Schluck Rotwein aus der Flasche. Das musste reichen.

Wenn du glaubst, dass es das Beste ist, wenn ich nichts weiß. Auch wenn du mir nicht vertraust, habe ich volles Vertrauen, dass du schon weißt, was du tust.

Sie sagte das mit vollständig ernster Stimme. Wieder so passiv-aggressiver Mist. Aktiv hätte es wohl eher geklungen wie: Du liebst mich nicht.

Wir waren offensichtlich noch nicht fertig.

Weißt du, was dich aufmuntern würde?, fragte sie.

Schnaps, Sex, das Unglück anderer Menschen?, dachte ich. Ich weiß es nicht, worauf willst du hinaus, Frau! – Was?

Die Party, lächelte sie. Das war also alles, was sie aus mir herauspressen wollte? Hier gibt es zwei mögliche Ausgänge: Ich sage Ja und der Abend verläuft weiter friedlich, oder ich lehne ab und sie wirft mir vor, niemals etwas mit ihr zu unternehmen. Sie würde gut auf Zelluloid passen, eine Frau, wie geschaffen für die Leinwand. Krieg, Liebe und Polizeiarbeit sollen so sein wie im Film. Ekliges Socializing also für heute Abend. Sie hatte etwas Kokettes. Der leicht burleske Anteil ihres Ichs regierte gerade.

Sie zupfte an einem Fingernagel. Daisy Duck streckt den Schnabel hoch. Am Donnerstag ist die Eröffnung des Clubs, murmelte sie. Wie sähe das denn aus, wenn mein Freund nicht mitkommt, hängte sie in Gedanken daran.

Welcher Club?

Alberts Onkel.

Ich habe schon vor Monaten zugesagt. Aber du hättest sicher wieder versucht, dich zu drücken. Sie schaute auf den Boden. Und das Housewarming heute steht auch noch. Du hast es versprochen, sagte sie.

Ich nickte. Ich kann mich nicht erinnern, etwas versprochen zu haben. Was heißt das schon? Hitler hat auch versprochen, nicht in der Tschechoslowakei einzumarschieren. Nun war es schon gleichgültig, betranken wir uns eben. Wir leben hoch in unserem Niedergang. Ich nannte sie mein Augenlicht, und dafür durfte ich sie friedlich und gesittet über den Schreibtisch legen. Es wäre zu einfach gewesen, hätte sie mir gleich gesagt, was sie wollte.

9

Margarine und Toastkäse. Das war der Kühlschrankinhalt. Mein Kühlschrankinhalt. In den Kühlschrank der Tarán habe ich noch nie geblickt. Ramen-Nudeln wären jetzt wundervoll gewesen, während die Tarán auf meinem Arm lag und mir mit ihrem Kopf das Blut absperrte, bis meine Fingerspitzen zu kribbeln begannen.

Auch Eier wären großartig gewesen. In meinem Kühlschrank. Ob die Mademoiselle Eier hatte? Man arbeitet sich ja über Toast mit Butter zu Toast mit Käse zu Toast mit Ei von Level zu Level vor. Zuletzt bin ich auf Level zwei steckengeblieben. Das letzte Stück Toastbrot habe ich gegessen, bevor ich zu Wiesner ging. Vermutlich hatte ich auch Toastbrot, als ich das erste Mal von Wiesner gehört habe. Toastbrot ist ein wesentlicher Bestandteil meines Lebens. Als ich ausgezogen bin, habe ich alles, was ich in die Wohnung hineingebracht hatte, auch wieder mitgenommen. Ich habe meine Habseligkeiten im Kellerabteil gestapelt und entfernt, was dem Nachmieter nicht zustand. Es hätte noch ewig gedauert, bis ich delogiert worden wäre, hätte der Vermieter nicht jemanden gefunden, der die Wohnung mieten wollte. Das alles ist also auch seine Schuld. Ich habe auch das Klebeband abgerissen, mit dem die Fenster verklebt waren. Sie waren so verzogen, dass es notwendig war, sie abzudichten. Auch den Schlauch meiner Dusche habe ich mit Klebeband repariert, das ich wieder mitgenommen habe. Das Tape war aus dem Supermarkt und eigentlich dazu gedacht, Kartons zu verschließen. Niemand wird es vermisst haben. Warum der Typ die Wohnung unbedingt wollte, ist mir schleierhaft. Gerade an dem Tag hatte es einen neuen Blutfleck unmittelbar vor dem Fenster gegeben. Ich könnte nicht einmal sagen, woher er kam, vielleicht eine überfahrene Taube, aber als er fragte, habe ich natürlich gesagt, dass es sich um eine Messerstecherei gehandelt hätte. An der Kreuzung gibt es auch häufig Unfälle und im Allgemeinen wird hier gerne gehupt. Das ist nicht so eine Wohngegend wie die der Tarán, wo die Hunde Lessing und nicht Lassie heißen.

Ich schob die Tarán von meinem Arm, ganz vorsichtig, und griff nach den Taschentüchern auf ihrem Nachttisch. Da war Spucke auf meinem Bizeps. In Wahrheit waren auch die Taschentücher Kosmetiktücher. Sie vergaß immer, Klopapier zu kaufen, und hatte dann Kosmetiktücher auf dem Spülkasten ihrer Toilette stehen. Vielleicht wollte sie auch einfach nicht mit einer Packung Klopapier auf der Straße gesehen werden. Es würde zu ihr passen. Ich habe immer Klopapier. Auch als Küchenrollen, Servietten, Taschentücher. Im Leben muss man Entscheidungen treffen und nichts daran war charming. Ich schlich über die Fliesen im Vorzimmer zur Küche, um nach Essen zu suchen, aber bevor ich den Kühlschrank erreichte, stand sie plötzlich in der Tür. Wie konnte sie so leise sein?

Wir essen auf der Party, sagte sie, und dass wir ohnehin gleich losmüssten, denn wir waren bereits über eine Stunde zu spät, was bei ihrem Zeitverständnis bedeutete, dass wir mehr als zwei Stunden zu spät waren.

Ich wehrte mich nicht.

Ich hätte nicht einmal sagen können, wer der Gastgeber dieser Party war. Ich hatte den ganzen Tag nichts Ordentliches gegessen. Ich konnte spüren, wie der Wein, den wir am Nachmittag getrunken hatten, meine Wahrnehmung schärfte. Die Wohnung befand sich in einer alten Villa. Irgendwann war hier der Stadtrand gewesen. Die Tarán rauschte durch die Tür gleich ins Wohnzimmer, begrüßte irgendwelche Leute, die ich noch nicht kannte. Wir hatten keinen Alkohol mitgebracht. Wir bringen niemals etwas zu Partys mit. Bei der Menge an Alkohol und Koks, die andere in diese Wohnung schleppten, war das auch wirklich unnötig. Ich zog meinen Mantel aus, im Vorzimmer lag ein Lederteppich mit Gravur. Das ist ja ohnehin Regel Nummer eins: Immer zeigen, wie gutsituiert man ist, aber niemals darüber sprechen. Man spricht höchstens darüber, dass man pleite ist. Üblicherweise bedeutet das nur, dass eines der drei Konten nun ausgeräumt ist und man sich einem anderen zuwenden muss. Und dann schauen alle betroffen auf den gravierten Lederteppich. *C'est la vie!* Für alle außerhalb des Teppichs gilt: *Let them eat cock.*

Als ich den Raum betrat, küsste mich die Tarán. Das Grüppchen Menschen um sie herum blickte sie verunsichert an. Vermutlich hatte sie wieder erzählt, ich sei ihr Bruder. Daraus machte sie sich häufiger einen Spaß. Fremden gegenüber war sie rücksichtslos. Und wer würde das mehr zu schätzen wissen als ich?

Neben dem Flügel gab es ein kleines Kuchenbuffet. Im ganzen Raum standen offene Prosecco-Flaschen. Nicht gerade die Garagenparty mit Bier aus dem Campingkühlschrank. Da lief Musik, etwas Alternatives. Niemand tanzte. Die Badezimmertür stand offen und auf dem Marmorwaschbecken wurde schon flott gekokst. In einer Wohnung wie dieser sollte es eigentlich möglich sein, eine Flasche vernünftigen Whisky zu finden. Her mit dem Fusel! Mir gingen die Leute jetzt schon auf die Nerven. Die neuen Bekannten der Mademoiselle unterhielten sich über die Wirtschaftskrise. Nein, sie jammerten nicht, sie »kannten sich aus«. Zwei Gockel, die versuchten, sich gegenseitig mit ihrem Wissen über die Finanzwelt zu übertrumpfen, und eine Frau, die daneben unentwegt an Scampi-Schwänzen lutschte und nicht zu begreifen schien, dass es nicht um die Finanzwelt, sondern darum ging, mit wem sie später nach Hause gehen würde. Schau doch, Baby, das tun die nur für dich. Ich sollte mich auf die Suche nach Whisky machen. Hier bestand eine fünfundachtzigprozentige Wahrscheinlichkeit, dass ich mich mit einem von beiden prügelte. Und nur eine etwa sechzigprozentige Wahrscheinlichkeit, dass die lutschende Frau mit mir schlafen würde. Wovon reden die? Ach ja, das klingt logisch, hörte ich die Frau denken, und dann wieder: Wovon reden die überhaupt? Dann griff sie zum nächsten Scampi. Ich rauchte, das machte das Trinken einfacher.

Ich hörte die Tarán hinter mir denken: Glasaugenliebeskugeln. Ich drehe mich um, aber ich konnte sie nirgendwo sehen. Ihr Denken war oft laut. Ich kann sie von den anderen unterscheiden.

Wiesner und Moni tauchten auf. Hoffentlich müssen wir nicht zu lange bleiben. Moni schwirrte auf mich zu mit einem viel zu hohen »Haaaa—iiiihhh«. Sie neigte dazu, auch Menschen, die sie kaum kannte, zu begrüßen, als wären es ihre allerengsten Freunde. Als müssten sie sie ertragen. Ich drehte mich um. Hinter dem Flügel war doch sicher eine kleine Bar. Natürlich hinter dem Flügel, wo sonst. Moni ausweichen. Hoffentlich mussten wir nicht bleiben, bis jemand glaubte, Klavier spielen zu können. Ich wich den Menschen aus, öffnete einen kleinen Schrank hinter dem Flügel, voilà: richtiger Alkohol. Ich griff nach einer Flasche. Das nächste Ziel war die Küche. Auf vorgekühlte Gläser hoffte ich allerdings nicht. Die Küche war weniger zum Kochen als zum Vorzeigen gedacht, alles sah unbenutzt aus. Vielleicht war das eine Housewarming-Party. Ich öffnete den Kühlschrank. Käseplatten und Wein, mit italienischem Schinken umwickelte Grissini, im Gefrierfach immerhin Eiswürfel. So gut war der Whisky auch wieder nicht, dass es ein Verbrechen gewesen wäre, ihn zu verwässern. Jemand hinter mir räusperte sich: Kann ich dir helfen? Dabei dachte er: Du siehst suspekt aus, was suchst du hier? Ich hatte den Fragesteller noch nie getroffen und sagte: Hey, schön dich wiederzusehen. Er blickte kurz verwirrt. Was für ein Schlepphoden. Ich holte noch eine der Platten aus dem Kühlschrank, hielt sie ihm vor die Nase. Er schüttelte den Kopf. Vegetarier. Kein italienischer Schinken für ihn. Ich hörte, wie es aus seinem Schädel tönte: lecker – Mörder.

Schon weniger Fleisch zu essen, ist gut für den ökologischen Fußabdruck.

Himmel, ein Missionar! Jemand hat hier nicht verstanden, dass die ganze Unterhaltung unnötig ist. Vegetarier können wirklich Stimmungskiller sein. Gesetzt den Fall, man lädt ein paar Freunde zum Abendessen ein: Der Vegetarier wird sich immer bemüßigt fühlen, zu erzählen, wie niedlich kleine Ferkelchen sind und wie intelligent, und wie schlecht Fleischkonsum für die Umwelt ist, während er in seinen grünen Bohnen herumstochert.

Die Lebensbedingungen der Rinder. So setzte er an. Ein Prediger also. Junge, du hättest besser Pfarrer werden sollen.

Sind schrecklich, ich weiß, daher ist es schön, dass dieses Tier von seinem Leiden erlöst wurde, antwortete ich. Aber, dachte er. Nur: Aber. Dann war es still. Ich hielt ihm den Teller wieder unter die Nase. Man darf mich hier nicht falsch verstehen. Wenn jemand mit einem Unsinn kommt wie: Du frisst meinem Essen das Essen weg, sage ich auch: Viel Spaß mit der Arthritis, du Arschloch.

Er lehnte sich an die Küchenzeile, sodass er genau vor meinem Drink stand, und ging in die Offensive: Wenn du ein bisschen *open-minded* wärst. Pauken und Trompeten, pamparam: Was für ein Flachwichser. Schon diese Eröffnung. *Open-minded* sagen Leute auf Reiseinternetplattformen. Sobald jemand als erste seiner Qualitäten angibt, *open-minded* zu sein, weiß man, man hat es mit jemandem zu tun, der mehr Toleranz fordern wird als bieten. Weltoffenheit bedeutet, alle anderen umerziehen zu wollen. Die Zeugen Jehovas fragen jetzt auch schon als Erstes, ob man *open-minded* sei.

Er fuhr fort: Dann würdest du erkennen, dass der Planet ruiniert wird durch die Abholzung von Wäldern für die Fleischindustrie.

Ich nickte: So wie die Regenwälder mit dieser seltenen Affenart in Brasilien, da werden Lebensräume zerstört.

Er nickte nun auch, richtig anerkennend, als hätte er gewonnen. Er hat mich verstanden, dachte er begeistert und grinste mich glücklich an.

Andererseits, sagte ich, ging es da um den Anbau von Sojabohnen. Ja, doch. Ich scrollte in meinem Smartphone herum, als suchte ich die Bestätigung für meine Information, aber er wusste, dass ich recht hatte. Hatte er genug? Ein Schreien in seinem Kopf. Oh, dazu könnte man onanieren. Als ob du kleine Flatterfotze dir nicht einen runterholen würdest, hättest du je eine dieser Diskussionen als Sieger verlassen. Er rückte ein Stück zur Seite, ich griff nach meinem Glas.

Ökologisch gesehen ist es dennoch der Fleischkonsum – Bitte gib mir recht, bitte gib mir recht. Bitte gib mir recht. –, der das größere Problem darstellt.

Das klang verzweifelt. Aber die Unterhaltung langweilte mich. Es macht nicht unbedingt Spaß, jemanden zu beleidigen, der vermutlich schon vor zehn Jahren für seine Einstellung von seiner Oma beleidigt wurde. Ich sagte also: Hitler. Man kann immer Hitler sagen. Sogar bei Vegetariern. Gerade bei Vegetariern. Zwar war Hitler nicht wirklich Vegetarier und hatte im Allgemeinen wenig für das Tierwohl übrig. Gefüllte Täubchen Homburg waren sein Leibgericht. Und das waren keine Tofutäubchen. Den Mangel an Tierliebe zeigt schon die wissenschaftliche Forschung in der Zeit des Dritten Reiches, aber das Gerücht hält sich. Ich musste also nur sagen: War Hitler nicht Vegetarier?

Aber das gehört doch gar nicht, das Thema war, dachte der kleine Lurch vor mir, schob sich die Hornbrille mit Fensterglas hoch zur Nasenwurzel.

Sobald jemand einen Hitlerverweis bringt, ist die Unterhaltung vorbei. Da gibt es kein Argumentieren. So wie wenn man sagt: Putin ist Hitler, Merkel ist Hitler, die Ukrainer und der IS und überhaupt alle sind Hitler, die nicht der richtigen Meinung sind. Das tötet die Konversation. Hauptsache, du kleine Sacklaus kannst jemanden hassen: Fleischesser, die Bekleidungsindustrie, Benzinautofahrer, Reiche, aber nur die, die reicher sind als du. Man kann nur nicht alle auf einmal hassen: nur mehr Birkenhonig, aber einmal im Jahr nach Asien fliegen. Billige Klamotten kaufen, aber dafür nur mehr Biowindeln. Was ist dann mit dem ökologischen Fußabdruck? Wärst du konsequent, hättest du keine Existenzmöglichkeit. Aber so bist du inkonsequent und hast keine Existenzberechtigung. Nichts von dem muss ich laut sagen, du kleine Drecksau weißt es ohnehin.

Wiesner betrat die Küche. Wo bist du nur wieder hineingeraten, grinste er mich an.

Wir unterhalten uns über Vegetarismus, lächelte ich ihn an. Wiesner verstand und sagte: War Hitler nicht Vegetarier? Wirklich classy. Das war der billige Weg. Zu einfach.

Vielleicht war das das einzig Gute an Hitler, sagte der kleine Missionar, beweisend, dass er nicht nur hartnäckig, sondern auch sozial untragbar war, nur die Ideologiebrille nicht abnehmen, man geht doch niemals auf einen Hitlervergleich ein. Zumindest ist Vegetarismus gut für die –.

Bevor er sagte, – Welt, sagte ich: Ohne Hitler wäre auch Celan nie möglich gewesen.

Er verstummte. Ich steckte mir etwas von dem Schinken in den Mund und sagte: Jedem das Seine, während er bitter abzog und mich gedanklich einen Nazi schimpfte. *Jedem das Seine* stammt aus der Antike, du unbelesene Erkenntnisresistenz.

Wiesner schüttelte den Kopf. Der kleine Missionar hätte einer Diskussion über diesen Satz nicht standgehalten.

Der war mit Moni in der Schule gewesen. Individuelle Erziehung und so. Kann seinen Namen tanzen, dachte Wiesner, arbeitet im Callcenter. Schon klar, der gehörte ohnehin nicht dazu. Das sind die Leute, die dann Geschichte, Soziologie und Kulturanthropologie studieren oder Kunstgeschichte und Literatur, Philosophie und Schauspiel. Das Callcenter holt sie dann in die Realität zurück. Ich schenkte mir nach, ich konnte Wiesner schon ganz deutlich verstehen.

Vitus betrat die Küche. Socken und Krawatte in Mintgrün. Das sollte wohl erwachsen wirken. Dabei ruft der doch sicher auch nach seiner Mama, wenn er sich in den Daumen geschnitten hat. Wie läuft's mit dem Startup?, fragte Wiesner.

Gut, gut, sagte Vitus, die App ist bald fertig, zum Glück lebe ich ja nur mehr bei der Arbeit. Vitus wedelte mit seinem Smartphone. Dann drückte er Wiesner eine Visitenkarte in die Hand. Sie seien heute erst gekommen. Da stand nur »Smart Solutions« und eine Telefonnummer. Was für ein Fail. Ohne jegliche Aussage oder Orientierung, worum es sich handelt. Und diese bunte Schrift. Als würde er Leistungsdrogen verkaufen. Aber der kleine Ratterich hält das wohl für cool. So ein Lutscher. Das arme Papier, das dies erdulden muss. Außerdem: Egal, wie gut er ist, irgendwo gibt es bestimmt einen Asiaten, der besser ist als er. Ich fragte mich, wo Amadeus blieb. Vitus wirkte ohne seinen Zwilling unvollständig.

Der arme Vitus, es hörte sich natürlich besser an, zu sagen, ich lebe bei der Arbeit, als: Ich arbeite von zu Hause aus. Wir sind eine etablierte Webdesign-Agentur, bedeutete auch: Jemand sitzt in Unterwäsche zu Hause vor seinem Laptop. Ein Start-up, um Start-ups zu finanzieren, oder für einen anderen lebenssinnentbundenen Zweck.

Ich konnte Vitus nicht denken hören. Ich hatte die eroberte Whiskyflasche nicht losgelassen, seit der Vegetarier verschwunden war. Vitus hatte noch zu wenig getrunken. Ich hielt Vitus ein Glas hin, aber er klammerte sich an die Sektflöte, als müsste er die Bruchfestigkeit des Materials testen.

Er nahm einen winzigen Schluck Prosecco: Vor ein paar Wochen ist mein Projekt ja in der Reihe »Personen« vorgestellt worden.

Wiesner und ich blickten uns an. Nickten stumm. Eine Rubrik in einer lokalen Zeitung und wir wussten beide, dass das schon Monate her war. Ein grauer Ratterich war Vitus, der sich für ein Wunderkind hielt, sich aber langsam in Karriere-Kryptonit verwandelte, mit dem niemand mehr zu tun haben wollte, weil sein Unternehmen nicht von der Stelle kam. Ein richtiger Midas. Alles, was er anfasste, wurde bis jetzt zu Scheiße. Obschon weder ich noch Wiesner in gewünschter Form reagierten, nahm Vitus nun einen größeren Schluck: Vergleich dein Leben mit meinem und bring dich um. Wie kann eine so kleine Ratte ein so großes Ego haben? Nun, ein Ego ist auch nur wie ein Penis, streichelt man es, wird es wachsen. Ich war versucht, einen epileptischen Anfall vorzutäuschen.

Hast du deinen Master schon fertig?, fragte Vitus nun Wiesner. Lächerlich. Wiesner begann mit: Nun. Ich schnitt ihm das Wort ab: Ist ja ohnehin nur ein Hobby.

Man sollte mich mit derlei Unsinn wirklich nicht belästigen.

Vitus schaute in sein Glas. Themawechsel: Ich war ja vorher beim Fechten, sagte er. Dann wartete er auf Reaktionen. Was für eine Fotze. Er hatte also nichts zu erzählen und erwartete, dass das Wort *Fechten* die ganze Arbeit für ihn machte. Die Pause war unangenehm lange. Schließlich: Ich bin immer noch ganz gut. Ich habe ewig nicht mehr trainiert.

Wiesner nickte. Während vernünftige Menschen unter dem Imposter-Syndrom leiden und Angst haben, für klüger gehalten zu werden, als sie sind, muss ich mir diese Scheiße anhören. Vitus sah amüsiert drein, als hätte er mir gerade erfolgreich eine Lüge verkauft. Ich sah zu Wiesner, Wiesner sah in sein Glas, ich kippte meinen Whisky. Es war Zeit, dem Einhalt zu gebieten.

Wir sollten einmal gegeneinander fechten, sagte ich, ein Duell.

Touché, sagte Vitus.

Er strahlte über das ganze Gesicht. Du Idiot, merkst du nicht, dass ich dich auffliegen lasse. Mag sein, dass ich nicht fechten kann, aber du bist genauso ein Blender.

Am besten gleich morgen, fügte ich an. Er grinste immer noch. Ein Blender erkennt den anderen. Immerhin können wir uns gegenseitig verachten.

Ja, ich geb dir meine Nummer, dann kannst du mich morgen anrufen, ich wollte wieder damit anfangen, sagte Vitus, das Fechten hat mir sehr geholfen, abzunehmen. Ich war als Kind richtig fett. Da betrat Rainer den Raum. Als hätte er einen magischen Signalton gehört. Man soll den Fetten eben nicht an die Wand malen.

10

Rainer musste eine kleine Drehung machen, denn die Tür zur Küche war etwas schmäler als eine Durchschnittstür und Rainer wesentlich breiter als ein Durchschnittsmensch. Früher war er der fette Rainer, jetzt ist er »Schön auf seine Art«-Rainer. Als sei das ein Zauberspruch, dabei ist es nur ein Wort. Ich trank weiter. Wir drückten uns alle gegen die Küchenzeile, damit Rainer, dessen erstes Ziel der Schinken war, Platz hatte. Jemand, der sich beim goldenen Fisch aus dem Märchen spontan sicher ein Schnitzel gewünscht hätte. Manche Menschen sind gerne ein Klischee. Vitus setzte das Glas an die Lippen, ohne zu trinken, Rainer beobachtend, unsicher, was Rainer von der Unterhaltung gehört hätte. Während Rainer kaute, beruhigte Vitus sich und trank nun doch. Richtig fett, hallte es durch seinen Kopf.

Du warst mal fett?, fragte Rainer, bevor er hinuntergeschluckt hatte.

Vitus nickte. Ich trank. Rainer fragte: Und warum hast du abgenommen?

Na, um gesünder zu sein, sagte Vitus mit einer Mischung aus Selbstverständlichkeit und Unverständnis für sein Gegenüber. Ich kannte Rainer bereits, ich wusste schon, was als Nächstes kam. Rainer studierte Ernährungswissenschaften und schwang sich auf zu seiner Rede: Wir müssen gegen die Diskriminierung von Dicken in der Gesellschaft kämpfen. Dünne Menschen müssen verstehen, dass sie privilegiert sind.

Ja, Rainer hätte sicher eine Unmenge Verehrerinnen, fände er seinen Pimmel unter dem Schwabbel. Vitus schüttelte verständnislos den Kopf. Rainer zog die Nase hoch, dachte: Du bist ja vielleicht ein Verräter! Trotz der Fettschicht war Rainer empfindlich.

Dass der Vorsitzende der Fat-acceptance-Bewegung an einem Herzinfarkt gestorben ist, lassen wir mal elegant beiseite. Gesund mit jedem Gewicht, weil man durch Diäten nur zunähme. Ich musste dieses Geblubber hinter mir lassen. Wenn ich die Whiskyflasche mitnehmen wollte, musste ich die beiden ablenken. Niemand nimmt Notiz von dem, was meine Hände tun, solange alle sich auf mein Mundwerk konzentrieren. Ich dachte: Buttergolem. Nein, das würde die Aufmerksamkeit nicht zerstreuen. Ich zog mit einer Hand die Kühlschranktür auf und holte ein weiteres Tablett heraus, hielt es Rainer vor die Nase: Die schon probiert? Er griff nach dem Tablett und schon war ich zur Tür hinaus. Fatshaming, hallte es in Rainers Kopf, Vitus kicherte in sich hinein.

Ich nahm auf dem Flur ein paar große Schlucke, ein paar Tropfen landeten auf dem Lederteppich und bildeten helle Flecken. Eine pinkhaarige Frau mit Plastikweintrauben auf dem Kopf kaute Käsewürfel und erklärte neben dem Piano gerade jemandem, dass Verkäufer ständig Produkte im Lager verstecken würden. Das merke sie daran, dass sie im Internet nachsehe, wie viel von dem, was sie zu erwerben plante, noch vorhanden sei. Sie wüsste immer, wenn man sie belüge, und sie habe noch immer alles bekommen, wenn sie nur lange genug insistierte.

Das ist Arbeitszeit, schimpfte sie, tut es wirklich weh, nachzusehen? Sind sich die Leute zu gut, um ihre Arbeit zu machen? Als ob man Schwierigkeiten bekommen könnte, wenn man einem Kunden hilft, ein Produkt zu finden. Und selbst wenn: Das ist nicht die Schuld der Kunden.

Ich nahm noch einen großen Schluck. Die Schuld der Verkäufer ist es jedoch auch nicht.

Sind ja nur Angestellte, sagte Wiesner zu ihr, du musst deine Erwartungshaltung zügeln.

Na und! Das sind Repräsentanten der Firma, für die sie tätig sind. Es gibt einen guten Grund, warum manche dieser Leute niemals ihren schlechten Mindestlohnjobs entfliehen. Oh, armer schwarzer Kater, dass du deine Arbeit machen musst. Am Ende sind doch immer die faulen Mitarbeiter das Problem und nicht die Kunden. Vielleicht sollten sie die Leute, die das Geld bringen, zu schätzen lernen. Würde es mich nicht geben, hätten die keinen Job.

Sie schien wahnsinnig stolz auf sich zu sein. Keinerlei Sinn für nuanciertere Betrachtungsweisen.

Ich schob mich an ihr und Wiesner vorbei, um den Whisky unauffällig gegen eine Flasche Wodka auszutauschen. Ich versuchte, mich auf die Tarán zu konzentrieren, darauf, was sie wohl dachte. *Shob vy tak zhili*, hörte ich aus dem Badezimmer. Das war zweifelsohne sie. Ich weiß nicht, was der Satz bedeutet. Sie denkt zu oft wirres Zeug in anderen Sprachen. Ich konnte sie nicht fragen, sie sprach es niemals laut aus. Ich stürzte einen Doppelten hinunter und bewegte mich langsam in ihre Richtung. Die Flasche in der Hand. Der Whisky ließ mich schon etwas wanken. Ich stoppte den Verlauf der Dinge so lange, bis ich mich an den anderen Gästen vorbeimanövriert hatte.

Hinter mir hörte ich nun: Mafia! Mafia!

Ich drehte mich einmal im Kreis, aber ich wusste nicht, wer es gedacht hatte, in wessen Kopf ich da gestolpert war, es war eine Frauenstimme. Macht es wirklich so viel mehr Vergnügen, Dinge weiterzuerzählen, wenn sie unter dem Mantel der Verschwiegenheit preisgegeben wurden? Und dann hörte ich immer wieder: der Neubauer, der Neubauer, dachte eine Stimme, zwei, vielleicht auch drei. Wer ist dieser Neubauer?, ich hatte nicht bemerkt, dass ich laut gefragt hatte.

Ich würde diesen Fehler korrigieren müssen, so tun, als sei da nichts Verbergenswertes, da tauchten die pinken Haare neben mir auf. Was mir einfiele, Rainer zu beleidigen, das sei

Rainers *Safe space*, denn schließlich sei es seine Wohnung, und mein Verhalten sei eine Mikroaggression. Rainer stand hinter ihr und nickte.

Ich geb dir gleich eine Makroaggression, dachte ich, ich habe wirklich andere Sorgen. Das war also Rainers Party, gut zu wissen, ich schob meine bereits lieb gewonnene Wodkaflasche hinter meinen Rücken, schließlich hatte ich sie aus dem Schrank, und niemand hatte mir ausdrücklich erlaubt, diesen zu öffnen.

Auch Aufgeschlossenheit gegenüber Verboten ist Aufgeschlossenheit. Meiner nahezu optimalen Schulter-Hüft-Ratio gegenüber schien sie, ihrem Blick nach zu schließen, jedoch weniger tolerant zu sein. Faschistische Schönheitsstandards, tönte es aus ihrem Kopf.

Solche Aktionen, wie ihm das Tablett unter die Nase zu halten, könnten Rainer zum Beispiel triggern, bestimmte sie weiter. Dabei wirkte Rainer auf mich nicht, als hätte er gerade einen Anfall von posttraumatischem Stress. Er wirkte höchstens beleidigt. Ich behaupte jetzt auch, dass ich durch das Wort »Schnabeltier« getriggert werde. Dann bekomme ich auch eine Sonderbehandlung. Ist es meine Schuld, dass Rainer zu essen beginnt, wenn man ein Tablett vor seine Nase hält?

Schau mal, sagte sie. Schau mal, man muss die Sprache ändern, um die Welt zu ändern.

Ich hätte eher gesagt, man muss die Sprache ändern, um die Realität besser verdrängen zu können, deswegen habt ihr Wörter wie *love handles* erfunden. Seit wann interessiert es den Mond, ob wir ihn Mond nennen? Dafür könnte man jetzt Bücher füllen mit allem, was man nicht sagen darf. Alles existiert auch ohne Sprache, und der Sprache selbst ist das egal. Nur Lügner gibt es ohne Sprache nicht.

Ich nickte einfach. Auch hinter dem Mädchen mit den pinken Haaren hörte ich: »Mafia.« Ich nickte, als sie ableisiert sagte. Als sie Menschen mit besonderen Fähigkeiten sagte, nickte ich immer noch, dabei ist Rainer doch nicht behindert, sondern nur fett, und hat eben andere Fähigkeiten, als eine

Treppe in Normalgeschwindigkeit zu bezwingen. Ich nickte, sie belehrte mich.

Sie lächelte mich an, nahezu in Verzückung, wie lehrreich sie heute doch war: Diese Wohnung hier ist zum Beispiel Rainers sichere Zone und sollte als solche respektiert werden. Ich kannte diese Verzückung. Es gab im Supermarkt einmal eine Mitarbeiterin, die für einen kurzen Moment so lehrreich und verzückt war. Allerdings war sie nur verzückt, weil es um Schoko ging. Schoko musste nämlich unaufhörlich von sich selbst reden. Ständig palaverte er. Meistens von der Kleinstadt, in der er aufgewachsen war. Jeder, der nicht schnell genug flüchtete, kannte die Geschichte, dass er ewig seinen Namen nicht schreiben konnte, weil seine Eltern ihm einen afrikanischen Mumbabumba-Namen gegeben hatten. Die anderen Kinder nannten ihn Schoko, da hatte er gelernt, wie man Schoko schreibt, hatte im Kindergarten seine Zeichnungen von Elefanten, die alle anderen so liebten, mit Schoko unterschrieben, die Tante Markus hatte ihm das beigebracht, Tante Markus sei die beste Kindergartentante gewesen. Ever. Und Schoko war natürlich der Star. »Hallo, ich bin Schoko«, reicht sogar als Anmachspruch. Sie fragten doch alle, alle fragten sie ihn dann, warum er sich denn so nannte, und spätestens bei den Elefantenzeichnungen könnte er jeder einzelnen von ihnen den Kopf in den Schoß legen und sich die Haare kraulen lassen.

Schoko, der immer labern musste, immer so lebensfroh, immer über die Kleinstadt, immer übers Ficken, immer über Marlies, und immer grinsend.

Und ich hab ihm gesagt: Halt's Maul, du blöder Neger. Dann hat er so getan, als würde er zu heulen anfangen, und hat mich schließlich ausgelacht. Und mich noch ewig dafür verarscht, dass er es geschafft hatte, mich auf die Palme zu bringen. Ich sollte mich mal entspannen. Grinsend ohne Unterlass: »Du bist immer so negertiv. Immer so negertiv.« Die Grinsekatze. Wie kann einem dieses Gegrinse nicht auf die Nerven gehen? Immer bei »negertiv« hat er sich gekringelt.

Und dann gab es diese neue Mitarbeiterin, die mich wegen Diskriminierung verpfeifen wollte, aber entschieden hatte, uns lieber erst einen Vortrag zu halten. Einen verzückten Vortrag. Da hat Schoko sie ausgelacht und gemeint, ich wäre gerade sein Neger. Schoko war ja schließlich Filialleiterstellvertreter. Da rief sie: »Das ist internalisierter Rassismus! Wie kannst du dich nur selbst so hassen?« Da machte er zum ersten Mal, seit ich ihn kannte, ein böses Gesicht, bitterer Ernst war da, ein Blick wie auf einem Fahndungsfoto: »Willst du damit sagen, ich sei nicht kompetent genug, um beurteilen zu können, ob ich diskriminiert werde? Weil ich ein dummer Bimbo bin, oder was?!« Und da ist sie hinausgestürmt. Schoko hat sich gebogen vor Lachen. Für eine penetrante Frohnatur wie Schoko ist einfach ausnahmslos alles immer ein Erfolg, am meisten er selbst.

Schoko wäre die beste Ablenkung von Mikroaggressionen und Mafia.

Zöge sich diese Unterhaltung noch länger hin, könnte ich die Pinkfarbene theoretisch noch abschleppen, aber wer war am nächsten Morgen schon nett? Ich hatte die Tarán, um nett zu ihr zu sein, und nach einem One-Night-Stand hätte das Weintraubenpüppchen mich sicher einen Vergewaltiger genannt. Falls das noch Vergewaltigung genannt und als nicht fremdbestimmter Liebesakt bezeichnet wird, dessen Opfer man Erlebende nennt. Wo blieb denn die Mademoiselle den ganzen Abend lang? Und wo hatte Vitus heute Amadeus gelassen? Der Neubauer hätte doch kommen sollen, hörte ich ihn denken.

Ich hätte auf jeden Fall, meinte sie, Rainers Safe Space angegriffen mit meinen Mikroaggressionen. Jaja, mea culpa.

Wo war die Tarán, wenn man sie brauchte? Sonst hatte sie doch auch immer das Bedürfnis, sich in den Mittelpunkt zu drängen, koste es, was es wolle. Sie war auf einer Kostümparty einmal mit Zuckerguss im Gesicht aufgekreuzt und hatte gemeint, sie sei als Postfeminismus verkleidet. Die Tarán hatte den Eindruck gemacht, als könnte sie das Patriarchat alleine trockenmelken. Samenerguss für Samenerguss. Ich bemerkte, wie mich alle ansahen und tuschelten, alle wussten es, alle redeten davon, dachten darüber nach. Mein Leben, das sie alle nichts anging, war plötzlich das Interessanteste in diesem Raum, als wäre Gefahr romantisch. Ahnungslose Irre. Neubauer, zischte es mir in den Ohren. Nur das Püppchen vor mir war völlig ahnungslos. Ich bin gerade der große Trend, lass mich in Ruhe mit diesem Quatsch. Ich komplimentierte sie also für ihre Fensterglasbrille: Steht dir gut. Sie hielt kurz inne, überlegte, was sie nun sagen sollte. Nicht damit gerechnet, das wäre damit erledigt: Deine Segel sind ohne Wind, Püppchen. Aber sie holte tief Luft und zeterte, dass dies nur ein plumper Ablenkungsversuch sei, um meine Schuld nicht eingestehen zu müssen, um mich nicht damit zu befassen, wie privilegiert ich sei, und überhaupt hatte sie nicht nach meiner Meinung gefragt und wolle nicht von *jemandem wie mir* objektiviert werden. Sie machte auf dem Absatz kehrt. Ich hatte es geschafft.

Ich konnte hinter der Badezimmertür Moni hören: Ich mag ihn nicht, weil er etwas über mich herumerzählt hat. Und die Tarán: Ich weiß, was du meinst, das hab ich auch. Sie dachte: Ich verachte dich, Moni, aber ich brauche, dass du mich magst. Ich fiel mehr in das Badezimmer, als dass ich ging. Ich wusste nicht, was die Tarán auch hatte, aber als sie mich erblickte, rief sie freudig: Da bist du ja! Dabei dachte ich immer, Frauen gingen gemeinsam aufs Klo, um Satan zu beschwören.

Wo ist Wiesner?

Moni zuckte die Schultern, aber da stand Wiesner schon hinter mir und fragte: Gehen wir?

Ich drückte die Tür hinter ihm zu: Was zum Teufel fällt dir ein!, rief er, und ich wiederholte, an Moni gewandt: Was zum Teufel fällt dir ein?

Was?

Ich gestikulierte, mich an einem Handtuchständer festhaltend. In Wiesners Kopf sang es: Moni, dein Wille geschehe.

Moni!, fuhr ich sie an. Sie hatte ihr Bitchface aufgezogen. Schau mich an, Moni, schau mich an, ich will wissen, was du denkst. Du hast doch brav getrunken, Moni, hast du nicht brav getrunken, Moni? Was ist, bist du nüchtern, denk, Moni, denk. Ich kann betrunken zum Helden werden. Komm schon, Moni, was denkst du? Oder bist du schwanger und hängst der unseligen Schildkröte auch noch ein Kind an? Moni fiepte. Monis Gedanken fiepten: Polizei. Rainer. Kontakte. Polizei. Ministerium. Was hatte ich ihr denn getan? War sie übergeschnappt? Warum hat Wiesner sie nicht aufgehalten?

Mit wem hast du noch gesprochen, Moni?! Mit wem noch?! Ich schüttelte Moni an den Schultern, sie reagierte nicht. Wiesner zog leicht an meinem Ärmel. Die mächtigste und zerstörerischste Waffe auf diesem Planeten: eine angepisste Frau. Hatte Moni doch nicht genug Informationen. Ich trank noch mehr Wodka aus der Flasche. 26 Shots, dachte Moni, 26 Shots. Na prima, sie hat etwas gefunden, sie hat etwas gefunden, womit sie meine Geschichte für Bullshit erklären konnte.

Ich zieh morgen früh aus, ich hab genug, schöne Freunde seid ihr. Ich wankte aus dem Bad. Mademoiselle Tarán kam mir hinterher: Was ist los? Sie versuchen, dir zu helfen, kein Grund, beleidigt zu sein.

Dann wechselte sie wieder die Richtung: Du lässt mich niemals für dich da sein. Hach! Was für ein Mimöschen!

Ich wartete, dass jemand lachte, aber den letzten Teil hatte sie nur gedacht. Mich als Diva zu deklarieren. Das wäre ja noch schöner gewesen. Aber gut, danke, du Miststück.

Wo war Vitus? Vor Stunden gegangen. Meine Tasche stand bei Wiesner. Moni, diese Irre. Ja, sie würde Gerüchte niemals wie Gerüchte behandeln, sondern wie Wahrheiten. Ich fummelte mein Telefon aus der Hosentasche. Der Ratterich, der Ratterich hatte mir seine Nummer gegeben: Kann ich morgen auf deiner Couch schlafen? Schick mir noch mal deine Adresse.

Die Schrift verschwamm auf meinem Display, ich versuchte, die Zeit wieder für einen Moment zu stoppen. Will nicht stillsitzen, das Miststück. Alles wurde langsamer, manche Buchstaben sahen nicht aus, wie sie sollten.

Alles klang dumpf und tief, jetzt, als es sich jetzt wieder langsamer drehte. Die Leute dachten so laut: Sie dachten an mein ach-so-abenteuerliches Leben, sie dachten ans Ficken, sie dachten an die Mafia. Sie dachten: Mikroaggression und faschistisches Körperbild.

Das ist er, hörte ich die Stimme des pinken Püppchens neben mir. Und sie hatte sich multipliziert. Einmal mit grünen und ein weiteres Mal mit blauen Haaren. Gift gibt es in jeder Farbe. Sie redeten auf Rainer ein, mich hinauszuwerfen.

Besänftigungszauber, hörte ich die Tarán hinter mir denken. Ich höre alles. Und immer wieder: Mafia und Safe Space! Ihr habt ja keine Ahnung, wie unsicher dies alles für mich gerade ist.

Hinter ihr folgten Wiesner und Moni. Ich stürzte zur Wohnungstür hinaus. Im tiefsten Inneren seid ihr Arschlöcher, ja ganz bestimmt, nur ganz zartbesaitete und vom Leben gezeichnete Wesen.

Am Ende fiel ich doch wieder auf Wiesners Couch. Wahrscheinlich lohnte es sich nicht, auf Wiesner sauer zu sein. Schuld an allem war Moni. Aber trotzdem: Moni wohnte bei ihm, dann eben ich nicht mehr, er hatte entschieden. Während ich einschlief, konnte ich Wiesner und Moni laut denken hören. Ein Surren und Dröhnen. Ich konnte hören, dass da Verachtung war und ein schlechtes Gewissen, nebeneinander in einem Bett. Ich bekam schwer Luft, denn gefüllte Täubchen Homburg drückten mir auf die Kehle. Dabei hatten wir doch Nudelauflauf, dachte ich. Das schwarze Buch des großen Kotzens, sagte das Täubchen und kackte Fülle auf meine Brust, bevor es davonflatterte.

11

Marlies war bereits auf Autopilot. Die hauseigene Musik war sonst nicht zu ertragen. Auch das Lied, das die Mademoiselle zu unserem erklärt hat, stand auf der Playlist. Jedes Mal, wenn es lief, zuckte ich, als hätte ich noch etwas zu erledigen. Ich konnte ihr nicht sagen, dass es mir zum Hals heraushing. Welchen Grund könnte ich angeben? Mag sein, dass die Kunden wegen des Gedudels mehr Zeit im Geschäft verbringen, die Mitarbeiter aber flüchten nach Ende ihrer Schicht so schnell wie nur irgend möglich. Wiesner hatte die schlechte Angewohnheit, mich um Treffen zu bitten, die zwar nicht mit meinen Arbeitszeiten kollidierten, die aber dazu führten, dass ich den Supermarkt verließ, als sei ich ein Firmling. Nach Hause zu hetzen, um mich nochmals umzuziehen, wäre sich einfach nicht ausgegangen. Die Tarán hingegen wollte mich morgens nie gehen lassen. Was hast du denn zu tun, das wichtiger ist als ich?, fragte sie, und ich log ihr etwas vor über Seminare oder Seminararbeiten, über Treffen mit Wiesner, über ein Projekt, das ich angeblich verfolgte, das aber niemals »spruchreif« wurde, und ich kann kaum noch zählen, wie oft sie kreischte: Du schließt mich aus!

Meine Mutter ist putzen gegangen und das schwarz. Ich habe viel zu lange gebraucht, um zu begreifen, dass es so etwas wie Steuern gibt. Schoko und Marlies haben sicher hinten im Laden schon zu jedem Song auf der bescheuerten Playlist gevögelt. Ich habe dafür bestimmt schon zu jedem

Song am Telefon mit der Mademoiselle gestritten. Nur als sie »unser Lied« hörte, da war sie kurz still und beschwichtigt, da sie es für Absicht hielt.

Marlies kann die Musik ausblenden. Sie hört sie gar nicht mehr, behauptet sie. Sie hört sich aber auch selbst nicht mehr, sagt sie, wenn sie nach der Kundenkarte fragt. Sie muss fragen. Man wird aufgeschrieben, wenn man zu fragen vergisst. Die Kunden sind meistens genervt, aber Marlies sagt, dass sie das auch nicht mehr merkt. Marlies merkt nur, was sie merken will. Ihr fällt auf, wenn ihr jemand leidtun könnte. Dann scannt sie Gutscheine zweimal, die man zweimal scannen kann. Das geht nicht mit allen, aber das merkt zumindest niemand. Sie zieht etwas über das Band, das Piepen bleibt aus, sie zieht es noch einmal über den Scanner, das Piepen bleibt wieder aus: Ist wohl gratis, lacht der Kunde. Den Witz habe ich schon hunderte Male gehört. Marlies vermutlich tausende. Ich bewundere sie dafür, dass sie nicht mit den Augen rollt. Da hält sich jemand für ganz originell und sie zuckt nicht einmal. Ich würde es nicht ertragen, an der Kassa sitzen zu müssen. Die Regale versuchen wenigstens nicht, witzig zu sein. Außer wenn Schoko sie eingeräumt hat. Manchmal baut er Wörter aus Produktnamen. Meist Beleidigungen, aber auch das erschöpft sich.

Marlies vergisst manchmal, Sachen über den Scanner zu ziehen, gerade bei mir. Zumindest früher. Marlies ist der einzige mitleidige Mensch, den ich kenne.

Nur bei einer meiner Gewohnheiten hatte sie kein Mitleid mit mir. Sie hat mich einen Idioten geschimpft, der höchstens fünf Minuten vorausdenkt. Ich sollte doch das Drei-zum-Preis-von-zwei-Angebot beim Klopapier endlich nehmen, bei der Menge an Klopapier, die ich immer kaufen würde. Wie dämlich es sei, dass ich immer warten würde, bis mein Klopapier ausgegangen sei, und dann den regulären Preis zahlen müsse, weil das Angebot zu diesem Zeitpunkt gerade nicht existierte, und wenn es existierte, würde ich es nicht in Anspruch nehmen, weil zwei Packungen immer noch mehr kosteten als eine, und das zwei Euro waren, die ich bis zum Ende der Woche noch brauchte. Dann verschwand sie schimpfend – mir sei nicht zu helfen – im Lager. Seitdem hat sie alles, was ich auf das Band legte, gescannt.

Nur Dosen, davon habe ich am Monatsanfang immer große Mengen gekauft. Bohnen, Mais, Pfirsiche. Ewig haltbar und direkt aus der Dose essbar. Und Tomatenfisch an jedem Monatsersten. Das verdiente Geld musste für Eindrücke ausgegeben werden. Und für die Tarán, die zu Beginn noch ein einziger Eindruck war. Als ich sie kennenlernte, hatte ich überlegt, einen zweiten Teilzeitjob anzunehmen, aber in Bewerbungsgesprächen wird man ausgesiebt, bevor man »Zweitjob« aussprechen kann. Oder ich kaufte Tiefkühlprodukte. Und Fertigpüree. Das perfekte Mahl lässt sich zubereiten, indem man es mit Wasser aufgießt. Frisches Essen ist befremdlich.

Die Mademoiselle hatte früher auch noch versucht, in meine Wohnung zu kommen. Vermutlich hätte sie der Schlag getroffen. Ich konnte mir nicht vorstellen, wie sie barfuß nach dem Vögeln aus meiner Wohnung zur Toilette am Gang gehüpft wäre. Die Dusche in der Küche war auch bestimmt unter ihrem Niveau. Ich wusch auch meine Wäsche in der Dusche. Ich hatte keine Waschmaschine und das warme Wasser reichte nur, wenn ich zugleich wusch und duschte. Auf dem Heizkörper über Nacht getrocknete Wäsche, ein vernünftiges Eau de Toilette und ein Bügeleisen, das reicht, um als Mensch durchzugehen. Als die Heizung ausgefallen war, musste ich die Mademoiselle mit nassen Socken treffen, seither glaubt sie, ich hätte Schweißfüße. Besser Schweißfüße als nicht genug Socken.

Ich erfand mir also plötzlich einen Mitbewohner, der keine Fremden in der Wohnung sehen will, da er unter enormem Ordnungswahn leidet. In Wahrheit war es aber nur der Dreck meiner Existenz, den sie nicht kennenlernen sollte. Und den Ursprung der Schweißfüße.

Nur Wiesner, Wiesner hätte ich meine Wohnung fast gezeigt. Wir hatten uns betrunken und er packte endlich aus. Er packte aus, wie er alle verachtete, alle in seiner Umgebung, die Leute mit den Orchideenstudien, die Freunde der Eltern, den Druck, erfolgreich zu sein, ohne den Druck, arbeiten zu müssen. Da war ein Schwall Hass in ihm, der lange gewartet haben musste, um endlich auszubrechen. Ich hätte sie ihm fast gezeigt, doch dann fragte er, ob ich Hunger hätte, schaute in eine seiner Plastikboxen, aber der Inhalt hatte dank seiner Achtlosigkeit zu schimmeln begonnen, er schloss sie einfach wieder und warf die Box in den Mülleimer. Fast hatte ich gedacht, er könnte verstehen. Fast.

Geruchloser Schweiß hatte die Laken getränkt, als ich das zweite Mal auf Wiesners Sofa aufwachte. Da waren Geräusche. Hitlers Täubchen war endgültig davongeflogen.

Ich trug immer noch den gleichen Anzug, der bereits knitterte. Ihr habt mich enttäuscht. Du, Moni, du bist das Allerletzte. Ich schäme mich für euch. Ich werde nicht mehr herkommen. Das wollte ich sagen, aber ich hustete nur und wankte zur Tür.

Und zu wem gehst du? Moni lehnte im Türrahmen von Wiesners Küche. Wiesner stand mit mir am Flur und starrte zu Boden.

Den Teufel werd ich tun, dir das zu sagen.

Natürlich kann ich segeln, unter mir der Marianengraben.

12

Zieh bitte deine Schuhe aus, sagte Vitus. Ist das hier etwa eine Moschee? Jetzt war ich sicher, dass das die Wohnung des Ratterichs war. Ich war vorher durch das Haus geirrt, da er mir seine genaue Adresse nicht geschickt hatte. Dabei hatte er den ganzen Abend mit seinem Smartphone herumgefuchtelt. Er trug Sportzehengummischuhe. Ich schaute auf seine Füße. Ich bin die Strecke vom Hot-Yoga-Zentrum bis hierher gelaufen, sagte er stolz. Gerade erst zurückgekommen. Es war erst acht. Er trug eines dieser schwarz-gelben Sportoutfits. Ich kannte den Ratterich bislang nur in grauen Anzügen. Mein Kopf schmerzte. In seinem Vorzimmer hing der Zeitungsartikel in der Reihe »Personen« eingerahmt an der Wand. Ich verachte dich, aber ich brauche, dass du mich magst.

Was ist mit der Tasche?, fragte er. Na, weil ich bei dir schlafe, hast du meine Nachricht nicht gekriegt? Ich öffnete sie auf meinem Telefon. Er schüttelte den Kopf: Sorry, nicht meine Nummer. Keine Ahnung, wem du das geschickt hast. Hm. Mit einer Geste bat er mich ins Wohnzimmer.

An die Wohnung erinnerte ich mich vage. Ich war einmal hier gewesen. Auch eine Party, keine Ahnung, zu welchem Anlass. Die Küche war zum Wohnzimmer hin offen. Im Durchgang befand sich eine Theke. Von der Theke kam ein lautes Scharren. Wie kleine Stöckchen auf Plastik.

Vitus sah, wohin mein Blick ging: Der moderne Mann schlachtet jetzt selbst, sagte er stolz. Ich trat näher. Da waren

Heuschrecken in einer kleinen, durchsichtigen Plastikbox. Darauf ein Cartoon von einem kleinen, gelben Grashüpfer mit ägyptischem Pharaonentuch, die Pyramiden von Gizeh im Hintergrund. Die Tiere scharrten am Plastik.

Ja, normalerweise lebe ich vegan, aber für unseren Planeten können neue Nahrungsressourcen bald wichtig sein, und ich habe überlegt, mich schon einmal zu gewöhnen. Er stützte sich mit beiden Händen auf dem Tresen ab. Ich wünschte, diese Unterhaltung wäre bereits vorbei. Aber er stellte zumindest keine Fragen, nicht einmal, warum ich hier war. Kein Wunder, ich hatte ihn auch vor Rainer gerettet. Keine Ursache, Prinzessin. Vitus ist auch so eine Daisy Duck – ausschließlich mit sich selbst beschäftigt, es sei denn, es handelt sich um Klatsch. Ich sagte also nur: Hm.

Wenn Moni niemals in Wiesners Leben getreten wäre, wäre mir das alles erspart geblieben. Die beiden haben Loyalitätsbruch begangen. Am Ende kann ich Wiesner vielleicht überzeugen, dass er mir etwas schuldig ist. Dann muss er zu Kreuze kriechen. Soll mir nichts Schlimmeres passieren, als ihn in meiner Schuld stehen zu haben.

Ich hatte Kopfschmerzen und der Ratterich sprach und erklärte mir seine Küche, ich dürfte mich an allem bedienen. Nur keine Scheu. Hier sei der Zweitschlüssel. Mein Kopf hämmerte wie verrückt. Ich sah auf die Küchenuhr und konnte meinen Puls an den Schläfen messen, ohne hinzufassen. Hast du Aspirin für mich? Er öffnete eine Schublade und legte mir eine Packung hin. Weißt du, es wäre besser, würdest du dich anders ernähren. Dann sagte er viele, viele Dinge wie Smoothie und Entschlackung. Smoothiemaker. Bio. Chia. Goji. Und ich dachte: Dünnschiss. Hauptsache unbekannt. Fasten. Smoothiemaker. Ein Selbstoptimierer. Glutenfrei, vegan. Manche Dinge sind aus nichts gemacht. Laktose. Smoothiemaker. Bio. Smoothiemaker. Warum kann die kleine Ökoschlampe nicht endlich das Maul halten und mir ein Bier geben. Warum machen sich seit Anbruch des Jahrtausends Menschen mehr Mühe denn je, Klischees zu sein? Ja, schon klar, alle wollen ewig leben, aber zu der Zeit, als Paläo Mainstream war, war die Lebenserwartung bei was? Maximal zwanzig Jahren? Mein Puls war bei hundertsiebzig zu hundert. Fast jämmerlich, wie Vitus mir versprach, dass er am Abend kochen würde. Wahrscheinlich hoffte er auf meine Katharsis durch seine Oralfoltermethoden. Ich sehe eine Biozwangsläuterung auf mich zukommen. Aber ja: Manche Menschen kriegen die Scheißerei von den einfachsten Dingen, und manche stellen sich freiwillig krank. Das kann doch die Aufmerksamkeit nicht wert sein? Aber hey: Opfergesellschaft, und alle sind so bemitleidenswert. Jesus hat schon angerufen. Er will sein Kreuz zurück.

Was war das für eine App, an der du arbeitest?

Er lachte: Sie miaut jedes Mal, wenn man nachts beziehungsweise zu einer vordefinierten Zeit den Kühlschrank öffnet. Sie hört erst auf, wenn man laut Sportarmband eine festgesetzte Menge an Energie verbraucht hat. Was das Fechten betrifft. Er machte eine Pause.

Ja?

Das müssen wir verschieben, weil ich heute beim Yoga etwas unvorsichtig war.

Blender, dachte ich.

Wir holen das bald nach. Ich habe viel gefochten, als ich in Yale war.

Blender. Sonst hinge gewiss eine Bestätigung über seine Studienzeit in Yale neben dem Zeitungsartikel. Ja, und sobald er den Gegner erblickt, fängt er an, golden zu leuchten und fegt ihn regelrecht weg.

Kennst du eigentlich diesen Neubauer?, fragte ich.

Nicht persönlich. Alle sagen immer, er würde bei einer Party auftauchen, aber er kommt nie.

Nun, das wusste ich schon.

Vitus' Smartphone lag auf der Theke. Front door calling, klingelte es. Ich wollte mich häuten. Noch mehr Menschen, mich ekelte. Amadeus stand in der Tür. Es ließ sich auf einem der Barhocker in Vitus' Wohnzimmer nieder.

Hey, Dude, begann er, ich hab deinen letzten Post nicht geliked.

Die Gesichtsmaske?, fragte Vitus, das ist eine porenverfeinernde Kakaomaske, die …

Amadeus unterbrach ihn und setzte den Haarreifen neu auf, immer dieser Haarreifen: Dude, ist dir eigentlich klar, dass das als Blackfacing missverstanden werden kann? Man wird noch denken, du bist dir der Unterdrückung der dunkelhäutigen Bevölkerung und der dazugehörenden traumatisierenden Geschichte nicht bewusst. Du solltest so etwas echt nicht online stellen, Dude, da fühlen sich Leute vielleicht in ihrem kulturellen Stolz verletzt. Das ist – ihm fehlte das Wort: sonst hätte er wohl »anmaßend« gesagt. Stattdessen prustete er mit den Lippen und schüttelte dazu den Kopf.

Das war eine porenverfeinernde Kakaomaske, antwortete Vitus, so eine Unterstellung. Ich war doch auch in der Willkommensbewegung involviert.

Ich merkte, wie er sich aufregte, viel zu schnell, aber so ist das, die einen schimpfen dich Gutmensch und die anderen Faschist, und du beklagenswertes Rattentier weißt gar nicht mehr, wo du hingehörst.

Ich hätte gerne gehört, dass Amadeus einmal einen Satz beginnt, ohne zu sagen: Dude. Die Dichte der Anglizismen ist erschreckend. Wie konnte jemand, der so sprach, glauben, dass er schreiben könnte? Das glaubte er nämlich, wie ich gleich erfuhr. Vitus klärte mich, wohl um das Thema zu wechseln, darüber auf, dass Amadeus' zweites Buch bald erschiene. Ja, da war irgendwo etwas. Amadeus' erstes Buch hatte das Feuilleton einen Hipsterroman geschimpft, laut Wiesner soll er es dank irgendwelcher Bekannten seiner Eltern in den Verlag geschafft haben. Amadeus hatte nichts zu sagen, er war eine langweilige Person und gab wieder, was er aufschnappte. Manchmal behauptete er, dass das Schreiben seine Katharsis sei. Dass man Gesichter nicht schwarz anmalen dürfe, zum Beispiel. Oder rot oder gelb, und nähme man blau, würde sich gewiss jemand beleidigt fühlen, der sich mit einem Schlumpf identifizierte. Schlumpfkin. Nichts zu sagen, aber ständig das Maul offen. Amadeus notierte etwas. Wichtigtuer. Ein verkanntes Genie, offenbar. Dabei müsste ein verkanntes Genie zwei Kriterien erfüllen: verkannt zu sein und ein Genie. Amadeus war keines von beidem. Das Endstadium der Zivilisation. Ein hirnverbrannter Fock.

Ja, nickte Amadeus heftig, sein Haarreifen wäre fast vom Kopf gestürzt, ich habe jetzt auch ein Schreibstipendium bekommen, er machte eine ausholende Bewegung mit beiden Armen: Yolo.

Ja, gebt den Künstlern noch ein paar Stipendien. Blast dem unnützen Untersuchungsgegenstand der Geisteswissenschaften noch mehr Geld in den Arsch. Dann schreibt jemand seine Masterarbeit darüber, warum Yolo kein Schimpfwort ist. Das Akronym und seine Interpretation. Da pocht ihr nicht auf den freien Markt? Wo Vitus doch sonst so überzeugt von einer völlig freien Wirtschaft war. Aber bei Amadeus fand er das in Ordnung. Dude. Margaret Thatcher würde das sofort abschaffen.

Oh, Dude, ich verehre die Thatcher proskynetisch.

Dabei zog er die letzte Silbe wieder in die Länge. Er überraschte mich, ich hätte nicht gedacht, dass er wusste, wer Margaret Thatcher ist. Aber was sie so getan hat, das wusste er vermutlich nicht, sondern gab nur wieder, was er gehört hatte. Was jemand von seinen Freunden gesagt hatte. Für die meisten Menschen funktioniert die Welt anders. Hat das Internet dir nicht gezeigt, dass du in deinem Leben keinen einzigen originellen Gedanken gefasst hast?

Das ist eine Tautologie, sage ich stattdessen, du kannst nicht jemanden verehrend verehren. Du solltest nicht sofort dein ganzes Pulver verschießen. Es ist doch gefährlich, sein gesamtes Vokabular in nur einem Satz unterzubringen.

Es war kurz still im Raum. Dann stürmte Amadeus hinaus. Beleidigte Diva. Mimöschen Popöschen, ging es mir durch den Kopf. Die Tarán erweiterte mein Repertoire an Beleidigungen. Als wäre es meine Schuld, dass der Kleine so ein illiterater Clown ist.

Wirklich?, fragte Vitus, war das notwendig? Er stand auf und folgte Amadeus. Niemand sonst zelebriert so großkotzig seine Mittelmäßigkeit.

Ich öffnete den Kühlschrank. Nur keine Scheu, hatte er gesagt. Amaranthriegel, eingeweichte Flocken, Sprossen. Nur Dreck. Teurer Dreck. Vitus kennt das Gefühl bestimmt nicht, einen Preis genannt zu bekommen, und so tun zu müssen, als überlegte man, etwas zu kaufen, dabei genau wissend, dass man es sich nicht leisten können würde. Meinen letzten Teebeutel habe ich dreimal aufgegossen.

Die beiden kamen zurück ins Wohnzimmer und Amadeus strafte mich noch mit einem Blick, der garstig sein sollte. Putzig. Eine Katze war den beiden gefolgt. Grau getigert. Vitus hatte eine Katze. Ich war überrascht. Vitus begleitete Amadeus zur Tür und griff nach einer Stofftasche am Garderobenhaken: Ich gehe jetzt einkaufen, soll ich etwas mitbringen? Das Tier blickte mich an, zuckte verächtlich mit den Ohren. Ja, du mich auch.

Bring Brot mit, und Käse, Butter? Er bekam vermutlich schon beim Wort Mayonnaise einen Infarkt. Vitus lächelte mich an. Ein Von-oben-herab-Lächeln: In Ordnung, am Abend koche ich.

Ja, mir graut schon davor. Die ganze Situation hatte etwas von Krankenstand: Es war besser, nicht von Bekannten draußen erwischt zu werden. Lebensmittel einkaufen ist nicht mehr drin, und am Abend würde ich etwas vorgesetzt bekommen, das mit einer Krankenhausmahlzeit vergleichbar war.

Wieso konnte nicht schon Sommer sein? Wo waren denn all die Freunde im Sommer? In Amerika, Australien, Großbritannien. Und ich? In der Depression vor dem Kühlregal. Da war ich zumindest sicher. Ich habe keine Angst davor, zu sterben, nur davor, immer so zu leben.

Vitus überraschte mich zumindest. Ich hasse es ja, wenn ich Hilfe anbiete, und die andere Person sie auch noch annimmt. Er hatte sie nicht einmal angeboten und nun wollte er mich bekochen. Vermutlich wollte er mich auch ernährungstechnisch reformieren, aber immerhin. Das gab mir ein Gefühl, als hätte ich Geld in einer Hose gefunden, die ich eine Zeit lang nicht angehabt hatte. Wiesner war dagegen eine Enttäuschung. Wenn man einen Schuh verliert, verliert man eigentlich zwei. *Mah shallah*. Soll er sich bis ans Ende seiner Tage vorkommen wie ein Tierarzt, der eine Kuh besamt, wann auch immer Moni ihn so nah heranlässt.

Die Tür fiel zu und ich ließ mich auf das Sofa fallen. Die Katze, ihre Grenzen nicht kennend, sprang auf meinen Bauch. Ich warf sie ab.

Da vibrierte mein Telefon. Eine Adresse und dass ich jederzeit vorbeikommen könnte. Dann schauen wir eine Serie gemeinsam. Mit einem kleinen Zwinkersmiley. Ich hatte keine Ahnung, wem ich geschrieben habe, ich antwortete vage: Wir werden sehen. Ich durchsuchte meine Kontakte. Das war nicht Monis Nummer. Moni hätte ich so etwas zugetraut, Moni war eine falsche Schlange. Heutzutage weiß doch jeder, dass eine Serie zu schauen nichts anderes heißt, als einen Streamingdienst einzuschalten und zu vögeln. Mein Telefon vibrierte wieder: Klingt als hättest du keine Lust.

Das Emoji legt nahe, dass du mit mir flirtest. Ich hab eine Freundin. Ich rollte mich zusammen, davon ausgehend, dass die Unterhaltung mit der fremden Person vorbei wäre, aber es vibrierte wieder und sagte, dass ich keine Annahmen treffen sollte, und: Ich würde doch nie mit jemandem flirten, der eine Freundin hat.

Okay. Würde sie nicht. Ich hatte also recht: Es handelte sich um eine Frau. Wer zum Kuckuck war das? Ich wickelte mich in die Decke, die auf dem Sofa lag. Endlich friedlich schlafen. Die Katze sprang auf meine Beine. Ich warf sie wieder hinunter. Mistvieh. Da vibrierte es noch einmal. Sie erzählte mir, welche Serie sie gerade schaute, und dass es wirklich kalt war. Ist halt Winter. Ich entschied, nicht zu antworten. Die Katze gab nicht auf, sprang wieder auf meine Beine, und während ich mich bewegte, um sie abzuwerfen, schien sie meinen Körper nur als einen Hindernisparcours bis zu meinem Gesicht zu sehen, sie stieß mich mit ihrem pelzigen Kopf hart am Kinn, ich schubste sie zur Seite und sie fiel so ungeschickt, dass sie am Rand des Sofas hing, als wäre es ein Abgrund. Noch ein Vibrieren: Du könntest herkommen und mich wärmen.

Wer war das? Die Katze hatte sich den Abgrund wieder hinaufgekämpft, stützte sich mit den Vorderpfoten auf meiner Brust ab und versuchte, mir mit dem Kopf das Telefon aus der Hand zu schlagen. Ich antwortete im ständigen Kampf mit den Liebkosungen der Katze: Du hast die Grenze überschritten, das ist Flirten. Die Katze rieb ihr Gesicht an meiner Wange. Ich schob sie zu meinen Füßen hinunter. Noch einmal vibrierte mein Telefon, die Katze miaute protestierend: Ist ja nicht so, als hätte ich dich gebeten, herzukommen, um zu ficken, werd erwachsen. Das Miauen war nervig. Kein Wunder, dass Vitus dieses Geräusch für seine App ausgewählt hatte.

Die Katze kämpfte sich zu meinem Becken hoch, hackte ihre Krallen in meine Oberschenkel. Das Telefon sagte: Du wohnst ja nicht bei deiner Freundin, du wohnst bei Wiesner, sie würde es nicht herausfinden.

Wer auch immer die Frau war, ich würde Wiesner umbringen. Ich antwortete ihr also, dass die Unterhaltung vorbei sei. Ich hob die Katze hoch, setzte sie auf dem Teppich ab. Sie schaute mich an, als hätte ich ein Todesurteil über sie verhängt. Dann viel Spaß mit deiner fetten Freundin und deinem Minischwanz, vibrierte das Telefon.

Die Tarán war aber alles andere als fett. Sie war dünner als die meisten Frauen. Das war also eine, die die Tarán nicht kannte. Ich schrieb also: Du bist fetter als sie. Und: Mein Schwanz ist nicht nur klein, er ist dafür auch noch richtig dünn.

Nicht, dass ich wissen konnte, ob sie ein Rollmops war, aber ich hatte genug und wollte schlafen. Die Katze war einstweilen auf die Sofalehne gesprungen und schlich langsam und geduckt auf meinen Kopf zu. Will das Vieh mich etwa attackieren? Das Kätzchen holte mit der Pfote aus, ich stieß es von der Lehne.

Nennst du mich gerade fett? Die Katze pfauchte. Fick dich, du Arschloch. Ich hoffe, du stirbst bald einen langsamen und grausamen Tod. Da war die Katze wieder hochgesprungen, saß aufrecht, als sei das nie passiert. Du bist so ein Niemand. Sie blickte mich aus den gelben Augen heraus giftig an. Wie kann jemand mit so einem Minipimmel überhaupt eine Freundin haben! Sie würde mich anstarren, wenn ich einschlief. Du hättest ja gern eine richtige Frau. Ein Blick, als würde sie mich töten, sobald ich weggedöst wäre. Ich habe es dir nur aus Mitleid angeboten. Die Katze ließ sich nieder, steckte die Vorderpfötchen unter die Brust und ihr Blick ließ mich nicht los. Die einzige Muschi, die du je kriegst. Dann war das Telefon still. Soll sie sich das Drama für ihre Mutter sparen. Ich war mit der Katze allein.

Der Wunsch, zu schlafen, wurde abgelöst von dem Wunsch, nicht in Gegenwart dieser Katze zu schlafen. Sie war fest entschlossen, mich zu quälen, und aus allen Winkeln kamen plötzlich mehr Katzen. Ich fütterte sie mit Milch. Die Katzen verwandelten sich in graue Milchpackungen und ich musste sie einsortieren. Immer, wenn ich eine Reihe im Kühlregal voll hatte, verschwand diese. Tetris, flüsterte ich. In einer Stunde sind es nur mehr vier Stunden, bis ich nur mehr eine Stunde zu arbeiten habe. Marlies sitzt heute an der Kassa. Sie fragt eine Frau um die dreißig nach ihrem Ausweis. Die Frau kaufte Wodka. Sie sah augenblicklich weniger traurig aus. Ach, Marlies. Da schoss ich wild um mich, nur Marlies ließ ich übrig. So wie jeder vernünftige Mensch davon träumt, eine Waffe in die Hand zu nehmen und tschacktschack alle über den Haufen zu schießen. Aber da kamen keine Schüsse. Ich erwachte und das Katzengesicht war vor meinem, die Schnurrhaare kitzelten meine Wangen. Ich erschrak, ich zuckte, aber die Katze krallte sich an meinem Brustmuskel fest und senkte den Kopf, um weiterzuschlafen. Tschacktschack. Vitus drehte nur den Schlüssel im Schloss. Ich schloss die Augen und rührte mich nicht. Vitus ging auf Zehenspitzen. Die Gummisohlen quietschten nur kurz. Ich konnte hören, wie er den Schlüssel und seine Stofftasche auf den Tresen legte. Das nächste Mal erwachte ich, als die Katze durch den finsteren Raum rannte, als wäre sie gebissen worden. Wie konnten so weiche Pfoten so laut sein? Vitus' Zehengummischuhe waren leise.

13

Die Katze lag auf meiner Brust. Als hätte sie sich nie von der Stelle bewegt, dachte ich. Ich hatte ein pelziges Gefühl im Mund. Wasser, dachte ich. An die Stelle der Sonne war eine schäbig grinsende fette Frau in Unterwäsche getreten, die laut lachte. Das Lachen hörte sich an wie die Müllabfuhr. Ich drehte mich, das Kätzchen stürzte mit einem empörten Laut zu Boden. Sie hatte die Krallen nicht schnell genug ausgefahren. Dann sah ich: einen Arsch. Vitus' Arsch. Vitus über einer Yogamatte schwebend, in Gelb-Schwarz. Er drehte den Kopf zu mir: Du bist wach! Du hast den ganzen gestrigen Tag verschlafen. Er lachte, krabbelte mit den Händen in Richtung seiner Füße und richtete sich auf: Bock auf Yoga?

Niemals, dachte ich und drehte mich zur Sofalehne. Die Katze sprang auf meine Hüfte. Vitus lachte wieder: keine Chance, dass ich dich wieder einschlafen lasse. Wie ich merke, hast du auch mit Gina Freundschaft geschlossen.

Gina, was für ein Name. Ich konnte mir vorstellen, wie er das bedauernswerte Vieh rief. Tsch-ie-nah. Er klatschte in die Hände. Übermotiviert. Aber anstatt des langgezogenen Rufens kam ein kurzgehacktes: Tschinatschinatschina. Ich wollte sie nicht wecken, ihr lagt so friedlich da.

Gina gähnte, fuhr die Krallen noch einmal in meine Haut und bequemte sich dann langsam, aufzustehen und dem Ruf zu folgen. Vitus rumpelte mit einer Kunststoffbox. Immer noch wie in Zeitlupe bewegte sich Gina auf ihn zu, ich drehte meinen Kopf, sah ihr nach.

Vitus füllte ihr den Napf voll, sie saß einen Moment davor, bevor sie langsam zu fressen begann: Ich habe für Gina jetzt veganes Katzenfutter bestellt. Seit einer Woche sind wir jetzt beide vegan, nicht, Gina-Schätzchen? Abgesehen von den Versuchen mit den Insekten. Fügte er an. Selbstverständlich.

Kein Wunder, dass das beklagenswerte Tier ein Psycho ist. Jeder hat so seine Gründe.

Er stellte die Box ab und zauberte hinter der Theke eine zweite Yogamatte hervor: Komm schon. Nur ein paar Übungen.

Sicher nicht, dachte ich, und er hörte einfach nicht auf zu reden: Du wirst sehen, dass es nicht dein Körper ist, der sagt: Ich kann nicht mehr, es tut weh, es brennt, ich bin müde, ich muss aufhören. Das ist dein Geist. Man kann ihn mit noch mehr zum Schweigen bringen. Wenn du glaubst, du willst aufhören, geht es erst richtig los. Du wirst sehen, wie gut das tut vor dem Frühstück.

Und das ist, wie du mich zum Psycho machst, Ratterich.

Er fuhr fort, dass er sogleich mit der zweiten Hälfte beginnen würde: Ich bin schon seit einer Stunde wach. Ich habe diesen wundervollen Wecker, der erst aufhört zu läuten, wenn man ihn anlächelt.

Ich quälte mich langsam in eine sitzende Position. Anlächeln. Genial, aber tödlich. So züchtet man Amokläufer.

Ich glaube, ich hasse Vitus. Aber ich brauche, dass er mich mag, wiederholte ich für mich selbst. Ich kann keinen ganzen Tag mit diesem Menschen zubringen. Gina hatte ihre Schale nur zur Hälfte leergefressen, kehrte ihr den Rücken und zu mir zurück. Plötzlich hatte ich Verständnis für ihr Verhalten. Als würde sie sagen: Wir beide sollten nicht hier sein. Mein Magen knurrte. Ich habe dir das nicht eingebrockt, Tier, ich werde das nicht ausbaden.

Das ist wahr. Ich sollte nicht hier sein. Vitus verschwand hinter einer der Türen. Ich schäme mich fast, das zu sagen, aber es war Wiesner, der mich rettete. Genauer gesagt, war es Wiesners Mutter: Wiesner schrieb mir. Seine Mutter hätte einen freien Tag und würde uns gerne zum Essen einladen. Das war mein Ausweg, um ohne Geld in der Tasche zu einer vernünftigen Mahlzeit zu kommen. Vitus erschien wieder mit einem zweiten Trainingsanzug über seinem Arm. Das wird nicht passieren, Junge, dachte ich und machte mich mit meiner Tasche auf ins Bad. Ein Glück, dass ich es geschafft hatte, meine Kleidung so zu falten, dass sie kaum geknittert hatte, es gibt nichts Schlimmeres als ein zerknittertes Sakko. Ich bürstete mir den Mundgeruch weg und klatschte ausreichend Wasser ins Gesicht, um immerhin kurz Wangenröte zu haben. Ich sah fertig aus.

Als ich wiederkam, saßen Vitus und Gina mit erwartungsvollem Blick auf dem Sofa.

Du, entschuldige, sagte ich, ich muss weg.

Vitus verschwand wieder hinter einer Tür: Warte, du hast noch gar nicht gefrühstückt, ich habe für dich.

Den letzten Teil des Satzes hörte ich nicht mehr, aber ich wollte es auch nicht so genau wissen, ich war schon zur Eingangstür hinaus. Mit Gina. Ich hätte sie zurück in die Wohnung stecken können, aber ich hatte nicht das Herz, sollte sie sich eben herumtreiben. Wenn sie nicht allzu degeneriert war, würde sie sich etwas erbeuten. Vorsichtig, als sei es nicht sicher, schlich sie mir die geschwungene Treppe hinunter nach. Sie strich um meine Beine, als wir vor die Tür traten. Veganes Katzenfutter. Ich spuckte auf die Straße und tastete nach meinen Zigaretten. Gina folgte mir mit Abstand den Bürgersteig entlang. Manchmal sah ich mich nach ihr um. Ich hätte mich nicht umsehen müssen. Sie entfernte sich nicht von mir. Vor der Tür des Restaurants wartete ich auf sie, sie setzte sich. Konnte ich sie auf der Straße lassen? Ich blickte kurz an mir herunter: Sehe ich aus wie jemand, der es sich erlauben kann, eine Katze in ein luxuriöses Restaurant mitzubringen? Oh ja. Das tue ich. Ergötzt euch an meiner Erscheinung! Ich hob sie auf meinen Arm. Das ist eine Ausnahme, flüsterte ich ihr zu. Wag es nicht, dich auf mich zu verlassen, du kleines Mistvieh. Nur mehr wenige Schritte zum neuen Blofeld-Darsteller. Ich fragte nach dem Tisch, der für Wiesner reserviert war. Die Frau, die mich hinführte, musterte Gina. Haben Sie Katzenfutter?, fragte ich.

Wir werden gewiss etwas finden. Sie zeigte auf einen Tisch und reichte mir die Karte. Pasta, dachte ich, während ich Wiesner und seine Mutter begrüßte. Seine Mutter schüttelte sogar Ginas Pfötchen. Ein Glück, dass Gina recht adrett aussah. Das würde mit der veganen Ernährung vermutlich nicht allzu lange anhalten.

Wiesner beäugte uns: Eine Katze. Er machte eine Pause.

Ja, eine Katze.

Wessen Katze?

Meine Katze, sagte ich. Das ging Wiesner nämlich gar nichts an. Gina knetete mit den Krallen meine Oberschenkel. Pasta, dachte ich wieder. Etwas Nahrhaftes, etwas mit viel Parmesan. In dieser Lokalität konnte man zwischen sechs verschiedenen Sorten Parmesan wählen. Die Kellnerin kam mit dem Notizblock, um die Bestellungen aufzunehmen, und jemand aus der Küche brachte zwei Schüsselchen für Gina. Wenn ich auch nicht wusste, was Gina da bekam, so roch es doch besser als alles, was ich in meinem Leben bislang gekocht hatte. Mein Magen knurrte so laut, dass ich dachte, das ganze Restaurant müsste es hören. Die Wiesners nahmen keine Notiz davon.

Wiesners Mutter fragte nach meinem Befinden. Schlechten Menschen geht es immer gut. Ich war mir nicht sicher, was sie über meine aktuelle Situation wusste. Ich weiß gar nicht, was Wiesner wem gesagt hat. Der Verräter. Sie fragte nach Wiesners Fortschritten in der Partei. Ich blieb unbeirrt höflich. Wiesner zog den Kopf ein. Bald würde die Schildkröte ein approbiertes Arschloch werden. Das hat ja lange genug gedauert, kommentierte sie seinen Fortschritt. Sein Selbstbewusstsein schrumpfte neben dieser Frau. Dann wandte sie sich mir zu, zwinkerte, was für ein hübsches Kätzchen ich hätte. Ich wurde für eine Katze gelobt, er wurde für seine Karriere benörgelt. Das Leben kann so schön sein. Dann lobte sie mich für meine geschmackvolle Kleidung. Ich konnte in Wiesners Augen sehen, wie sein Selbstbewusstsein mit einem langen Piepen kollabierte. Manche Menschen sind mit Nettigkeiten zu verbalem Holocaust fähig. Eine bewundernswerte Gabe seiner Mutter. Die Kellnerin schenkte uns Wein ein. Sie lernte doch sonst nie Freunde ihres Sohnes kennen, erzählte sie. Wiesner wusste, wenn es nach ihm ginge, säße ich nicht hier. Er schlürfte seinen Drink. Im Allgemeinen schien seine Mutter gezwungen aufmerksam. Wiesner wurde als Kind sicher ständig von irgendjemandem betreut.

Bei mir waren alle stets in der Arbeit oder in der »Arbeit«. Wahre Freunde tanzen mit dir im Regen, auch wenn die Sonne scheint. Ich habe nie Ärger gekriegt, weil ich Freunde mit einem Permanentmarker dekoriert habe. Dazu hätte ich einen Permanentmarker haben müssen, und für sechs Euro sollte man nicht einen Filzstift kaufen, sondern ein Sortiment von dreißig, und diese mussten die ganze Schullaufbahn lang reichen. Das ist kein Spielzeug, und Spielzeug ist das, was schnell kaputtgeht. Die Lupe ging nie kaputt, aber die Matratze im Hof, die wir damit anzündeten. Die Narbe über meinem Auge? Snowboardunfall, behauptete ich immer. Nichts damit zu tun, dass wir mit Steinen aufeinander geworfen haben. Wie groß wäre der Zufall gewesen, hätte jemand auf uns achtgegeben. Markus hat eine Narbe über dem anderen Auge. Als Kathi, Markus' große Schwester, noch auf uns aufpassen sollte, hat sie die Gelegenheit genutzt, in die Stadt zu fahren. Sie war auch richtig gut darin, in der Straßenbahn nicht ohne Fahrkarte erwischt zu werden. Die Frage: »Wo bist du gewesen?« kann ich bis heute nicht ehrlich beantworten. Ein Reflex. Man kann nicht sagen: auf dem Schrottplatz, am See, im Park. Erst als ich mit vierzehn mein erstes Bier trank und die Gedanken der anderen in meinen Kopf schwappten, habe ich verstanden, warum meine Mutter immer mindestens drei Gläser Schnaps gebraucht hatte, bevor sie mich verhörte. Ich habe kaum einen Satz öfter gesagt als: Nein, Mama, ich lüg dich nicht an.

Ich hatte mich immer entspannt zurückgelehnt, so lügt es sich besser. Sie hat es trotzdem immer bemerkt, und ich war viel zu lange überzeugt gewesen, es sei etwas in meinem Gesicht. Das Lächeln, die Bewegung meiner Augenbrauen. Der Schnaps hat es ihr verraten. Kinder verstehen sich nicht auf das Absichern ihres Kopfes.

Ich wollte gar nicht so genau wissen, was die Wiesners dachten, und mit Wein bekam ich ohnehin nie vollständigen Zugriff. Ich schüttete daher nicht übermäßig viel in mich hinein, was ich nach dem Essen bereute, da sich neben mir am Pissoir auch Wiesner einfand. Natürlich suchte er mich sogar am Klo heim. Deine Freundin hat Mist gebaut und damit musst du dich jetzt abfinden, kleine Schildkröte.

Diese Sache, begann Wiesner, dann folgte eine Pause und: Es tut mir leid. Asche auf mein Haupt.

Ich drückte die Spülung, ich musste mir das so wirklich nicht anhören. Das war so ein »Ich hab Entschuldigung gesagt, jetzt bist du doch wieder lieb zu mir, oder?«. Eine Schuld biblischen Ausmaßes und so ein dünnes Tutmirleid.

Du wirst gar nichts mehr erzählen, du hast ja keine Ahnung, was ich alles über dich weiß. Ich deutete zur Tür, als sei seine Mutter eine Quelle. Wiesner zog die Lippen zusammen und den Kopf ein. Er fühlte sich unwohl. Na, würdest wohl lieber in einer Badewanne sitzen und deinen Pimmel anstarren.

Also Moni, begann er.

Das interessiert mich alles nicht, sagte ich.

Ist ausgezogen, fuhr er fort.

Moni ist ausgezogen? Hast du sie hinausgeworfen, kleine Schildkröte? Nein, das hast du nicht. Warum ist Moni ausgezogen? Und was interessiert mich das?

Er fixierte mit dem Blick eine Fliese am Boden. Als wollte er sagen: Komm zurück zu mir. Aber der Zeitpunkt ist noch nicht gekommen, dir zu verzeihen. Ich verzeihe dir, wenn ich etwas von dir brauche und du Buße tun kannst. Und der Giftspritze verzeihe ich schon gar nicht. Geschieht dir recht, dass sie ausgezogen ist.

Sie hat es gut gemeint, sagte er weiter. Er sagte es ungewöhnlich laut.

Dabei ist gut gemeint doch nur das Gegenteil von gut. Andere beurteilt ihr immer nach dem Handeln, aber euch selbst nach der Absicht. Verlogene Geschwüre der Menschheit. Was genau hat Moni wem erzählt?

Ich, ich, ich, konnte ich ihn denken hören, aber er starrte immer noch auf den Boden.

Nie im Leben werde ich Wiesner erzählen, dass nichts davon wahr ist, dass nur er und Moni all diesen Unsinn erfunden haben, ohne es zu merken. Was sollte mir schon passieren? Ich hatte echte Probleme und keine Zeit für eure Fantasieabenteuer.

Ich verließ die Toilette. Die Küchentür stand offen und ich warf einen Blick hinein. Ich hätte Gina zugetraut, sich nun dort anzubiedern, aber als ich an den Tisch zurückkam, kuschelte Wiesners Mutter mit Gina, die sich auf ihrem Schoß beständig voller Begeisterung im Kreis drehte. Das kleine Mistvieh war ein rechtes Flittchen. Das war auch besser so. Man sollte niemals einen zu genauen Blick in eine Restaurantküche werfen. Und niemals sollte man in seinem Lieblingsrestaurant beginnen zu arbeiten, man erführe nur all die Dinge, die man nicht wissen wollte. Dass der Käse älter ist als der Wein zum Beispiel.

Ich verabschiedete mich von Wiesners Mutter. Wiesner machte ebenfalls Anstalten, gehen zu wollen, seine Mutter hielt ihn jedoch zurück mit der Frage, ob er noch genug Geld habe. Die meisten Leute haben immer zu wenig Geld, aber hier war die Frage dazu da, Wiesner zu erniedrigen.

Ich griff nach Gina und verließ mit meiner Katze unter dem Arm das Lokal. Wohin als Nächstes? Zurück zu Vitus? Gina sprang von meinem Arm. Es ist okay, Kätzchen, dann eben nicht zu Vitus. Da strich Gina wieder um meine Beine und folgte mir. Wir waren einen Moment lang satt und zufrieden. Sie plapperte, als erzählte sie mir von ihrem Tag: brrr-brrr-brrr, brr-brr-brrt, briau-brr-brt.

14

Wir gingen also zu Mademoiselle Tarán. Ich wusste nicht, ob die Tarán in ihrer Wohnung Katzen haben durfte, aber irgendwo musste Gina doch hin. Einstweilen. Es würde sich etwas finden müssen. Ich konnte mich nicht um sie kümmern. Die Mademoiselle würde sie bestimmt mögen. Wir läuteten. Sie war überrascht, mich zu sehen. Sie trug noch ihren Pyjama und einen dünnen, schwarzen Morgenmantel, war jedoch bereits geschminkt. Ich hatte mich nicht angekündigt. Wir kannten uns gut genug, das war in Ordnung, um zu zeigen, dass die Konvention außer Kraft war. Wieder einmal. Sie blickte mich an, dann Gina auf meinem Arm. Dann wieder mich. Diesmal fragend. Ich habe dir eine Katze mitgebracht, sagte ich.

Mir eine Katze mitgebracht? Sie war skeptisch, öffnete die Tür trotzdem weit genug, um uns durchzulassen.

Ja, das ist Gina. Gina, gib Pfötchen. Aber Gina sprang von meinem Arm und begann die Wohnung zu inspizieren.

Gina? Die Tarán war offenbar nur mäßig begeistert, gab mir trotzdem einen Kuss auf die Wange. Wem gehört die Katze?

Dir, antwortete ich, drückte sie an mich und küsste sie auf den Mund. Ihr roter Lippenstift würde jetzt an mir kleben. Ein Klirren unterbrach uns. Gina saß am Küchentisch und hatte eine Vase hinuntergeworfen. Die Blumen waren bereits verdorrt. Die Tarán sah mich giftig an. Mimsey, sagte ich langgezogen. Sie würde sich an Gina gewöhnen, sie hatte sich ja auch an mich gewöhnt. Als wir uns kennenlernten, hatte ich sie schließlich auch in den ersten Augenblicken davon in Kenntnis gesetzt, dass ich ein Arschloch bin. Ein reiches, attraktives, intellektuelles Drecksvieh mit ein paar wundervollen sexuellen Qualitäten. Jedoch: Ich habe auch gesagt, dass ich keine Zeit für Drama, Hysterie und emotionale Zustände hätte, aber sie tat ja doch, was sie wollte.

Sie ging zum Kühlschrank und stellte für Gina ein Schüsselchen Milch auf den Boden: Und was hast du hier zu suchen?, fragte sie, während Gina, die nach unserem Restaurantbesuch natürlich keinen Hunger mehr hatte, das Schälchen wie einen Puck durch die Küche schlittern ließ, dabei Milch verschüttend.

Gar so begeistert? Zuletzt hast du mich beleidigt, Prinzesschen. Auch wenn dir nicht klar ist, dass ich das weiß.

Ich habe gehört, du wohnst nicht mehr bei Wiesner?

Woher weißt du das? Ich zog meinen Mantel aus.

Sie sagte in Ginas Richtung: Moni. Dann begann sie, die verschüttete Milch aufzuwischen.

Was soll das eigentlich? Du sagst, du müsstest abtauchen, und läufst dann mit einer Katze in der Stadt herum? Sie schien sich wirklich nicht sonderlich zu freuen, mich zu sehen. Ich versuchte, ihren Gürtel zu lockern, sie schob meine Hände weg. Ich ging wieder ins Vorzimmer. Ihre Geldbörse lag auf dem Tischchen neben dem Spiegel. Sie rutschte auf Knien über den Boden. Ich öffnete die Geldbörse, ich würde schon herausfinden, wie alt sie war. Da waren Rechnungen. Drogeriemärkte, Supermärkte, Bekleidungsgeschäfte. Kein einziger Ausweis.

Suchst du etwas Bestimmtes? Sie lehnte im Türrahmen. Ich ließ ihr Portemonnaie fallen.

Dich!, lachte ich und versuchte sie zu umarmen, aber sie schob mich wieder weg: Ich bin nicht die, die hier schwindlige Geschichten erzählt.

Sie hatte heute Laune. Ich packte sie im Genick, legte meine Stirn auf ihre: Das ist nur vorübergehend. Aber immerhin, sie war nicht in die Luft geflogen. Sie blieb ruhig.

Was? Was ist nur vorübergehend?, fragte sie. Aber ich küsste sie, anstatt zu antworten, und sie löste sich wieder. Sie ließ sich nicht erweichen. Man kann doch prinzipiell alles mit Sex verkaufen. Außer Sex.

René kommt her, sagte sie. Gina hatte sich auf einem Sessel in der Küche zusammengerollt.

Dann haben wir also nicht viel Zeit, antwortete ich. Das war etwas Gutes. Zwar gab es auch ruhige Abende mit der Tarán, an denen wir die streitenden Paare belauschten, die spätnachts oft durch ihre Straße wankten, Abende, an denen wir, auf den nassen Asphalt hinausschauend, rieten, worum es ging, aber meist endeten lange Abende damit, dass wir selbst Streit hatten. Ich könnte jetzt nicht einmal sagen, worüber. Über jeden Unsinn, der ihr gerade einfiel. Bis sie heulte oder mit dem großen, roten Mund wieder lachte und den Kopf zurückwarf. Ich denke, sie hatte Angst, glücklich zu sein, wegen ihres unerschütterlichen Glaubens, dass dann etwas Schlechtes geschähe.

Es läutete, ich ließ mich enttäuscht auf die Knie fallen. Die Tarán mochte Theater. Ich spiegelte damit ihres. Sie öffnete ihrem Bruder die Tür. Sie begrüßte ihn weit herzlicher, als sie mich begrüßt hatte, umarmte ihn, fragte ihn, ob er etwas trinken wollte. Ich hievte mich hoch.

Ich nehme gerne etwas, sagte ich. Er grinste sein dümmliches Grinsen.

Katze!, rief er erstaunt, Gina zuckte. Die Tarán nickte und verschwand in der Küche.

Ich dachte, du darfst hier keine Haustiere haben!, rief er ihr hinterher. Sie reichte uns beiden ein Glas Wodka mit Eis.

Du hättest auch einfach den Wasserhahn aufdrehen können, er hängte seine Jacke an einen Garderobenhaken.

Wolltest du Wasser?, fragte sie.

Nein, aber deinen Rechnungen zufolge kommt hier ja ohnehin Hennessy aus der Leitung, nicht?

Seine Strafe war ihr nächster Blick. Damit war geklärt, wer ihre Rechnungen bezahlte.

Hab gehört, du hast Probleme, murmelte er grinsend in sein Glas. Ich sah zur Tarán. Dummes Miststück. Wie schwer kann es sein, das Maul zu halten, wenn man darum gebeten wird, das Maul zu halten?

Reg dich jetzt bitte nicht auf, sagte sie ruhig zu mir. In dieser Tonlage verriet ihre Stimme, wie viel sie rauchte. René kann helfen.

Ja, bestimmt, sagte ich und kippte meinen Wodka hinunter, fingerte eine Zigarette aus der Brusttasche und zündete sie an. Wir standen immer noch im Vorzimmer, und die Tarán wies uns jetzt in die Küche. Ich wedelte mit dem Glas. Sie schenkte mir noch einmal ein, ich kippte den Wodka hinunter und wedelte wieder. Was verflucht geht in deinem Kopf vor, Frau? Sie trank ebenfalls.

Oderint, dachte sie. Ich wusste immer noch nicht, was es bedeutete. Ich saß neben René.

Wirklich, ich kann da vielleicht etwas für dich tun, sagte der Bruder und kippte auch einen Wodka hinunter, die Tarán stellte die Flasche auf den Tisch. Ich halte dich zwar für einen beschissenen Drecksack, aber du bist ja jetzt gewissermaßen Familie, fuhr er fort. Gerade, dass er mich nicht »Brruda, Brruda!« nannte.

Also, sagte er wieder, was waren das für Tätowierungen? Eine Frau auf einem Löwen, hat Nushka gesagt? Sonst noch etwas?

Was willst denn du kleiner Spast mit dieser Information. Um einen Kriminellen zu finden, muss man ein Krimineller sein und nicht so ein Schmalspurgauner. Er lachte. Und um einen imaginären Kriminellen zu finden, muss man ein imaginärer Krimineller sein, dachte ich noch.

Noch irgendetwas? Ein Totenkopf mit Krone oder derlei? Er trank wieder, aber ich kam nicht in seinen Kopf. Er konzentrierte sich.

Keine Ahnung, der Typ war runzelig wie Abe Simpson, antwortete ich. Die Tarán sah mich an: Junger Mann, junger Mann, klang es. Verdammt, was hatte ich ihr erzählt?

Tja, Kleiner, ich werd mich drum kümmern, er zwinkerte mir zu, als wäre er in einer Machtposition.

Ach, du willst den Helden spielen? So eine dämliche Kackaktion könnte mich zum Auffliegen bringen, ich habe wirklich keine Nerven für solche Scherze. Was für ein Aufschneider. Aber vielleicht war das ja seine eigentliche Drohung. Nein, dafür war er zu blöde. Der drohte nicht, der meinte es ernst. Du armseliges Würstchen.

Lass gut sein, sagte ich, ich werde einen Anruf bekommen und dann ist der ganze Spuk vorbei, und am besten tust du gar nichts.

Lass mich nur machen, sagte er langsam nickend, und fletschte jetzt noch süffisanter die Zähne. Er kam sich zu cool vor. Er durfte das nicht. Er wird merken, dass alles gelogen war. Es wäre besser, ihn im Auge zu behalten. Nur leider war mir das derzeit unmöglich.

Ich sagte: Halt dich da raus. Es reicht. Das ist mein Problem. Er sah zur Tarán, trank einen Schluck. Nushka. Die Tarán dachte: *Oderint*. Und dann: Schaumzucker. Ja, ich sammle offenbar schlechte Freunde. Wenn das alles hochkommt, wird die Tarán mich sitzen lassen und das Wiesner-Fötzchen wird sich nicht mehr jämmerlich nach mir sehnen. Und weiß der Teufel, was mit Moni war. Und Vitus hätte nicht mehr das Bedürfnis, mich zu bekochen. Ich versuchte es noch einmal mit der heldenhaften Masche: Ich kann nicht zulassen, dass jemand anderem etwas passiert. Die Mademoiselle lächelte.

Ja, sieh her, was für ein Mann ich bin. Deswegen lässt du dich so gerne von mir ficken, Prinzesschen. Das sagte ich nicht laut. Sonst hätte sie gar noch über mich herfallen müssen.

Gar so trotzig, dachte sie. Als hätte sie mich gehört.

Hey, ein Verbrechen ohne Mitwisser ist keines, sagte René, hob sein Glas, prostete mir zu.

Gehst du mit zur Eröffnung heute?, fragte die Tarán.

Weiß noch nicht, antwortete er, sich nachschenkend. Ich hatte ganz vergessen, dass heute diese Cluberöffnung war. Wir hatten alle Eintrittskarten bekommen, da waren Tische reserviert.

Versprich mir, sagte ich zu ihm, dass du nicht weiterbohrst.

Wie kann ich nicht weiterbohren, sagte er, schließlich gehörst du ja jetzt zur Familie. Er packte mich am Genick und schüttelte mich. Die Berührung war mir unangenehm. Ein Zeichen von Dominanz. Wie ich es bei der Tarán machte. Wenn ich sie meine Nutte oder meinen Schutzengel nannte. In letzter Zeit hatte sie sich keine dieser Zuwendungen verdient. Die Mademoiselle kraulte das Kätzchen zwischen den Ohren. Ich würde dafür sorgen müssen, dass er Angst bekam. Das ist die Mikrowellenversion von Respekt. Nicht so gut, aber wesentlich schneller. Lass den Scheiß, sagte ich.

Ich werde gehen, ich habe ja Dinge zu erledigen, er nickte mir zu. Halt dich raus, wiederholte ich. Es wäre besser, ich könnte ihm jetzt folgen und ihn nicht aus den Augen lassen. Aber er hatte schon nach seiner Jacke gegriffen, steckte mir noch etwas in die Brusttasche und war zur Tür hinaus.

Du solltest wirklich netter zu ihm sein, sagte die Tarán. Sie fantasierte manchmal von einer Welt, in der Konflikte noch auf den Straßen gelöst wurden und Männer stets bereits waren, Gliedmaßen für ihre Frauen zu lassen. Die Welt ist schlecht, mein Herzchen. Sie streichelte immer noch Gina. *Fare la gatta morta,* dachte sie. Was hatte er mir gegeben?

Die Tarán setzte sich den großen, schwarzen Sonnenhut und ihre Fleischfliegenbrille auf und hockte sich ans offene Küchenfenster, um zu rauchen. Gerade, dass sie sich die Lippen nicht dafür nachgezogen hat. Pseudodiva. Gina hopste zu ihr hoch.

Kennst du das Märchen vom Katzenkönig?

Nein, aber ich kenne Katzenschnupfen.

Idiot, sagte sie, ich meine das Märchen, wo der Totengräber zu diesem alten Ehepaar kommt und erzählt, dass er eine Katzenbeerdigung am Friedhof gesehen hat.

Eine Katzenbeerdigung?

Ja, eine Katzenbeerdigung, schwarze Katzen, die mit ihren kleinen, schwarzen Pfötchen einen winzigen Sarg balancieren, auf dem eine Krone ist, und eine gigantische Schar Katzen, die dem Sarg folgen.

Gina hatte sich wieder entfernt, um sich maunzend vor das Schüsselchen am Boden zu hocken. Die kamen sicher nur wegen des Leichenschmauses, ergänzte ich.

Jedenfalls, fuhr sie fort, starrten alle drei den Totengräber an.

Alle drei?

Der alte Mann, seine Frau und ihre Katze.

Und hat die Katze auch etwas auf ihren Pfötchen balanciert? Nein? Langweilig.

Kannst du einfach einmal ruhig zuhören?

Ich höre dir doch gerne zu, antwortete ich. Das kostet mich wenigstens nichts.

Nie, wenn es um Inhalte geht!, rief sie, warf ihre Zigarette aus dem Fenster, und ich wusste nicht, ob sie nun böse auf mich war. Dabei interessierten ihre Inhalte mich doch brennend, besonders körperlich. Aber sie goss Gina nur noch ein bisschen Milch ein.

Stell dir vor, rief sie weiter: kleine Kätzchen bei der Beerdigung und alle marschieren langsam hinter dem Sarg her und miauen bei jedem dritten Schritt. Und da flippt der alte Kater des Ehepaares aus und ruft: Dann bin ich der König der Katzen! Und fährt durch den Kamin hinaus. Die Tarán setzte sich zurück auf das Fensterbrett.

Da sollte er aber besser nicht mit dem Weihnachtsmann kollidieren.

Am nächsten Tag, redete sie einfach weiter, sie hatte wohl entschieden, mich zu ignorieren, fanden die alten Leute goldene Mäuse auf ihren Kopfkissen.

Die Tarán hätte also gerne goldene Mäuse, eh klar.

Du weißt schon, dass das einfach normale Mäuse gewesen sein werden. Für Katzen wie Gold, aber sonst auch nichts.

Blutige Mäuse, aus denen Gedärme hängen, auf dem Kopfkissen, direkt vor deiner Nase.

Sicher nicht!, rief sie.

Oder eben Katzengold. Wenn du der König der Katzen bist, bist du nämlich genau das: König von gar nichts.

Gina marschierte mit aufgerecktem Schwanz ins Zimmer, leckte sich das Maul und hopste wieder neben die Mademoiselle aufs Fensterbrett. Die strich über Ginas Schnurrhaare, nahm ihr kleines Köpfchen sanft zwischen ihre Hände, sah sie bitterernst an und fragte: Bist du der Katzenkönig?

Katzenkönigin, wenn schon, sagte ich.

Aber Gina bohrte die weichen Stellen hinter ihren Ohren nur mit hektischer Begeisterung in die Fingerknöchel der Tarán.

Du kanntest das Märchen also nicht?

Nein, ich kenn nur die Geschichte von den Irren, die einem Mann eingeredet haben, dass er dem Katzenkönig, der quasi der Teufel ist, ein Menschenopfer bringen müsste.

Hey, Gina, willst du ein Menschenopfer? Und Gina, glücklich über so viel Aufmerksamkeit, kam sofort auf mich zu. Ich stand vom Bett auf: Menschenopfer also?

Ich pflückte eine lachende Tarán vom Fensterbrett: Du musst jetzt Gina geopfert werden, um eine Gefahr von Millionen Menschen abzuwenden. Aber Gina sprang beleidigt an meinem Hosenbein hoch: Sie war an der Reihe, gestreichelt zu werden.

Du solltest auch gehen, sagte die Mademoiselle zu mir, und nimm die Katze wieder mit, ich gehe doch davon aus, dass sie einen Besitzer hat, nicht? Und: ich darf hier doch nicht. Das war typisch. Erst beschwerte sie sich, dass ich nicht zu ihr gekommen war, und nun beschwerte sie sich, dass ich hier sitze. Ich nickte. Ich wusste, dass Gina das nur missfallen konnte.

Ich hielt Gina mit der einen Hand und griff mit der anderen nach meiner Brusttasche. Ein Stofftaschentuch. Spinner. Wozu das auch gut sein sollte.

15

Ich kehrte daher mit Gina auf dem Arm in Vitus' Wohnung zurück. Sie miaute jämmerlich, als ich sie dort absetzte. Wir haben beide keinen Ausweg, Kleines. Vorerst sind wir hier im Veganerland. Sie setzte sich nun wieder maunzend vor den Kühlschrank, ich schaute hinein. Ich weiß nicht, wozu, ich kannte den Inhalt. Hier war nichts Katzentaugliches zu finden. Ich sah in die anderen Küchenschränke und fand zwar kein vernünftiges Katzenfutter, aber immerhin einen erstaunlich großen Vorrat an Alkoholika. Auch diverse Schnäpse. Ich zog einen teuren Grappa hervor und öffnete ihn. Vitus trank nicht wirklich, sonst wäre nicht so viel davon hier. Kein Wunder, dass ich so schwer in seinen Kopf kam. Und kein Wunder, dass er Alkohol lagerte. Ein, zwei Gläser Wein halfen mir gar nicht. Ich ließ mich wieder auf das Sofa fallen und Gina folgte mir. Ich hatte die Schuhe aus Protest anbehalten und scrollte auf meinem Notebook nach Stellenausschreibungen. Nach einer langen, ernsten Unterhaltung mit Gina über Katzen, die Alkohol konsumierten, ging die Tür auf und Vitus kehrte zurück. Er stürzte begeistert auf mich zu: Du hast Gina gefunden. Großartig. Ich dachte, sie wäre verloren gegangen. Sie findet nicht zurück, wenn sie alleine draußen ist.

Schwachsinn, dachte ich. Sie will nicht zurückfinden.

Sie hat Alzheimerschübe, ergänzte er. Das war schwer zu glauben.

Ja, doch, sie glaubt ein Anrecht auf alles zu haben, und manchmal kratzt sie einen, weil sie einen nicht wiedererkennt. Er zeigte mir ein paar Narben auf seinen Händen: Das hier ist von dieser Woche. Man hat den Wurf so spät gefunden, dass Gina manchmal vergisst, dass sie zahm ist.

Mich wunderte gar nichts. Die Kratzer könnten auch an der veganen Zwangsverpflegung liegen. Oder einfach dem typischen Verhalten einer Katze zuzuschreiben sein. Die Tarán verhielt sich ähnlich und hatte gewiss kein Alzheimer. Die Hoffnung, dass sie etwas vergäße, konnte man sich abschminken.

Gehst du später mit? Er deutete auf die Flasche, aber ich wusste, dass er den Club meinte. Ich gehe ins Bad und dann koche ich. Er verschwand eine Weile. Ich tauschte mit Gina einen Blick und nuckelte weiter an meiner Grappaflasche. Er verließ das Bad nur mit Hemd, Krawatte, Socken und einer farblich zu den Socken passenden Unterhose bekleidet und verschwand in seinem Schlafzimmer. Der Typ war ein einziger wandelnder Brechreiz. Ich sollte wirklich zusehen, dass ich hier nicht allzu lange bleiben musste. Er hatte wahrscheinlich Angst, nicht mehr in die Zehengummischuhe zu passen, wenn er normale Nahrung zu sich nahm. Ich hätte ihn Rainer überlassen sollen. Rainer hätte ihn aufgefressen. Eines Tages frisst ihn vielleicht Gina. Der Magen einer Katze ist unendlich wie das Weltall.

Im Normalfall, begann er zu sprechen, würde ich ja in diesem Aufzug kein Essen zubereiten, aber du wirktest so enttäuscht, als wir über Ernährung sprachen, und daher habe ich Toastbrot und Käse gekauft. Es ist ja eine Ausnahme, lächelte er. In diesem Moment wäre ich gerne aufgesprungen und hätte ihm vor Freude in die Wangen gekniffen, wusste aber, dass das Gina verärgern würde, daher staunte ich ihn nur an. Er nickte, lächelte wieder und holte einen Toaster unter der Spüle hervor.

Der Geruch nach geschmolzenem Käse verbreitete sich langsam in der Wohnung, und Gina sprang auf, um dem

Duft zu folgen. Daher folgte ich Gina, und wir standen alle drei an der Theke, als die Klingel an der Vordertür sich wieder bemerkbar machte. Er hob ab und ich hörte die Worte: Würden Sie bitte die Tür öffnen, Polizei.

So schnell es ging, flüchtete ich ins Bad, Gina holte mich auf dem Weg noch ein. Wenn ich mit den Polizisten reden musste, dann wäre alles vorbei. Sie würden mich auslachen. Ich verschloss die Tür und überlegte, ob ich es aus dem Fenster schaffen könnte, dabei die Stimme meiner Mutter hörend, dass man immer Rücklagen haben sollte. Mit Rücklagen wäre dir das nicht passiert, halt's Maul, Mutter. Das Fenster war im ersten Stock, aber allzu hoch schien es mir nicht, die Büsche im Hof würden meinen Fall abfangen. Ich sprang also. Klopfte Schnee von meinen Beinen, zupfte Laub aus meinem Hemd. Da hörte ich einen kläglichen Laut von Gina. Ich kann nicht, dachte ich. Sie steckte ihren Kopf beim Fenster hinaus, setzte an, setzte an, setzte noch einmal an. Trippelte von links nach rechts und zurück, als müsste sie entscheiden, ob es irgendwo niedriger sei. Eine Katze hat keine Angst vor der Schwerkraft zu haben. Sie entschied sich für die Stelle, auf die am meisten Licht fiel und sprang endlich. In Ordnung, ich würde sie nicht zurücklassen. Aber glaub nicht, dass wir jetzt beste Freunde sind. Ich hob sie hoch und rannte durch den Hof in ein anderes Haus, um von dort meinen Weg auf die Straße zu finden. Meine Tasche war bei Vitus verblieben, ich war ohne Mantel unterwegs. Die Tasche mit dem Laptop. Drei Tage ungeduscht. Alles nur, weil Vitus ein Denunziant war. Ich rannte, ich rannte und blieb erst stehen, als ich sicher war, nicht gefunden zu werden. Ich setzte Gina ab und zündete mir eine Zigarette an. Sie sah mich erwartungsvoll an. Warum überlegst du dir nicht zur Abwechslung etwas? Kleine Mistratte. Ich pisste an eine Hauswand. Gina starrte mich an.

16

Ich atmete durch. Ich konnte doch wohl kaum zurück zur Tarán. Wir waren am Nachmittag enger an einem Streit als an Sex vorbeigeschrammt. Fight oder fuck. Mein Leben ist eine mittelmäßige Katastrophe. In den letzten Tagen war es wärmer gewesen. Ich wünschte, ich hätte den Grappa mitgenommen. Ich durchsuchte die Kontakte in meinem Telefon. Amadeus? Niemals. Blabla. Leute, deren Gesichter ich vergessen hatte. Bea. Hasst mich. Dominik. Hasst mich. Weil ich Bea gevögelt habe. Vertikal war sie besser. Eva. Zumindest an ihr Orgasmusgesicht erinnere ich mich gut. Keine Ahnung, wo sie wohnte. Friedrich. Unerträglich, spricht nur von Computerspielen. Gina sah mich immer noch an. Glaub nicht, ich würde Verantwortung für dich übernehmen. Gerhard, Nazi. Richtiger. Aber das Gelaber von dichten Grenzen erträgt ja niemand. Du würdest dich anschauen, wenn du dein Gras über die Grenze bringst und kontrolliert würdest. Hannes. Hasst Frauen, ist überzeugt, dass sie ihn alle nur ausnutzen, Großmeister des Vergewaltigungswitzes. Nicht ironisch. Jessica, wohnt am anderen Ende der Stadt und hat nie etwas zu essen zu Hause. Magersüchtige Irre. Ömer – »Ich wähle rechts, damit meine Schwiegermutter in der Türkei bleibt«, Nummer nicht vergeben. Schoko, unmöglich, hat keinen Platz. Luisa, zerquetscht kopulierende Feuerwanzen im Park, weil sie anderen Lebewesen keinen Sex gönnt. Irgendwann kam ich wieder bei Vitus an. Gina, wieso hast du keine Wohnung? Oder ein Haus. Eine Villa würde dir ausgezeichnet stehen. Gina gähnte. Oder eine eigene Insel. Sie zwinkerte. Ich lehnte mich gegen die Hauswand. In was für eine beschissene Generation ich doch das Unglück hatte, hineingeboren worden zu sein!

Erstaunlicherweise war es die Mademoiselle, die mich rettete. Die Mademoiselle, von der man es nicht erwarten würde. Soweit ich das beurteilen konnte, war sie genauso ausschließlich an ihrem eigenen Vorteil orientiert wie ich. Aber sie wusste ja nicht, dass sie mich rettete. Vielleicht wäre sie andernfalls boshaft genug gewesen, mir diese Information vorzuenthalten. Sie schrieb mir: Vorglühen bei Albert und Corinna. Korbgasse. Party it is, dachte ich. Das brachte mich vielleicht nicht voran, aber immerhin: Ich hatte einen Ort. Ich fragte nach der Hausnummer. Dann eben dorthin. Zwanzig Minuten etwa zu Fuß, fünfzehn, wenn ich schnell ging. War ich eben früher dort. Weniger frieren. Ob die Tarán den Geruch meines Schweißes immer noch mochte, wenn ich so ankam? Ich setzte mich in Bewegung. Eine Zeit lang versuchte Gina mit kleinen Trippelschritten hinterherzukommen. Mein Telefon piepte. Man könne mich gerade nicht einstellen, da die Frauenquote noch nicht erfüllt sei. Großartig. Wasauchimmer. Ich blieb stehen. Das Eintrittsgeld! Ich hatte das Geld nicht, um bei Albert die VIP-Tickets auszulösen. Heute ist Donnerstag. Die Tarán erwartete gewiss, dass ich. Ich bog ab. Ein kurzer Zwischenstopp musste reichen. Wir hasteten durch den Park, als Gina zum Sprint ansetzte, blieb ich stehen. Ich ging schneller. Gina ließ sich nicht abhängen. Wollte ich sie abhängen? Was täte sie hier im Park? Drogen verkaufen wie alle anderen, die hier strandeten. Ich griff nach ihr, hob sie hoch, und sie ließ erschöpft die Pfoten links und rechts von meinem Arm hängen, ihren Kopf an meinen Bauch schmiegend. Sie schien das Geschüttel meines Ganges nicht besonders zu mögen, aber rennen mochte sie doch auch nicht. Sie schnurrte. In den wenigen Minuten auf dem Weg zum Autohaus brachte sie mir mehr ehrliche Zuneigung entgegen als die gesamte Summe der Menschen in meinem Leben. Als wir ankamen, hatte ich Schweißflecken unter den Achseln und spürte die kalte Luft an meinem Oberkörper. Mein Hemd klebte. Die automatische Tür öffnete sich.

17

Wer noch nie eine Lüge gelebt hat, hat keine Vorstellung davon, wie es ist, mehrere gleichzeitig zu leben. Ich setzte Gina ab und sie war verschwunden. Hier gibt es glücklicherweise eine ausgezeichnete Espressomaschine für Kunden. Ich hatte nämlich das perfekte Autohaus gefunden. Teure Autos, ergo betuchte Kunden. Eine wahrhaft ausgezeichnete Espressomaschine und gleich neben der Maschine die ausgefüllten Formulare mit den Terminen frei zugänglich für jedermann. Geradezu perfekt für ein paar divergierende Tätigkeiten. Ich drückte auf den Knopf und die Maschine hustete unter Anstrengung einen Kaffee in das winzige Tässchen, das ich vom Stapel genommen hatte. Jemand sollte sie wohl entkalken. Dann platzierte ich mich, halb sitzend, halb lümmelnd, wie es die Autohausverkäufer in ihren Pausen machten, an dem Tisch und sah mich um. Heute war viel los. Ein Glück. Ich hörte die Gespräche um mich herum an den Vorführwägen. Motorleistung, Versicherung, Steuer. Ich schlürfte kurz meinen Kaffee und griff nach hinten.

Wir werden eine passende finanzielle Lösung finden, hörte ich aus der Nähe eines BMWs. Ein guter Satz, jedoch auch einer, der zeigt, dass der Kunde nicht über unendliche Geldmittel verfügt oder geizig ist. Ersteres ist schlecht, Zweiteres gut. Ich lümmelte weiter vor mich hin, geradezu Verfügbarkeit demonstrierend. Ich sah etwas unter ein Cabriolet huschen. Gina war noch hier. Ich hatte gedacht, sie sei vor dem grellen Licht nach draußen unter den trüben Himmel geflohen. Leasing und Kredit, hörte ich. Beides war unbrauchbar für mich. Ich wartete. Vor der Scheibe begann es bereits dunkel zu werden.

Da trat erstmals, seit ich mich in Stellung gebracht hatte, ein neuer Kunde durch die Tür. Ich sah zu ihm hin, damit er die Möglichkeit hatte, mich zu bemerken und mich als Mitarbeiter wahrzunehmen. Er nahm seine Schirmmütze ab und knetete sie leicht nervös zwischen den Händen. Endlich nahm er mich wahr, kam auf mich zu und meinte, er habe angerufen, es handle sich um die Ersatzteilsache. Ich fühlte nach hinten zu den Formularen. Petritsch hieße er. Ich nickte. Expansionsventil stand auf dem Formular, da waren nicht mehr als dreißig Euro zu holen. Er sah aber nicht einmal aus, als hätte er dreißig eingesteckt. Ich winkte einem Mitarbeiter, der aus einem der Büros kam, mit dem Zettel aus dem Stapel. Er lächelte mich an. Ja, bist du froh, dass ich da bin, nicht wahr? Ich musste auf einen anderen Kunden warten.

Mit so jemandem konnte man nicht arbeiten. Man brauchte eine Person, die etwas Unnötiges wollte. Schließlich gibt es nichts, was man heutzutage nicht in ein Auto packen kann. Außerdem sollte der Kunde aussehen, als hätte er viel Bargeld dabei. Ich hielt also Ausschau nach Menschen, die wirkten, als wollten sie unnötigen Luxus und nicht ein Ventil. Oder man suchte jemanden, der sich gerne sicher fühlte. Sicherheitsbedürfnis wird heute großgeschrieben. Sicherheit lässt sich verkaufen. Bei Sicherheit sollte nicht gespart werden. Ein magischer Satz. Und ohnehin ist es gut, Pakete zu verkaufen. Pakete, die es nur so nur jetzt gibt. Man könnte da selbstverständlich noch nachrecherchieren, ob das wirklich das sei, was man bezahlen sollte. Und dann verspricht man noch, dass sämtliche Wartungskosten inklusive wären. Immer freundlich und kompetent wirken. Und nachdem man ausgeführt hat, wie viel billiger das alles wäre, bietet man natürlich noch an, dass der Kunde das Ganze schon überschlafen könnte, schließlich sei alles eine *high involvement* Entscheidung und man sollte immer möglichst neutrale fachliche Beratung heranziehen, aber die Weisung für diese speziellen Angebote sei eben nicht immer gegeben. Einmal habe ich einen Kompressor verkauft, und so einen Kompressor kann man nicht erneuern, ohne dies auch mit dem Trockner zu tun, und wenn man den Trockner austauscht, könnte man doch. Der Rabatt bei Cash-Zahlung war unschlagbar. Der Preis hätte nicht einmal die Ersatzteilkosten gedeckt. Geschweige denn Reparatur und Wartung. An diesem Tag ging ich mit siebenhundert Euro nach Hause. Der Kunde wollte viel für nichts und ich habe ihm nichts für viel gegeben. Geizig war gut, schlecht situiert nicht. Und wer war ich schon? Ihr Mitarbeiter da, der – ja, so beginnen die Sätze. Ich könnte jeder sein. Aber dieses Würstchen war nicht zu gebrauchen.

Ich wunderte mich, wo Gina war, mein Espresso war fast leer, ich wollte mich für einen zweiten zur Maschine umdrehen. Ich hatte noch einige Stunden Zeit, bevor die Eröffnung begann. Gina sah ich nicht, jedoch eine Frau, die durch die Tür trat und einschüchternd schnellen Schrittes auf mich zukam.

Ich griff nach einer weiteren Tasse, das Gerät hustete, prustete und als die Frau bei mir ankam und mit einem harten Klacken ihrer Schuhe stehenblieb, verdammte es uns zu einigen Sekunden des Schweigens. Sie hätte sich angekündigt. Sie bräuchte, ihr Name wäre. Gerade, dass sie nicht sagte: aber ein bisschen plötzlich. Ich löste ein paar Blätter voneinander. Frau Westerkamp. Ersatzteil für BMW Cabriolet. Elektromotor, Innenraumgebläse, wo stand der verfluchte Preis. Ich durfte nicht lächeln. Gebläse also. Noch nicht. Blick aufs Papier. Frau Westerkamp. Doktor Westerkamp. So sah sie aus, hah. Auch ein Doktor aus Gebläse. Hat Frau Doktor Westerkamp es denn eilig? Ich nickte wissend. Blickte ihr ins Gesicht, nun ein Lächeln. Ich war schon zu lange hier, es sollte schnell gehen.

Sie haben einen guten Tag erwischt, sagte ich. Ein Mitarbeiter, der gerade einen Kunden in Richtung Büro wies, sah zu mir her, ich ließ das Papier hinter meinem Rücken verschwinden und machte eine einladende Handbewegung in Richtung des Vorführwagens, der dem Auto der werten Dame entsprach, um aus dem Blickfeld des Kollegen zu verschwinden. Ich zitierte, was ich mir von dem gewünschten Produkt gemerkt hatte. Baujahr, Leistung und Preis und dass es ein glücklicher Tag für sie sei, da es bei Barzahlung heute Mehrwertsteuerrabatt gäbe. Ihre Augen leuchteten. Dieses Modell, nur für Rechtslenker. Welcher Idiot kauft sich in einem Linkslenkerland Rechtslenkerteile? Sie war perfekt für meine Zwecke. Ob sie nicht auch ein Navigationssystem benötigte, fragte ich. Schließlich legte ihr Kauf nahe, dass sie sich immerhin gelegentlich in fremder Umgebung aufhielt. Und ich erklärte ihr anhand des Vorführwagens, wo in ihrem wunderbaren Auto das entsprechende System untergebracht sein würde. Sie zögerte, meinte, sie habe sich noch immer einwandfrei orientiert, da bemerkte sie Gina auf dem Fahrersitz des Vorführwagens. Gina hob das Köpfchen, richtete sich auf, putzte ihr Pfötchen, zwinkerte Frau Westerkamp an. Diese streckte die Hand aus. Der Mitarbeiter, der mich vorhin zur Kenntnis genommen hatte, ging gerade durch den Papierstapel. Frau Doktor Westerkamp kraulte Gina hinter dem Ohr, die so laut schnurrte, dass ich befürchtete, man könnte es noch drei Autos weiter hören. Ich wiederholte die Mär von der Mehrwertsteuer und dass es bei zusätzlicher Anschaffung eines Navigationssystems weiteren Rabatt gäbe. Aber sie hörte mich kaum, sie hörte nur das Schnurren und nickte endlich langsam, während ich ein weiteres kleines Kästchen für Barzahlung auf das Formular machte.

Ja, wer bist denn du?, quiekte sie verzückt.

Der Einbau und die Wartung waren schließlich mit inbegriffen.

Die Gebläsedoktorin ließ die Hand, die nahezu magnetisch mit Ginas Ohr verbunden schien, zum Reißverschluss ihrer Handtasche rutschen, Gina stützte sich nun auf den Türgriff, um mehr zu fordern. Gina, wie sie sich für mich aushurte.

Gehorsam kehrte die Hand zu Ginas weichem Fell zurück. Ich hoffte, dass die anderen Gina nicht sehen konnten.

Sie gehört wohl einem der Nachbarn, sagte ich, und Frau Westerkamp sah mich an, als fragte sie: Welche Nachbarn? Ringsum waren kaum Wohnhäuser. Da stieß Gina sie wieder mit dem Köpfchen an und sie unterschrieb und reichte mir einhändig hundertvierzig Euro, die sie in einem mühsamen Prozedere aus dem Portemonnaie im Seitenfach ihrer Handtasche fingerte.

Zumindest für heute Abend würde es reichen. Ich käme gleich wieder, sagte ich und überließ sie Gina und Gina ihrem Schicksal. Adieu, mein Flittchen. Ich sagte, ich wäre sofort mit der Rechnung und dem Wechselgeld wieder da, und ging einen weiten Bogen an den Büros und an der Toilette vorbei. Der Mitarbeiter, der nun endlich damit fertig war, in den Formularen neben dem Espressoautomaten zu wühlen, drehte sich um und bemerkte, während ich aus der Tür trat, endlich die bereits stürmisch mit dem fremden Mantel schmusende Gina. Er stieß einen schroffen Schrei – Hey! – aus, der Gina hochschreckte. Sie rannte. Ich ging so langsam wie möglich, schließlich durfte ich nicht auffallen, über den Parkplatz vor dem Autohaus.

Hundertvierzig Euro mehr als vorher. Bin ich nicht gottgleich? Ein Held? Und bescheiden?

An der nächsten Straßenecke saß Gina. Natürlich, wie auch immer sie es geschafft hatte, an mir vorbeizukommen. Ich hätte sie sehen müssen. Kätzchen, ich bin sonst kein Teamplayer. Sie leckte sich eine Pfote und wusch sich hinter dem Ohr. Ich nahm sie hoch. Ich fühle mich nach solchen Transaktionen auch immer dreckig.

18

Ich läutete an der Haustür. Ohne zu fragen, wer draußen stand, drückte jemand den Summer. Die Wohnungstür stand einen Spalt weit offen. Gina hopste von meinem Arm und zwängte sich hindurch. Ich drückte die Tür auf und blickte mich um, wer von den üblichen Bekannten hier war.

Einige Leute waren schon hier. Es roch, als hätte jemand einen toten Hamster in der Lüftung vergessen. Albert begrüßte mich: Wie geht's? Dann erst bemerkte er, dass ich keinen Mantel trug und verschwitzt war. Ach ja, das war Albert, vor dem ich mich hinter dem Pappständer hatte verstecken müssen. Herzlichen Dank auch für den Rauswurf aus dem Job, den ich am längsten hatte. Er bemerkte Gina, die vor ihm stehen geblieben war, und zog die Augenbrauen hoch. Schlechten Menschen geht's immer gut, sagte ich und hob Gina zurück auf meinen Arm.

Er kratzte sich am Kopf: Was ist passiert?

Lange Geschichte, ich kraulte Gina, was riecht hier so? Ich konnte nicht hören, was er dachte, der Fußmarsch in der frischen Luft hatte die Wirkung des Grappas zunichtegemacht.

Wir haben jetzt unsere eigene Röstmaschine – Kaffee, antwortete er, eine neue Fairtrade-Marke, Miniröster.

Ich versuchte, nicht das Gesicht zu verziehen. Fairtrade heißt nur, die Bauern haben jemanden gefunden, der den Ausschuss kauft. Der Gestank erinnerte mich auch an dieses billige Waschmittel, das es früher gab.

Moni hatte erzählt, dass sie so einen Schüler in der Klasse gehabt hatte, der immer stank und zu blöde war, sich einfach zu waschen, wenn die anderen Kinder ja schon über ihn lachten, und dann lachte sie auch. Danach hatte ich geträumt, dass ich gefesselt auf einem Stuhl sitze. Dann fasst mir jemand an den Kopf und ich drehe mich, da steht ein stinkender, kleiner Junge mit einem Messer in der Hand, hält es mir an die Kehle und sagt: »Geld her.« Ich gebe ihm meine Brieftasche, und weil sie leer ist, ersticht er mich trotzdem, und als ich abgestochen war, habe ich gestunken so wie früher. Man riecht, wenn Deodorant billig war, und man riecht, wenn es zu teuer war, um überhaupt eines zu kaufen. Meine Mutter meinte, dass eine Seife reichen müsste. Eine für Körper, Haare, Geschirr und Wäsche. Wer hatte schon einen Seifenspender am Klowaschbecken? Dein Arsch riecht eben, wie deine Haare riechen. Oder vielmehr: Umgekehrt, die Haare wie dein Arsch. Sogar die sauberen Klamotten riechen dann wie das billigste Zitrusgeschirrspülmittel. Geld her, denn das stinkt wenigstens nicht.

Was ist mit ihr? Albert zeigte auf Gina. Aber bevor ich »Gina« sagen konnte, tauchte hinter ihm eine bebrillte Frau mit schwarzer Kurzhaarfrisur auf: Kannst du bitte genderneutrale Begriffe verwenden, wenn du von Tieren sprichst. Albert nickte stumm und hörig. Als hätten Katzen ein Konzept von Gender. Aber gut, das sind ja auch hochkomplexe Annahmen, die zu den Weisheiten dieses Jahrhunderts geführt haben: Gender ist jetzt ein soziales Konstrukt, aber fett sein ist Genetik.

Ja, antwortete ich, ich werde sie trotzdem *sie* nennen, da ich an Dyspronomismus leide. Sie blickte mich kurz verstört an. Ich war mir nicht sicher, ob sie wusste, dass das Wort bedeutet, dass ich mir keine Pronomen merken kann, aber dazu ist sie vermutlich zu denkschrittgehbehindert wie die meisten Kämpfer für die gute Sache. Und du, bist du eine Frau?

Ja, nickte sie. Ich identifiziere mich meistens als Frau.

Oh ja, dachte ich, gendere mich, gendere mich, mach mich zur Frau. Da möchte man glatt anfangen, Altherrenwitze zu erzählen.

Dann fragte sie mich: Warum trägst du das Tier herum? Als Angststörungstherapie?

Oh oh, da hatten wir vermutlich eine Psychologiestudentin im 2. Semester. Die wissen immer sofort, was einem fehlt. Schnell- und Ferndiagnosen sind ihr Spezialgebiet.

Bipolar und Paranoia, antwortete ich, hoffend, in Ruhe gelassen zu werden.

Albert versuchte die Kontrolle über die Unterhaltung zurückzuerlangen. Ein guter Gastgeber: Du bist völlig verschwitzt.

Ja, ich würde gerne, kann ich kurz ins Bad. Er nickte: Ich kann dir auch etwas anderes zum Anziehen geben.

Er wirkte ehrlich besorgt. Ich trat an der Genderschnepfe vorbei ins Wohnzimmer und tauschte schließlich Gina gegen einen Stapel Kleidung. Gina riss sich allerdings sofort von dem fremden Körper los und begann die Winkel des Wohnzimmers zu inspizieren, dabei geschickt einen Bogen um die wenigen bereits anwesenden Gäste machend. Albert deutete mit der Hand auf eine Tür und ich begab mich ins Badezimmer. Aus den Augenwinkeln konnte ich gerade noch sehen, wie ein Kind aus einer der anderen Türen kam und laut »Gatssääh!« rief, was Gina dazu veranlasste, eine Sekunde lang erschrocken stillzustehen, während das Kind auf sie zusteuerte, und schließlich auf einen der Hängeschränke in der Küche zu fliehen, von dem aus sie den restlichen Abend verächtlich herunterblicken würde. Eine vernünftige Entscheidung. Sie hatte keinerlei Ehrfurcht vor fremder Umgebung und diese Art von Hipsterwohnung war ihr ohnehin immer vertraut gewesen. Während die Wohnung meiner Kindheit einer Höhle glich, in der die wundersamsten Dinge aus dem Boden wuchsen. Dinge aus Müll, den man ja noch brauchen könnte. Wo waren die Leute mit den weiß ausgemalten Räumen, den sauber verfugten Bädern und den

Fußbodenheizungen? Ich zog die Socken aus und stellte mich auf die warmen Fliesen. Es war ja nicht so, dass es damals bei den anderen Kindern zu Hause anders ausgesehen hätte. Und überall wurde man eingeladen und überall gab es Püree. Die Segnungen der subterranen Feldfrüchte. Mindestens zwei Leute in der Wohnung stritten immer. Bei mir zu Hause gab es nur uns beide. Permanenter Streit also für mich. Bei Markus war meist seine ältere Schwester involviert. Wir waren dreizehn, und Kathi und ihr Vater brüllten einander an, was Kathi dürfen sollte und was nicht. Ein Handy haben durfte sie zum Beispiel nicht. Ich und Markus, wir lutschten stumm Püree von unseren Löffeln. Wenn wir Glück hatten, gab es danach Dosenpfirsiche.

Es war Alberts Onkel, der diesen Club besaß, den später alle heimsuchen wollten, dementsprechend wunderte mich das Arrangement zur Abendgestaltung wenig.

Ich war dankbar, dass Albert keine Fragen gestellt hatte, auch wenn ich fürchtete, dass sie später kämen. Keiner von meinen Freunden war so eng mit Albert und Corinna, dass ich fürchten musste, dass die beiden bereits Details kannten und Probleme bereiten würden. Nicht einmal ich sollte so eng mit ihnen sein. Sie hatten mich im Supermarkt offenbar nicht gesehen. Ich schälte mich aus der feuchten Kleidung und stellte mich unter die Dusche. Die Shampooflaschen waren nach Farben sortiert. Eine Flasche Stutenmilchduschgel, auf der ein Pferd aus weichen, grünen Strichen abgebildet war. Das Shampoo hatte mehr Vitamine als mein Essen. Die nächsten Minuten brauchte ich, um mit dem Einhandmischer die richtige Temperatur zu finden. In einer fremden Dusche die richtige Temperatur zu finden, ist, wie eine Bombe zu entschärfen. Am Brennen in den Augen merkte ich, wie wenig mein Körper Vitamine gewohnt war. Vielleicht hätte ich davon etwas in meinen Mund quetschen sollen. Ich war hellwach. Ich freute mich über die trockenen Socken, über Hose und Hemd freute ich mich jedoch weniger. Albert hatte auf mich immer größer gewirkt, aber offenbar waren seine

Arme und Beine ein gutes Stück zu kurz. Was für ein Zwerg. Ich kam mir vor wie ein Clown. Immer noch ein attraktiver Clown, aber eben doch ein Clown. Wie gerne hätte ich nun einen gigantischen Holzhammer, das würde den Abend leichter machen. Oder eine Menge Sprengstoff. Niemand möchte Batman sein, wenn man auch der Joker sein könnte.

Auch die Schuhe passten dazu. Albert hatte zwar eindeutig größere Füße als ich, aber meine Schuhe waren größer als seine. Eine gute alte Angewohnheit aus der Kindheit: zu große Schuhe zu kaufen, man würde ja doch noch hineinwachsen. Natürlich halten sie nicht so lange, bis man hineingewachsen ist, und dann kaufte man die nächsten Clownschuhe. Mit den aufgetragenen Strumpfhosen der Mädchen aus der Nachbarschaft sahen die Schuhe noch grotesker aus. Da beginnt man, anders über die Notwendigkeit von Gendergrenzen nachzudenken. Da ist doch immer noch ein bisschen Luft. So wie in meinen Schuhen.

Ich verließ das Bad und begrüßte endlich Corinna, die Schüsseln mit Knabbereien auf den Couchtisch stellte und mir ein Bier anbot, das ich dankbar annahm. Das Kind war wieder verschwunden.

Ich war froh, mich in Ruhe auf einem Ohrensessel niederlassen zu können, und arbeitete daran, eine Schale Erdnussflips zu leeren. Schließlich wirkte Corinna nicht, als hätte sie noch viel mehr aufzutischen. Das Zeug besteht nur aus Luft. Ich versuchte, mich möglichst nicht in Gespräche einzumischen, am besten nicht zuzuhören. Das war schwierig. Mein Bullshit-Detektor schlug alle drei Minuten aus, bei Sätzen, die begannen mit: Und deswegen ist im Nahen Osten. Ein zweites Bier musste her.

Da gibt es genug Spezialisten. Idealerweise beschäftigt man sich mit Nachrichten über Ereignisse, die möglichst weit weg geschehen, die man künstlich aufbläst, damit man sich nicht mit der Sinnentbundenheit des eigenen Lebens beschäftigen muss. Die wären erstaunt, wie instabil auch ein Land wie dieses sein kann.

Oder Sätze wie: Es brach mir das Herz. Verlogener Schnulzscheiß und Betroffenheitsgetue. Zum Kotzen. Leute, die nach jeder Katastrophe Dinge posten wie: Meine Gedanken sind bei den Opfern von – beliebige Katastrophe hier einfügen –. Nur um sich selbst darzustellen, weil man ja so empathisch war, dass man geradezu selbst zum Opfer wurde. Ein drittes Bier war notwendig. Die Bewältigungsindustrie hat immerhin auch der Alkoholindustrie geholfen. Löscht euch doch alle.

Neben mir hörte ich jemanden sagen: Ich bin im falschen Jahrhundert geboren. Die Gesellschaft vor zweihundert Jahren. Mehr Bier!

Vollidiot, dachte ich, und begab mich in Richtung Toilette. Er hatte etwas von einem Gewalthippie, der bunt gefärbte Bio-Hanf-Textilien trägt. Manchmal ist ein Mensch zwar einige Jahre älter als man selbst, aber von einer Dummheit, als sei er einige Evolutionsstufen zurückgeblieben. Rückzug auf die Toilette, bevor mir die Galle hochkommt. Heute war ich auf Diät: Es gab Hass mit noch einmal Hass und Bier dazu. WCs hättest du vermisst, du dämliche Warze von einer Existenz. Ich glaube nicht, dass irgendjemand hier vor zweihundert Jahren überlebt hätte. Ich fragte mich, wie lange ich auf der Toilette bleiben konnte, ohne dass es auffiel. Jemand rüttelte zwischendurch an der Tür. Zwischendurch hörte ich Phantomdiskussionen von draußen. Wen interessierte es, wie in einem beliebigen filmischen Universum eine bestimmte Gruppe, die nicht vorkommt, behandelt würde, käme sie vor? Da war eine Schale mit Schwimmkerzchen und Blüten. Ich pisste in die Schale, bis sie randvoll war. Ganz vorsichtig, ich wollte ja die Kerzen nicht auslöschen. Danach fühlte ich mich besser. In dieses blöde Teil zu pissen, verschaffte mir eine ganz eigene Befriedigung. Ich würde vor lauter Selbstherrlichkeit aufpassen müssen, nicht mit einer Erektion nach draußen zu treten. Ich öffnete die Tür und an mir vorbei eilte der Typ, der meinte, er hätte gern vor zweihundert Jahren gelebt. Er hätte auch einfach in den Garten pissen können. Theoretisch.

In meinem Kopf murrte noch etwas: Wenn ich etwas anzünde, kann ich nach Hause gehen. Aber es gibt kein Zuhause.

Ich setzte mich wieder in den Ohrensessel. Ich fragte mich, wo die Tarán blieb, sie kam immer zu spät, aber so spät, dass sie in Gefahr lief, die Prä-Party zu verpassen, üblicherweise doch nicht. Sie liebte es, ihren Auftritt zu haben. Nachdem sich der Raum langsam mit verachtenswertem Abschaum füllte, wäre mir ihre Anwesenheit sogar angenehm gewesen, obwohl wir einander in den letzten Tagen zu oft gesehen hatten. Gina blickte immer noch auf alles herab, mit einer Grimasse, wie ich sie auf meinem Gesicht zu verhindern versuchte. Neben mir kam nun die Kleine im Kampflesbenlook zu sitzen und bei ihr ihre Freundin. Die Freundin trug ein rückenfreies Top, auf dem leicht speckigen Rücken ein Vagina-Tattoo mit Blümchen: *My vagina is beautiful.* Rosa und grün. Immer schön Flagge zeigen, damit niemand auf die Idee kommt, dass du dich von hinten ficken lässt. Das ist Verhütung. Dabei würde das Gesicht zu diesem Zweck völlig ausreichen. Am Ende sind das immer die, die beim Karaoke *Unbreak my heart* jaulen. Menschen sind üblicherweise im gleichen Ausmaß boshaft, wie sie unglücklich sind. Der Idiot aus dem achtzehnten Jahrhundert hatte den Fehler begangen, sein Bedauern über den Tod einer Sanitäterin bei einer Demo irgendwo, Hauptsache weit weg, auszudrücken, die von Polizisten erschossen worden war.

Und wie viele Polizisten haben die sogenannten Demonstranten getötet?, fragte die Kampflesbe. Ich konnte sehen, dass sie Streit wollte. Man musste schon für oder gegen die richtige Sache sein.

Er antwortete brav: zehn.

Und 82 sind im Krankenhaus gelandet. Das ist nicht besonders demokratisch von den Demonstranten gewesen.

Ich war mir in diesem Moment sicher, dass sie zwar den Text der Internationale kannte, aber überzeugt war, dass die Oktoberrevolution unblutig gewesen sein musste.

Er nickte langsam: Ja, das ist kein friedlicher Protest mehr, sondern ein bewaffneter Kampf gegen die Regierung. Ich verspüre auch Sympathien für die Polizisten, die nur ihre Arbeit machen, aber die Demonstranten haben eine große Menge an Menschen hinter sich. Das ist eine gefährliche Situation, aus der es keinen Ausweg gibt.

Nein, lehnte sie ab, das ist eine Situation, an der die sogenannte Opposition und ihre Unterstützer schuld sind. Sie sollten jetzt Verantwortung übernehmen.

Er wirkte verstört: Wovon, verdammte Scheiße, sprichst du?

Ein Satz, der mich nicht störte, da ich nicht einmal genau wusste, um welches Thema es sich handelte. Aber ich war geneigt, mich auf seine Seite zu schlagen, denn auch wenn er im falschen Jahrhundert lebte, sagte er wenigstens, was er dachte. Ihr nächster Zug hingegen war einer der von mir am wenigsten geschätzten. Sie sagte: Oh, was für eine Sprache. Während sie dachte: Du wagst es, mir zu widersprechen?

Er sagte, was er dachte, immer noch. Ich stand auf, um am Fenster zu rauchen. Mein Bier war abermals leer. Aber ich konnte sie noch zu deutlich hören, der Sicherheitsabstand war zu gering.

Beruhig dich und fang an zu denken, sagte sie, und: Was soll dieser Ton?, während sie dachte: Du Kotzbrocken, du Arschloch, hinterfragst du meine Wahrheit?

Nun, sagte er, die Augenbrauen zusammenziehend, diesmal laut: Ich habe dort gelebt.

Nun, dachte ich, dann werde ich doch noch herausfinden können, um welches Land es sich überhaupt handelte. Bei der Menge an Krisenherden verlor man leicht den Überblick.

Da rief sie: In deiner Realität! In ihrem Kopf dröhnte es: Du hast mir gar nichts zu sagen. Immer schön, wenn Menschen in Diskussionen jemandem Realitätsverlust vorwerfen, um über den eigenen hinwegzutäuschen. So wie es nach der Jungfrau Maria niemand mehr wirklich geschafft hat, die jungfräuliche Geburt glaubwürdig rüberzubringen. Am liebsten würde ich ihr sagen, dass sie ihre Augenbrauen in Ordnung bringen soll. Das würde sie den ganzen Tag verfolgen.

Vergiss nicht, hyperventilierte sie fast: Es. Gibt. Immer. Zwei. Seiten. Der. Medaille.

Mit Allgemeinplätzen kann man nicht viel falsch machen.

Aber das sagte ich doch, meinte der arme Tropf schwer verunsichert, du hast dich doch auch für eine Seite entschieden.

Da wurde sie noch lauter: Du hast die eurozentristische Sicht eingenommen, was auch verständlich ist. – Auch ein schöner Schachzug: Sie warf ihm Stereotypisierung vor, während sie ihn stereotypisierte. *Oh, what a move.*

Sieh mal, sagte sie, sieh mal, als spräche sie mit einem Dreijährigen: Sieh mal, du kannst auswählen, welche Medien du konsumierst, das ist, wo es beginnt.

Sieh mal, damit auch die größten Volldeppen verstehen müssen, wie klug du bist. Zerbrich, dachte sie, zerbrich. Ich überlegte, ob ich ihm helfen sollte, aber ich kannte ihn nicht.

Sie sprach weiter: Will ich genauer hinsehen – da waren wir wieder bei den Allgemeinplätzen – oder nicht? Eine Frage, die von ihrer Dummheit ablenken sollte. Eine Inquisition. Vergewaltiger!, hallte es in ihren Gedanken.

Er hatte offenbar immer noch nicht genug und fragte: Und welche Medien habe ich ausgewählt? Willst du nur widersprechen und unterstützt deswegen ein korruptes Regime?

Ich konnte sehen, dass er die Geduld verloren hatte, aber ihr wunderbarster Schachzug folgte noch: Auf diesem Niveau kann man nicht diskutieren, rief sie, du nimmst mich nur nicht ernst, weil ich mich als Frau identifiziere! Überprivilegierter Arsch! Dann stürmte sie auf die Toilette. Sie war auch so ein Abklatsch sozialer Gerechtigkeit wie das Hühnchen, das Rainer zur Seite gesprungen war. Herumhitlernde Heulbullies überall. Ist das Streben nach Gleichheit nicht wundervoll?

Ein grässlicher Gedanke: Frauen, die sich als Opfer betrachten, nur weil sie Frauen sind. Das haben wir dem Feminismus der dritten Welle zu verdanken. Bedachtere Menschen würden niemals diesen Weg einschlagen. Wenn ich ein wirkliches Opfer wäre, hätte ich unter den Pseudoopfern vermutlich schon ein Massaker angerichtet. Kein Pseudomassaker, wohlgemerkt. Ich holte mir noch ein Bier, brachte dem Gesprächspartner dieser Verrückten eines mit. Ja, ab einem gewissen Pegel, gerade bei Bier, werde ich ein rührseliger Mensch. Am liebsten hätte ich applaudiert, aber applaudieren kann ja posttraumatischen Stress fördern. Ich wedle nicht mit den Armen. Kein Taubstummenapplaus von mir.

Langsam geriet die Runde in Bewegung. Ich war glücklich darüber. Ich hatte zwar keine Lust auf einen Clubabend, aber wenn ich Glück hatte, war es laut genug, dass ich dieses elende Pack weder reden noch denken hören musste. Die Tarán war immer noch nicht da. Ich schrieb ihr eine Nachricht. Ich fühlte mich unwohl in meinem Clownkostüm und überlegte, was ich mit Gina machen sollte, aber offenbar hatten sowohl Albert als auch Corinna vergessen, dass sie hier war. Sie schlief oben auf dem Küchenkasten. Immerhin trug ich vernünftige Schuhe. Albert begann, das Geld für die Karten einzukassieren. Natürlich kam die Tarán erst, nachdem bezahlt worden war. Nachdem von mir bezahlt worden war. Hundert Kröten. Futsch. Wo war Gina? Wo war ihr verächtlicher Blick?

Die Irre kam wieder aus der Toilette, mit verheulten Augen und verschmiertem Mascara. Sie hatte die Blumen aus der Schale in ihre Haare gesteckt. Ich lachte in mich hinein. Pissblumen. Vermutlich musste sie sich vor dem Spiegel mehrmals sagen: Aber ich bin doch schön, bin ich doch.

Als sich das Grüppchen nach draußen wälzte, stand endlich die Tarán vor der Tür, begleitet von Moni. Die Mademoiselle sah mich an und dachte: *Eyecandy.* Trotz des Clown-Outfits. Sie hätten noch auf René gewartet, aber er wäre nicht gekommen. Kackwurst, dachte ich.

19

Ich versuchte, nicht als Letzter aus dem Taxi zu steigen, um nicht bezahlen zu müssen. Mich überraschte die Zusammensetzung unserer kleinen Gesellschaft, gerade das Mädchen mit den Pissblumen am Kopf und ihre Freundin schienen mir wenig in einen derartigen Club zu passen. Sie würden sich bestimmt über alles und jeden beschweren, ich würde einen Bogen um sie machen müssen. Die Mademoiselle war mit ihnen im Taxi gelandet und als die ausstiegen, konnte ich noch die Worte »internalisierte Misogynie« hören, die Tarán grinste dazu. Dachte *cutsie wootsie krabutzi*, von euch muss ich nicht gemocht werden. Der Security hielt mich auf. Was, seh ich aus wie ein Taliban? Die Tarán hatte vermutlich ihre eigene kleine Schnapsreserve in der Handtasche, aber die kontrollierte er natürlich nicht. Sie hätte vermutlich nur gesagt: Murat hat gesagt, das ist okay. Irgendwann hat sie gelernt, dass es in jedem Sicherheitsunternehmen einen Murat gibt.

Es handelte sich hierbei um einen der Clubs, in denen hauptsächlich Cocktails, aber auch Sushi serviert wurden. Aus den Lautsprechern tönte musikfremde Stressmucke. Wir fanden schnell die reservierten Tische, fast alle bestellten etwas zu essen. Ich versuchte, so zu tun, als wäre ich nicht hungrig. Wo blieb der Champagnerregen?

Moni erzählte, wie sie bei Prêt-à-manger eine Frau zurechtgewiesen hatte, die sich über die Wartezeit beschwerte, schließlich verhungern auf dieser Welt auch noch irgendwo Kinder. Moni ließ sich dafür feiern. Alle im Prêt-à-manger hätten applaudiert. Man stieß darauf an.

Die Fingerknöchel an der rechten Hand der Tarán waren blau. Soweit ich sehen konnte, war es Schminke. Oh mein Gott, was ist passiert?, schob Corinna die Aufmerksamkeit nun ihr zu. Ach, gar nichts, antwortete die Mademoiselle. Sie spielte dieses Spiel besser als Moni, die gleich fragte, ob das wegen ihres letzten Postings gewesen sei. Sie habe es ja im Internet gesehen und: Sonst ist dir wohl hoffentlich nichts passiert? Man hörte die Verlogenheit und Falschheit ihrer Sorge in der Stimme. In Wahrheit dachte sie: Miststück. Sie hoffte, dass das Thema damit gegessen sei. Aber Corinna fragte noch einmal nach und einer der Gäste, den ich nicht kannte, übernahm die Arbeit für die Mademoiselle: Sie hat jemandem eine verpasst, der versucht hat, sie zu begrapschen. Die Tarán nickte dazu mit einem bescheidenen Lächeln. Heuchler. Alle.

Sieht wie Schminke aus, sagte Wiesner und nahm einen großen Schluck seines Old fashioned. Er erledigte heute für mich die Drecksarbeit. Gut, dass er auch mitgekommen war. Auch wenn er seine dreißig Silberlinge von Moni kassiert hatte.

Ja, natürlich, antwortete sie, oder glaubst du, ich will, dass jeder gleich sieht, dass ich mich geprügelt habe?

Man stelle sich also Daisy Duck mit blauen Flecken auf den Knöcheln vor, immer noch adrett das Schleifchen auf dem Kopf, nur dass sie statt des Schleifchens silberne Ohrringe trug. Alles musste sitzen, alles musste passen, und ich behaupte, dass sie es geschafft hätte, die blauen Flecken mit Make-up zu verbergen, selbst wenn man sie windelweich geprügelt hätte. Aber darum ging es nicht. Die beiden Kriegerinnen der sozialen Gerechtigkeit sahen sie nun bewundernd an. Moni kochte. Die blubbernden Fäkalien der Selbstdarstellung.

Deine Haarc sehen heute großartig aus, sagte sie zur Tarán. Damit meinte sie: Hast du's einmal hingekriegt, dass sie nicht beschissen in alle Richtungen stehen, aber jeder hier weiß, wie du sonst aussiehst.

Die Tarán antwortete brav: danke schön. Damit meinte sie: na, neidisch?

In Wahrheit, begann ich, wollen doch alle Frauen vergewaltigt werden. Die Blicke richteten sich sofort auf mich. Wiesner lachte. Teils aus Verlegenheit. Aber, fuhr ich fort, sie hätten gerne, dass es der attraktivste Mann im Dorf ist, der nur nach frischem Schweiß riecht, sie auf Händen in den Heuboden schleppt oder sie lachend über seine breite Schulter wirft, der sie hart durchnimmt und ihnen danach übers Haar streicht und sagt: Du bist die Liebe meines Lebens. Danach ruft er am besten jeden Tag an. Aber du, lieber Wiesner, bist zu diesem Verhalten zu wieselhaft. Ich erntete verächtliche Blicke.

Wiesner grinste. Grinste, als hätte ich ihm vergeben. Soll sich die kleine Schildkröte ruhig ein Weilchen für ein Wiesel halten, dann erfahre ich vielleicht, warum er Moni die Polizei hat rufen lassen. Ich war bereits sicher, dass es Moni gewesen sein musste. Die Tarán zog eine Schnute, ach, Putzelchen.

Irgendwo am anderen Tischende entspann sich wieder eine jener hirnrissigen Diskussionen. Ich hörte nur Fetzen wie: Ich habe Sachen gesehen, von denen träumst du nicht einmal.

Ja, wo denn?

Im Internet, dachte jemand, die offizielle Antwort lautete: Ich bin viel herumgekommen. Ich stürzte meinen Drink hinunter. Und ich bin in China durch Föten gewatet, jaja.

Karl, das war der Name desjenigen, der behauptete, im falschen Jahrhundert geboren zu sein. Er fragte, wer für die Taxis bezahlt hatte. Ringsum Schulterzucken. Er zumindest nicht, er war ja gerade blank. Moni nippte an ihrem Drink: Aber ich bin doch hübscher als sie, oder?

Karl sprach mit Wiesner über Amadeus' Buch: Schriebe ich ein Buch, wäre es sicher besser als dieser Müll.

Er mochte recht haben, aber solange er es nicht schrieb, würde ich sagen: Beweis es, oder halt's Maul. Da tauchte little Miss »Ich hab noch nie für Drogen bezahlt« auf. Sie kam auf mich zu und begann zu schimpfen, ich wusste erst nicht recht, was los war, bis sie einen Moment lang die Klappe hielt und dachte: Fette Freundin! Da wusste ich, dass sie es war, der ich versehentlich geschrieben hatte. Ich konnte mich nicht erinnern, dass sie mir ihre Nummer gegeben hätte. Sie musste sie an dem Abend bei Wiesner heimlich in mein Telefon getippt haben. Hat dir niemand gesagt, dass man keine fremden Telefone antatscht? Die Mademoiselle stand auf. Sonst tat sie nicht viel. Sie stand auf, als sagte sie: Ja? Als hätte sie gerade einen Telefonanruf entgegengenommen. Sie sagte nichts weiter. Sie dachte: *Nu ştiu dacă*. Schon wieder fremdes Zeug. Sie stand nur da, vor dem Girlie. Ein blauer Pfau vor einem schwirrenden Kolibri, auf dass dieser nicht zu kreischen beginne. Der Kolibri wich einen Flügelschlag zurück, schrie ihr dann ins Gesicht: Ich werde alle deine Exfreunde finden und blöd ficken! Ja, lass dir eine Medaille an die Muschi heften. Dann drehte das Girlie auf dem Absatz um, stolperte und stürmte davon. Ja, eine richtige Fickschnepfe. Ich sah ihr noch einen Moment lang nach, aber sie wurde gleich abgelenkt, da sie jemand ansprach. Der hatte offenbar auch schon ordentlich getankt: I'm Mister Big Dick. Und ich sah ihm an, dass er nur noch überlegte, wie er sie am besten runtermachen könnte, ja, mach sie fertig, hau drauf, immer auf den Kopf und in den Kopf, noch ein Schlag ins Selbstwertzentrum! Hau drauf! Je unhöflicher du bist, umso mehr wird sie dir hinterherrennen. Nur das konnte ich hören, nicht, was er sagte, das Girlie kicherte und hörte gleich wieder damit auf. Aber später wird sie nicht mehr kichern, wie sollte sie auch, wenn sie einen Schwanz im Mund hat. Noch fühlte sie sich stark, witzig und sexy. Sie sollte nach Hause gehen, sie war offenbar betrunken. Aber dieses Gefühl würde er trotzdem zerstören.

Menschen, die glauben, erst das Selbstwertgefühl ihres Gegenübers brechen zu müssen, ekelten mich auf eine ganz besondere Art an. Ich versuchte, schneller zu trinken, damit die Leute langsamer dachten. Moni zupfte an ihren Fingernägeln. Als Jens an einer Überdosis verreckt war, hatte das Girlie nur wissen wollen, ob Jens gesagt habe, dass er sie nicht mehr mochte, weil er zwei Tage vorher nicht auf eine Nachricht geantwortet hatte. Der Neubauer hat ihn abgeholt, dachte sie. Ich versuchte, unauffällig in der Tasche der Tarán nach ihrem Flachmann zu wühlen.

Ich wusste nicht, wer Jens war, aber armselig ist es allemal. Jemand ist gestorben. Hatte mich der noch lieb? Ihr seid ja alle so zum Kotzen. Trixiebelle, du ichzentriertes Drecksstück. Das ist erbärmlich. Und den Neubauer kennt außer mir tatsächlich jeder. Gerade, als ich mir wünschte, man würde aufhören, mir Armutszeugnisse vorzulegen, schmiss Karl eine Runde. Pleite bist du, Karl, hm? Jemand hier weiß nicht, was das Wort bedeutet. Da bist du, Karl, gleich neben mir, und dort drüben ganz weit weg von dir, ist der Tellerrand, über den du nie hinausgeschaut hast. Ihr seid ja alle ganz besondere Schneeflöckchen auf dieser Welt, die sich nur um euch dreht. Der Flachmann war leer. Sie hatte es wohl nötig gehabt.

Ich rauchte Kette. Mir war bereits schlecht. Ich nahm einfach die Zigaretten, die am Tisch lagen. Ich schüttelte mich. Dein Körper sagt nicht: Ich kann nicht mehr, es tut weh, es brennt, ich bin müde, ich muss aufhören. Das ist dein Geist. Also: Unterdrück ihn mit mehr. Du glaubst, du willst aufhören? Wir fangen erst an. Ich kippte auch das von Karl bezahlte Getränk hinunter und wankte auf die Toilette. Als ich wiederkam, sah ich, wie die Tarán Moni ohrfeigte, aber nichts in ihren Gedanken verriet mir, warum, und das Bedürfnis, mit mir zu sprechen, hatte offenbar ohnehin niemand. Weißer Wal, dachte Moni und schrie die Tarán an: Das hat wehgetan!

Nächstes Mal nehm ich dir deinen Tampon weg!, schrie die Tarán zurück.

Ich sah die Tarán fragend an. Gar nichts, fauchte sie in meine Richtung. Sie gab sich nicht die Mühe zu lügen, dabei konnte sie es gut. Man würde nie erkennen, wenn sie log. Nur ich konnte das. Das war ihr Laster, das Lügen, dafür hatte sie eine Leidenschaft. Aber heute gab sie sich keine Mühe. Aus Prinzip machte ihr nichts Spaß, aber das Lügen schon. Die Welt ist schlecht, mein Spätzchen. Ich unterstützte dieses Laster. Auch Satan Kitty sagt: Je mehr du lügst, umso besser wirst du im Lügen. Gina schlich jetzt vermutlich ganz entspannt durch die fremde Wohnung. Zwei Clubgäste schwirrten kichernd in Richtung Toiletten. Kokskokskoks. Die provinzielle Arroganz, die Leute dazu brachte, solche Clubs für cool zu halten, ist unerreichbar.

Nun legte die Tarán einen Ausdruck gespielter Bosheit in ihre Augen und Moni zitterte und rannte nach draußen, innerlich auf die Mademoiselle fluchend und die Zähne knirschend. Eine derbe Spottlust hatte die Tarán erfasst.

Normalerweise hätte sie mir nun eine Geschichte aufgetischt. Sie ließ sich niemals eine Geschichte entgehen. Manchmal sagte ich Dinge, nur weil ich ihre Reaktion hören wollte: Erinnerst du dich, als wir in Rom waren und diesen Restaurantbesitzer kennengelernt haben? Und sie würde antworten: Ja, er hieß Giuseppe, nicht wahr? Der Trip war ein Spaß. Wenn man davon absah, dass wir niemals in Rom waren und Giuseppe nicht existierte.

Ich fahre nicht mit dem Bus, sagte Corinna aus dem Nichts. Sie hatte Angst, dass wir keinen Platz im Taxi haben würden. Du würdest sogar zu Fuß gehen, wenn es sein müsste, dachte ich.

Ich stolperte über die Stufe, die unseren Bereich vom Pöbel trennte. Die Tarán lachte. Es passte zu gut zur knappen Kleidung, die Albert mir gegeben hatte. Ich verschüttete den Inhalt meines Glases zur Hälfte. Plötzlich hörte ich in allen Köpfen: Mafia, Mafia, Mafia. Ihr Arschlöcher. Wer war das, Tarán? Ich zog sie am Arm hoch und ein Stück zur Seite: Wer hat gequatscht? Sag mir, wer gequatscht hat?

Sie blickte zur Seite und verzog den Mund. Warst du es? War es Moni? Wiesner? Nein, nein, nein, nein, dachte sie. Ich packte sie an den Schultern, schüttelte sie: Wer? Wer?! Der Neubauer, dachte sie, der Neubauer kommt.

Spinnst du?, riss sie sich los.

Na großartig, jetzt weiß das jeder. Der Kellner gab mir eine Rechnung. Ich hätte gedacht, dass Albert bezahlt. Ich ließ die Tarán stehen, gab dem Kellner meine Kreditkarte. Er verschwand damit.

Albert, sagte ich, Gina ist noch bei euch. Albert nickte. Und ich brauche einen Schlafplatz. Muss das sein?, dachte er, aber er nickte trotzdem weiter. Niemand darf wissen, wo ich bin, sagte ich zu ihm. Er nickte brav weiter.

Gehen wir. Sagte ich. Und zwar schnell, fügte ich gedanklich hinzu. Gleich würde der Kellner mit meiner Kreditkarte wiederkommen, die selbstverständlich nicht funktionierte.

Ich muss noch aufs Klo. Sagte die Tarán und mit einem Ich auch! folgte ihr Corinna. Ich griff nach ihrer Tasche. Die Toiletten waren vor dem Ausgang. Hopp hopp, Albert. Beweg dich. Es darf nur niemand bemerken, dass der Kellner meine Karte noch hat.

Aber Albert war abgelenkt: Mafia, dachte er. Ihr seid alle zum Kotzen, dachte ich. Ich wedelte mit den Armen, als müsste ich Rinder durch den Clubausgang treiben, dabei war es nur Albert. Beweg dich, du Rindvieh. Ich lehnte mich an die Treppenführung. Warum mussten Frauen auf Toiletten so entsetzlich lange brauchen. Corinna trat endlich durch die Tür, als der Kellner zu unserem Tisch zurückkehrte, er sah sich um und machte mich an der Treppe aus. Ich ergriff die Hand der Tarán, als er auf uns zusteuerte. Das war der einzige Weg, um sie zu beschleunigen. Gut, dass auf der Karte nicht mein richtiger Name stand.

Albert und Corinna sahen während der Fahrt nach Hause stumm aus dem Fenster, sich still darüber beklagend, dass ich anwesend war. Wie lange wohl?, dachten sie im Einklang. Sie sagten kein Wort. In der Liebe und im Krieg müssen die

Fronten gewahrt werden! Ich fragte mich, wie ich zu meiner Tasche kommen würde. Die Couch in ihrer Wohnung war immerhin ausziehbar. Der Babysitter beklagte sich, dass er Ginas Kackwürstchen wegräumen hatte müssen. Wie konnte so ein kleines Tier so viel scheißen?

Ich schälte mich aus der zu engen Kleidung. Langsam wurde es still in der Wohnung und Gina kuschelte sich an mich. Sie hatte mich wohl vermisst. Alleine durch die Wohnung zu streunen, hatte sie wohl nicht genossen. Das Wohnzimmer drehte sich etwas weniger, als sie neben mir lag, als sei sie sein Dreh- und Angelpunkt. In diesem Moment respektierte ich sie mehr als die meisten Menschen. Ich bin ja jetzt da, schnurrte sie. Ich bin ja da, flüsterte ich. Mein Telefon vibrierte, es war die Tarán: René ist verschwunden. Kann ihn nicht erreichen. Das ist alles deine Schuld.

20

Ich wachte von Geschrei auf und davon, dass Gina auf meinen Kopf und von da auf den Boden sprang. Claudi!, schrie es. Mehrfach. Eine widerwärtige Stimme. Viel zu hoch. Zornig. Ich hörte Geklimper und das Rascheln von Plastik. Ich versuchte, mich auf etwas anderes zu konzentrieren, sang in Gedanken: Mein Kopf, der hat drei Löcher. Ich drehte mich um. Corinna warf Lebensmittel in den Müll, schrie wieder: Claudi! Keine Rücksicht auf meinen elenden Kopf. Ich hörte mich stöhnen, dumpf, als wäre ich weit weg.

Corinna bemerkte, dass ich wach war: Entschuldige, Claudi hat Rosinen gegessen. Er verträgt keine Rosinen. Claudius, sag Hallo.

Hallo, fiepte es hinter mir. Ein Babyaasgeier, wie putzig.

Claudius, genannt Claudi, war also das Kind, vor dem Gina abermals in sicherere Höhen geflüchtet war. Corinna blickte zu ihr hinauf.

Claudius. Man weiß erst, wie viele Leute man hasst, wenn man seinem Kind einen Namen geben muss.

Ich wollte dich nicht wecken, sagte Corinna, alleine: Es ist bereits Nachmittag. Claudi ist gerade von der Schule nach Hause gekommen. Sie strich dem Kind vorsichtig über den Kopf, als sei es radioaktiv. Ich konnte sie mir nicht beim Kopulationsakt vorstellen. Vermutlich hatte sie eine Polkamumu. Sie kannte nur einen Rhythmus.

Ich hasse Kinder. Ich konnte die Geringschätzung in meinem Blick nicht verbergen. Ökologisch gesehen ist das Schlimmste, was man tun kann, sich zu vermehren.

Man versteht erst, dass Kinder auch Freude bereiten, wenn man selbst welche hat, lächelte Corinna gequält. Kinder sind der einzige, wahre Lebenssinn, fügte sie verteidigend hinzu.

Es klang, als hätte sie das Kind nur, um ihre berufliche Erfolglosigkeit zu kompensieren. Schwangerschaft und Erfolg waren sich immerhin in einer Sache ähnlich: Alle gratulieren einem und nur man selbst weiß, wie oft man gefickt wurde. Nun, wenn all deine Träume tot sind, kannst du die Dinge verfolgen, die die anderen für dich wollten.

Der Lebenstraum geplatzt? Keine große Künstlerin oder Geschäftsfrau geworden? Keine Karriere? Bekommen Sie ein Kind und erzählen Sie allen, es sei der Sinn des Lebens. Sie setzte sich in den Ohrensessel.

Ihr heiratet bald?, fragte ich.

Sie wippte mit den Füßen – eine Unterhaltung, vor der sie davonlaufen möchte. Die haben das Ficken gewiss schon aufgegeben. Schwer vorstellbar, dass Klein-Claudi einmal ein schäbiges Grinsen in der Fresse seines Vaters war. Es würde eine Zeit lang dauern, bis der nächste Aurelius oder was auch immer folgen würde. Sie war angespannt. Aber hey, jeder hat ein Anrecht auf sein persönliches wunschloses Unglück. Das konnte unmöglich sein, was die Tarán wollte. Aus der Sicht eines Junkies ist Heroin auch Freiheit.

Claudi starrte Gina an. Dieses Kind mochte ich noch weniger als alle anderen. Bis zu 200 Gramm Kacke sind zu jedem Zeitpunkt schätzungsweise in einem Kind seiner Größe enthalten, bei Erwachsenen das Doppelte oder mehr. Und manche bestehen vollständig daraus.

Er ist jetzt in einer anderen Vorschule, einer besseren. In der letzten bestand die Tochter einer Bekannten darauf, eine Barbie zu bekommen. So eine Art von Gruppenzwang wollen wir nicht, sagte das unmütterliche Wesen, das Claudi geboren haben soll.

Sie stand auf und begann die Arbeitsflächen der Küche mit Desinfektionsmittel einzusprühen. Da hatte wohl jemand ein bisschen Hygienewahn.

Ich schaute zu dem Kind. Claudi schaute verunsichert zu mir. Er fremdelte, gut so. Er schlich zu Corinna und klammerte sich an ihren Rock, als flöge, als schwebte sie davon, wenn zu viel Luft hineinkäme.

Sie schob ihn weg. Krätzmilben, sagte sie, wir waren heute früh beim Arzt. Das ist mir wirklich ... Normalerweise hätte er dir zur Begrüßung die Hand reichen müssen, das Benehmen ist mir nun wirklich peinlich. Normalerweise, fuhr sie fort, würde ich ihn noch stillen. Man soll ja so lang wie möglich. Ich versuchte woanders hinzusehen. Stillende Frauen waren mir grundsätzlich egal, aber der Kleine war schon in der Vorschule, war das nicht dezent zu lange?

Sie schien allerdings das Bedürfnis zu haben, weiter und weiter über das Kind zu sprechen. Ich sollte zusehen, dass ich hier wieder wegkam. Am besten, bevor ich auch Krätzmilben hatte.

Hast du denn dein Zimmer aufgeräumt?, fragte sie und blickte auf ihn herab. Er drückte die Hände fest auf die Ohren. Hab ich!, kreischte er und machte einen Hüpfer. Mümmel wird mir sagen, wenn du lügst. Er rannte in sein Zimmer.

Sie lachte zu mir her: Ich habe ihm gesagt, dass seine Ohren rot werden, wenn er lügt, und dass Mümmel mir erzählen wird, wenn er Unsinn gemacht hat.

Sieh her, was für eine großartige Pädagogin ich bin. Mümmel ist sein Häschen, fügte sie hinzu.

Sie bemerkte meinen irritierten Blick: Wir haben es mit antiautoritärer Erziehung versucht, aber er bekam immer Schreikrämpfe, wenn ihm etwas nicht gefiel. Zu Weihnachten haben wir ihm sogar drohen müssen, ihm sein neues Tablet wegzunehmen.

Drohen, dachte ich, jaja. Das hat sicher Wirkung gezeigt.

Zuletzt, als er seine Spielsachen nicht aufgeräumt hat, habe ich ihm im Kinderzimmer das Licht abdrehen müssen. Ich habe wirklich die Sicherung ausgeschaltet, stell dir vor. Sie wirkte stolz.

Großartige Idee, dachte ich. Im Dunkeln räumt es sich viel besser auf. Hat er eine Taschenlampe bekommen, oder standest du in der Tür und hast gelacht, wenn er auf einen Legostein trat? Satans Lieblingsspielzeug. Hitlers Mutter hat ihre Erziehungsmethoden bestimmt auch gewechselt wie Unterwäsche.

Sie reichte mir ein Glas Wasser und eine Kopfschmerztablette. Ich hatte nicht einmal danach fragen müssen: Heute hat er einen Cello-Vorspielabend, wenn du mitkommen möchtest? Cello, wie der Papa, lächelte sie stolz und: Wie lange bleibst du überhaupt?

Keine fünf Minuten, dachte ich. Sie machte nicht den Eindruck, als wüsste sie irgendetwas über meine Lage. Erstaunlich, nach der vergangenen Nacht. Konnte sie nicht endlich aufhören, von dem Kind zu sprechen? Cello-Vorspielabend. All die gescheiterten Pläne deines Vaters hängen an diesem Moment, Kleiner. Kein Druck, ja?

Dieser Planet und sämtliches Leben darauf sind nur ein Beweis dafür, dass man organische Dinge nicht an einem warmen, feuchten Ort lagern sollte. Wo war da der Desinfektionsspray? Und den Kalkrand würde sie ohnehin nur mit Zitronensäure wegbekommen. Aber Oma und Opa hatten vermutlich immer eine Putze. Am besten aus Polen. Mir auch egal.

Mein Kopf normalisierte sich langsam wieder. Ich hörte die Stimme der Tarán von ganz hinten: Du bist schuld. Ich konnte mich damit jetzt nicht befassen. Ich hatte ihren Bruder schon völlig vergessen. Ich sollte zusehen, dass ich meine Tasche wiederbekam. Ich hatte doch Vitus' Zweitschlüssel irgendwo gehabt. Wo war mein Sakko? Ich sah mich um. Da lag nur Alberts Clownanzug. Der hätte auch lila sein können. Ich schüttelte mich. Darin war ich gestern wirklich aus dem Haus gegangen? Ich schaute nach, welche Marke es war. Ich habe alle Marken, die dieser Schlag Menschen liebt, verinnerlicht. Einer der ersten Schritte: Man lerne ihre Kleidung auswendig. Mafia, fiel mir ein. Was hatten die gestern nur angerichtet?

Der Neubauer mag Katzen, sagte Corinna aus dem Nichts. Ich bin sicher, dass sie es sagte. Ich war nüchtern. Sie war nüchtern. Sie kann es nicht nur gedacht haben.

Der Neubauer? Wer ist dieser Neubauer?

Wer?, fragte sie.

Der Neubauer existierte wohl nicht.

Meine –, begann ich.

Habe ich gewaschen, sagte sie. Liegt alles im Bad. Schau, was für eine gute Hausfrau ich bin. Mich schauderte. Ich musste meinen Computer wiederbekommen. Vielleicht war eine meiner Bewerbungen schon angenommen worden. Dann konnte ich dem Spuk bald ein Ende bereiten. Wie lange wird es bis zum ersten Gehaltsscheck dauern? Lange. Ich musste mir etwas anderes einfallen lassen. Bei Wiesner hätte ich leicht ein, zwei Monate zubringen können. Judas. Ich schlich ins Bad. Meine Kleidung roch nach Weichspüler und lag auf einem Brett über dem Heizkörper. Vorgeheizte Socken, hach. Ja, doch eine gute Hausfrau. Vorgewärmte Socken wusste ich sehr wohl zu schätzen. Vitus' Zweitschlüssel lag neben dem Waschbecken. Ich hatte ihn vermutlich selbst gestern hier abgelegt. Als ich wieder einigermaßen hergestellt war, erklärte ich, dass ich kurz etwas zu erledigen hätte und am Abend mitteilen würde, wie lange ich das Sofa in Anspruch nehmen müsste. Tschühüüs, rief sie mir nach. Was für eine Stimme. Es war Zeit, sich wieder um meine Einkünfte zu kümmern. Erstaunlicherweise ist Schoko der Einzige in meinem Leben, der nicht ständig jammert, er habe kein Geld. Pleite ist eben auch ein relativer Begriff. Auf Schoko kann man sich verlassen, ich suchte seine Nummer aus meiner Kontaktliste.

21

Schoko saß schon an der Theke im Schnapsstüberl. Schoko kommt nie zu spät. Schoko ging auch niemals ohne Geld aus dem Haus. Zwei Gründe, ihn zu treffen: Er war niemals pleite und er war eine willkommene Abwechslung nach den letzten Tagen. Er nickte mir zu. Ich nickte ihm zu. Das Nicken: nach unten für Respekt. Nach oben auch einfach, wenn man jemanden kennt.

Wie läuft's, Käsesemmel?, eröffnete er.

Schlechten Menschen geht es immer gut. Ich hockte mich neben ihn. Und bei dir? Er sagte immer Käsesemmel. Eigentlich klang es mehr wie Käsäsämmäl, als wollte er einen besonders verunstaltenden deutschen Dialekt nachahmen.

Er grinste, aber was hieß das schon. Wenn ich so lange am Stück grinse wie er, muss ich reihern. Er schlürfte Schaum von seinem Bier, Max stellte mir eines hin.

Du schaust aus wie ein Clown, grinste er weiter.

Ja, danke, ich weiß.

Wo wohnst du jetzt?, fragte er. Ja, natürlich fragte er, wir haben uns, seit wir uns kennen, noch nie so lange nicht gesehen.

Bei einem Bekannten. Er nickte. Begann wieder zu grinsen: Bei einem Bekannten, oder bei einer Bekannten? Er lachte. Ich hätte dir ja angeboten, aber du weißt eh.

Ja, ich wusste. Marlies war bei der Familie aus- und in seine Einzimmerwohnung eingezogen. Schoko hat nicht einmal eine Badewanne, in der ich pennen könnte. Mein Bedürfnis, mich zwischen ihn und Marlies zu kuscheln, hielt sich schwer in Grenzen. Da war Wiesner schon besser. Marlies mag zwar lieb sein, aber für mich wäre sie nichts. Egal, wie gut sie blubbert.

Aber jetzt war es nicht die richtige Zeit, um in meinem Leben zu stochern, sondern in Schokos.

Wie lange läuft das mit Marlies schon?

Zwei Jahre.

Doch so lange.

Schoko nickte wieder grinsend, leerte sein Bierglas zur Hälfte in einem Zug.

In angenehmen Erinnerungen stochern nämlich. Wo war das noch, wo du sie klargemacht hast?

Die Geburtstagsparty von Ralf.

Natürlich wusste ich das. Sonst hätte es keinen Sinn gehabt, danach zu fragen.

Ach ja. Schräger Abend.

Ja, schon. Er nickte, trank, atmete ein und wollte anfangen, weiterzuquatschen. So etwas wie unangenehme Stille gibt es mit Schoko nicht. Stille gibt es mit Schoko nicht. Mit ihm in einem Zimmer, das wäre grotesk geworden. Aber jetzt, jetzt erzählst du, was ich möchte. Details.

Das war diese Gartenparty, mit der bunten Lichtergirlande im Innenhof, nicht?

Und da biss er an: Ja, wo Ralf so eine große Menge Bier gekotzt hat, dass wir geglaubt haben, er rührt sich nicht mehr.

Ja, über dieses ganze hässliche Hemd von diesem Typen hat er das Bier verteilt. Was für ein hässliches Hemd. Wer war das?

Schoko lachte: Ja, so ein blöder Hawaiidruck. Keine Ahnung, wie der hieß. Aber so ein scheußliches Hemd. Das musste er danach hoffentlich wegschmeißen.

Von mir aus hätte er auch über dieses komische Püppchen kotzen können.

Ja!, rief Schoko, die in dem Glitzerkleidchen, wie hieß die? Die dich nicht in Ruhe ließ.

Na, ich hatte meine da schon, sagte ich.

Was hat sie zu dir gesagt? *Du musst nett zu mir sein, ich hatte Krebs*, Schoko kippte vor Lachen fast vom Barhocker: Geheilt vor zwölf Jahren!, rief er, so ein Opfer!

Natürlich hatte Schoko das Glitzerkleidchenmädchen schon gehabt. Für einzelne Nächte waren seine Ansprüche recht gering. Mir hätte ja Marlies schon im Gesicht zu viel Blech. Damit würde ich sie nicht an meine Weichteile lassen.

Wenigstens hat das Wetter gehalten. – Komm schon, Schoko, reden wir über das Wetter.

Ja, superschwül war es und die ganzen schwitzenden Safttaschen! Er lachte wieder. Er dachte an die Lichtergirlanden und an den Geruch von Gras im Sommer.

Und Marlies war ziemlich besoffen, ergänzte ich.

Schoko lachte: Einen Scheißdreck war die, die wollte nur rausfinden, ob ich's ausnutze. Ich hab ihr das Muschiburnout erst am nächsten Tag verpasst.

Wenn Schoko wenigstens einmal mit irgendeiner Information hinterm Berg halten könnte. Aber das gehörte nicht gerade zu seinen Talenten. Heute war das gut so.

Die Wohnung war die reinste Müllhalde.

Ja, Ralf ist halt ein Messie, aber irgendwann komm ich an die Schallplatten. Das Zeug steht schachtelweise herum. – Schoko trank wieder und wollte ansetzen, mir den Weg der Schallplatte von Schellack zu Schokolade näherzubringen. Ja, Schoko, ich weiß schon, aus Schokolade wurden auch Schallplatten hergestellt. Hoffentlich fing er nicht wieder an zu singen. Nicht, dass es ihm nicht läge, aber für mich ist es jetzt wichtiger, im Garten zu bleiben. Bleiben wir noch ein bisschen im Garten.

Dass sie dich überhaupt genommen hat, so wie du an dem Abend aufgetaucht bist. Mit dieser Hose. – Na komm, Schoko, zurück in den Garten. Er dachte daran, dass er Marlies versprochen hatte, noch einen Döner mit extra Zwiebel mitzubringen. Extra Zwiebel, wiederholte er im Kopf.

Ja!, rief er wieder, in einer Lautstärke, als säße ich am anderen Ende der Bar. Die Bar hat sie auch weggeschmissen, sobald sie eingezogen ist.

Hey, ich richtete mich auf, immer schön ehrlich, an dem Abend habe ich dir dreißig Euro geborgt.

Schoko überlegte: Ach ja.

Wenn man jemanden nur tief genug in die Details eines Abends rutschen lässt, glaubt er einem alles. Dem eigenen Kopf ist nie zu trauen. Er zückte sein Portemonnaie. Ich hab nur dreißig mit. Ich zuckte mit den Schultern: Das Bier geht auf mich. Menschen haben eben das Grundbedürfnis, etwas zu glauben. Ich kann es ihm ja zurückgeben, wenn ich wieder richtig flüssig bin. Sorry, Bro, aber das musste jetzt sein. Höchstens noch ein Bier lang sitzen bleiben, während mir Schoko wieder etwas von Schallplatten erzählte.

Natürlich fühlte ich mich ein wenig schlecht, Schoko das Geld abzuknöpfen, aber es war einfach, und bei Wiesner hatte ich die Nummer schon einmal gebracht. Besser, er glaubt, er hätte Schulden bei mir, als dass er weiß, ich habe welche bei ihm. Schon blöd, Schoko, alles im Leben kommt zurück wie ein Bumerang. Nur auf das Gute trifft das nicht zu, das geht irgendwo in dem Fäkalhaufen verloren, den wir als Leben bezeichnen. Mein Aufenthaltsproblem mag nicht gelöst sein, aber immerhin war ich dreißig Euro reicher und auf dem Weg zurück zu Vitus.

Erst Vitus. Mit der Tarán würde ich mich später beschäftigen.

22

Der Schlüssel ließ sich nicht ins Schloss stecken. Ich hatte doch den richtigen. Der Haustürschlüssel hatte auch funktioniert. Da ging die Wohnungstür auf. Vitus' Schlüssel steckte an der Innenseite. Das »Komm herein« stieß er zwischen den Zähnen hervor, als sagte er: Geh zum Teufel! Die Tür machte ein unfreundliches Geräusch. Als hätte er Grund, zornig auf mich zu sein. Ich hatte Grund. Ich hatte Grund und sonst niemand.

Ich hole nur meine Sachen, sagte ich, ich brauche nur fünf Minuten. Er nickte mit verzogenem Mund. Vitus war nicht alleine. Er trank Tee mit jemandem, den ich nicht kannte. Ich suchte meine Sachen zusammen. Der Ratterich stand mit seinem Gast an der Theke und sah meinen Bewegungen nach. Er stellte uns nicht vor. Der Gast sah mich verwundert an, sie führten ihr Gespräch fort.

Jedenfalls, sagte der Gast, meinte Nora, ich hätte das nur erfunden.

Sie hat dich verarscht, antwortete Vitus abwesend.

Nein, sie dachte wirklich, dass es die Hitlerjugend nicht gab. Aber schon schmeichelhaft, was sie mir alles zutraut.

Bist du sicher, dass sie es nicht wusste? Da gibt es doch mehrere Möglichkeiten. Entweder sie wusste es wirklich nicht, oder sie ist so genial, dass sie dich glauben machen kann, sie wüsste es nicht, oder sie hat recht und die Hitlerjugend ist ein Hirngespinst, das erfunden wurde, um Kindern das Fürchten zu lehren. – Ich steckte mein Notebook in die Tasche. Sah mich um.

Aber sie dachte, ich hätte das erfunden. Ich!

Touché.

Ich bin ja sonst intolerant gegenüber einfältigen Menschen. Oder solchen, denen es an, wie soll ich es nennen, den Basics mangelt. Aber Nora hatte etwas an sich, dass ich ihr verzieh.

Ein Zeichen von Verliebtheit, schmunzelte Vitus ihn an.

Oder dafür, dass ich ein guter Mensch bin.

Touché, sagte Vitus wieder.

Dabei bin ich ja in Wahrheit Misanthrop, sagte der Gast.

Gute Menschen gibt es nicht, dachte ich. Nur einmal möchte ich einer Unterhaltung beiwohnen, die mich nicht ankotzt. Menschen, die sich selbst Misanthropen nennen, kann in Wahrheit niemand leiden, weil sie beschissene Kotzbrocken sind und daher keine Freunde haben.

Ich legte Vitus den Schlüssel hin.

Bei wem wohnst du jetzt?, fragte er. Geht dich nichts an, knurrte ich.

Die wollten nur mit dir reden, sagte er angepisst. Ich zog meinen Mantel an. Wenn du kleiner Schleimbeutel jetzt sagst, du hättest es »gut gemeint«, hau ich dir eine rein. Er nahm meinen Blick zur Kenntnis. Ich öffnete die Wohnungstür. Fünf Minuten hatte ich gesagt. Vitus kam mir hinterher: Hast du Gina gesehen? Ich drehte mich um, schüttelte den Kopf. Er sah betroffen zu Boden. Scheiß drauf. Du Verleumder. Geschieht dir recht.

Ich marschierte los in Richtung Korbgasse, da rief die Tarán an. Ich wollte nicht. Ich wollte einfach nicht, aber sie wäre vermutlich höchst verärgert, antwortete ich nicht.

Wo bist du?, fragte sie.

Auf der Straße.

Das hör ich.

Auf dem Weg zu Albert.

René ist immer noch verschwunden. Sie wirkte böse.

Wie kann er verschwunden sein?

Das ist deine Schuld, fuhr sie mich an.

Das sagtest du bereits, dachte ich. Wie kann das meine Schuld sein? Habe ich gesagt, er soll sich einmischen? Habe ich gesagt, es ginge ihn etwas an? Nein, ich habe gesagt, er soll sich raushalten. Du warst dabei. Sie schwieg. Ich hörte sie atmen. Es ist ja nicht so, als brächtest du Unglück, sagte sie in einem gespielt traurigen Ton. Ist doch nicht meine Schuld, wenn der Spast sich irgendwo einmischt, obwohl man ihm explizit gesagt hat, er soll das nicht tun. Und ohnehin kann überhaupt nichts meine Schuld sein. Ich habe nichts getan. Moni und Wiesner haben sich die Mafiageschichte ausgedacht. Wenn dein kleiner Bruder von Spast glaubt, er sei ja so der große Gangster, ist das ganz bestimmt nicht meine Schuld.

Willst du damit sagen, ich bringe Unglück?, sagte ich laut.

Nein, du hast recht, es kann wohl nicht alles deine Schuld sein. Als wollte sie mit jedem Satz das Gegenteil dessen ausdrücken, was sie sagte.

Weißt du was, mich interessiert der Dreck nicht. Ich habe nichts getan. Sie schwieg wieder. Niemand hat mehr zu sagen als Frauen, die so tun, als hätten sie nichts zu sagen.

Er ist schon viel zu lange weg, ich mache mir Sorgen, sagte sie leise. Als sei sie plötzlich menschlich geworden. Menschlichkeit bedeutet jedoch in den meisten Fällen nichts Gutes. Dabei versuchte sie nur, mich mit der Übersensibel-Tour zur Weißglut zu treiben.

Wir sollten etwas tun, flüsterte sie in den Hörer. Mir wurde die Tasche schwer und sie ging mir gerade auf die Nerven.

Hast du jetzt auch vor, die Polizei zu rufen oder was?, schnauzte ich sie an.

Musst du dich aufführen wie ein Arsch? Jetzt war sie richtig beleidigt.

Na na na, wir sind heute aber aufmerksam. Dein Freund ist ein Arsch. *Quelle surprise!*

Ich hab nicht vor, die Polizei zu rufen!, schrie sie, jetzt erst recht nicht! Glaubst du, ich bin durchgeknallt? Das würde nichts besser machen. Die können auch nichts für ihn tun.

Und was soll ich machen? – Zumal es keine Mafia und keinen tätowierten Kontakt gab, dachte ich.

Ja, klar, ich weiß, dass es dir fernliegt, dich einmal wie ein normaler Mensch zu verhalten. Mir ist schon klar, dass du es nicht leiden kannst, »normale« Dinge zu tun. – Sie setzte das »normal« unter Anführungszeichen.

Sieh mal, ich kann gar nichts für ihn tun. Egal, was passiert ist, das hat er sich selbst zuzuschreiben. Das geht mich nichts an. Es liegt nicht in meinem Verantwortungsbereich, dass er ein Vollidiot ist. Vermutlich hat es nicht einmal etwas mit mir zu tun. Wahrscheinlich hat er sich selber irgendwo in die Scheiße geritten. Kein Wunder bei der Attitüde. Oder er liegt irgendwo besoffen herum. Ich weiß nicht, was du erwartest!

Sie legte auf, nur um gleich wieder anzurufen. Ich ignorierte sie und stellte mein Telefon auf lautlos. Ich brauchte eine Zigarette. Alle Packungen, die ich hatte, waren leer. Ich schaute auf mein Display, um die Uhrzeit zu sehen. Jetzt schon vier Anrufe. Fünf, die Welt ist schlecht, mein Herzchen. Und diese Unterhaltung ist vorüber. Immerhin: keine Polizei.

Ich überlegte, warum ich sie mochte. Ich konnte mich kaum mehr erinnern. Da war doch etwas. Ich versuchte, mich zu konzentrieren.

Sie hatte unseren ersten Kuss verpasst, weil sie neben mir eingeschlafen war. Beim Orgasmus fielen ihr die Ohren zu. Penetriert einem das nicht die Seele? Nicht ausreichend. Vielleicht sollte ich dieser Beziehung ein Ende setzen.

Jeder schien von der Mafiasache zu wissen. Bald glaubte ich es schon selbst. Sogar die Leute auf der Straße sahen mich eigenartig an. Hatte ich etwas im Gesicht?

Als ich in die Wohnung zurückkam, begrüßte mich Albert mit den Worten: Kannst du kurz auf Claudi aufpassen? Er schläft, aber.

Ich nickte und ließ mich wieder im Wohnzimmer nieder. Das unselige Zentrum einer jeden Wohnung. Claudis Tür stand offen. Für einen Mittagsschlaf war es relativ spät. Ich fuhr meinen Laptop hoch, aber noch bevor ich tätig werden konnte, hörte ich: Ich weiß, dass du gerne Mittagsschläfchen hältst, aber ich nicht! Ich lugte durch den offenen Türspalt. Er sprach mit seinem Stofftier: Du magst Kartoffeln auch nicht?! So ein Zufall! Ich auch nicht!

Claudi sah sich um. Er bemerkte offenbar, dass beide Eltern nicht zugegen waren. Er sprang auf und rannte ins Wohnzimmer. GatsäähGatsäähGatsääh!, rief er.

Ich hatte keine Nerven für so etwas: Wenn du so schreist, wird sie nicht mit dir spielen wollen.

Warum tat man mir das an?

Hey du!, rief er mir zu, hast du Schokolade?

Ich schüttelte den Kopf.

Du hast sicher Schokolade! Schokolade! Schokolade!

Halt die Fresse. Was für ein Haufen Sackflöhe das Kind doch war. Ich ging in die Küche. Irgendetwas, nur damit er das Maul hielt. Nirgendwo Süßigkeiten. Ich öffnete eine Schublade.

Da hab ich schon nachgesehen! Er hatte die Hände hinter dem Rücken verschränkt und wippte vor und zurück.

Ich fand Vanilleextrakt. Was hältst du davon?, fragte ich. Er sah mich skeptisch an. Ich öffnete das Aromaröhrchen. Er schnupperte, riss es mir aus der Hand und rannte in sein Zimmer.

Bäh!, schrie er. Ich lachte. Selbst schuld, dachte ich. Man soll keine Süßigkeiten von Fremden nehmen. Manchmal muss man Kinder wie Kinder behandeln. Also wie dumme Erwachsene.

Albert kam bereits zurück. Er hatte eine Colaflasche in der Hand. Claudius stürzte in seine Richtung, versuchte ihn zu umarmen. Albert schob ihn zur Seite: Erst wenn der Ausschlag weg ist. In meiner Familie hat man sich nie so viel angefasst. Kein Wunder, dass der Kleine die Krätze hat.

Er hüpfte auf und ab: Hast du mir etwas mitgebracht?

Ich war nur fünf Minuten weg.

Cola!, rief der Kleine.

Das ist nicht für dich, sagte Albert. Claudius kreischte wütend. Dann fing er an zu weinen, erst still, dann lauter. Ein Sirenenkind.

Mich wunderte nicht, dass Corinna bereits begonnen hatte, ihn zu belügen.

Das ist nur schwarzes Wasser, verfuhr ich mit ihm wie Corinna. Ist ja nicht mein Kind. Am besten hätte sie ihm sagen sollen, dass man jeden Tag nur eine begrenzte Anzahl an Worten zur Verfügung hat. Dann würde Klein-Claudi das Maul halten.

Albert sah mich böse an: Man muss mit Kindern alles besprechen.

Ein Experte für Kindererziehung. Hatte er das schon Corinna gesagt?

Rosinen!, schrie Claudi nun.

Nein, keine Rosinen, Claudi, wehrte Albert ihn ab, und zu mir: Die verträgt er nicht. Ich nickte.

Zuletzt hat er vollständig rehydrierte Weintrauben gekackt.

Diese Erläuterung hätte ich nicht benötigt.

Du hast mir gar nichts zu sagen!, rief Claudi und schubste Albert, dann rannte er wieder in sein Zimmer.

Albert seufzte. Du solltest deinen Laptop nicht auf das Sofa stellen, das tut der Lüftung nicht gut.

Auch Experte für Elektrogeräte.

Du wirst mir irgendwann dankbar sein, ergänzte er, und: Wie lange willst du bleiben? Er plumpste erschöpft aufs Sofa.

Morgen bin ich weg. Ich wusste zwar nicht, wohin, aber das hier war nicht tragbar.

Wo ist Gina?, fragte ich. Er hob die Augenbrauen. – Die Katze.

Ah. Im Badezimmer. Sie hat Claudi ganz wahnsinnig gemacht. Wir haben ihr Wurst gegeben.

Aha, danke.

Das ist ungesund für eine Katze, so herumzuziehen. Nicht einmal eine Tragebox. Er trank Cola.

Sie hasst Käfige.

Auch Experte für Hauskatzen. Warum machte niemals jemand von der Freiheit, die Fresse zu halten, Gebrauch?

Ich weiß gar nicht, was du arbeitest. Ich wollte es mit Smalltalk versuchen. Ein Hoch auf den Gott des Smalltalks!

Ich forsche an der Uni zum Thema künstliche Sprachen. Wie Esperanto zum Beispiel. Du weißt, was Esperanto ist? Ja, ich weiß, was Esperanto ist. Auch Smalltalk war mit ihm nicht zu ertragen. Aber hey: Die gute Nachricht für alle, die ihren Job für sinnlos halten – das hier ist noch sinnloser. Aber dafür konnte er sich wenigstens als Spezialist für alles aufspielen. Ein Hoch auf berufsirrelevante Fähigkeiten.

Hast du Amadeus' Buch gelesen?, fragte er. Er spielt mit Anleihen aus künstlichen Sprachen. Ich vernahm also seine sachkundige Bewunderung des Werkes.

Ich schüttelte den Kopf, er ging zum Bücherregal und reichte es mir. Ich war mir dennoch nicht sicher, ob er es tatsächlich gelesen hatte. Im Allgemeinen ist es ja heute üblich, Bücher für das zu loben oder verdammen, was man glaubt, dass darin stünde. Seine Bücher waren farblich sortiert. So wie die Shampooflaschen im Bad. Zwangsneurotiker. – Du hast die Rechnung falsch gefaltet.

Er verschwand hinter einer der Türen. Ich klappte das Buch auf. Jobsuche wäre dringender. Die ersten zwanzig Seiten hatte ich trotzdem schnell gelesen: Die Stadt war eine Geschwulst und die Wolken drückten sich weich herab. Billig zusammengestöpselte Metaphern, bevorzugt geklaut aus fremdsprachigen Gedichten, hätte ich gesagt. Ein paar sprachliche Verrenkungen, dahinmäandernd, einfach ein Haufen aneinandergereihte Bilder, inhaltsleer, dann wiederholt man ein paar davon, der Leser freut sich, dass er etwas von dem Geschwurbel wiedererkennt, und dann kommen sich alle schrecklich intellektuell vor. Poetische Laufmeter eben.

Da kreischte Claudius wieder und Albert kam ins Wohnzimmer gestürzt. Warum schreit er die ganze Zeit? Gäbe es hier Strukturen, schrie er nicht. Er hat ja keine Ahnung. Im Kommunismus hätte er Schlange stehen können für Brot und man hätte ihm in den Magen geschlagen. Glaubst du, man lässt dich vor, nur weil du klein bist? Oder wenn du auf allen Vieren kriechst?

Claudius kam ebenfalls aus seinem Zimmer, in der Hand etwas, das nach einem Kuscheltier aussah. Ein blutiges Kuscheltier. Ich stutzte. Gina hatte Mümmel erlegt.

Der. Käfig. War. Offffn. Schluchzte er. Ja. Vor Gina hatte ich Respekt. Ich würde Gina loben.

Albert griff nach dem Hasen und nahm Claudius nun doch in den Arm, mich beäugte er giftig. Ich habe nichts damit zu tun, gestikulierte ich. Claudius heulte ganz leise. Rotz lief auf Alberts Schulter hinunter. Der schob Claudi von sich und riss die Badezimmertür auf. Gina flüchtete auf meinen Schoß und verstand nicht, warum man auf sie einschrie. Sie hatte für uns beide Rache geübt und dazu auch noch das Balg missbraucht. Ich war stolz auf sie. Ich kraulte sie am Kinn.

23

Ich wachte auf. Ich hatte Schwierigkeiten, mich zu orientieren. Wo zum Teufel war ich. Albert. Alberts Wohnung. Es war still. Stille war gut. Außer, das Kind war da. Dann wäre Stille schlecht, aber was ging mich das an? Alberts Wohnung, in der ich nicht mehr geduldet war. Als ob das Häschen mit meinem Rauswurf weniger passé wäre. Ein Malheur. Dass man dem Lebendigen gegenüber nicht etwas vergebender sein konnte. Ich richtete mich auf. Gina lag friedlich auf einem Stuhl. Sie wirkte zufrieden. Sie hatte auch gemordet. Ich stand auf und tätschelte ihr den Kopf. In der Küche lag ein Zettel, wenn ich ging, sollte ich die Tür ins Schloss fallen lassen, am Nachmittag waren sie alle wieder zu Hause. Ich öffnete den Kühlschrank. Milch, Eier, Käse. Normale Lebensmittel. Gestern hatte Corinna mir Pilzrisotto vorgesetzt. Immerhin. Claudi schniefte den ganzen Abend lang. Das machte das Gericht allerdings schleimig.

Ich bestrich ein Brot mit Frischkäse. Gina gähnte, als könnte sie ihren Unterkiefer aushängen. Was machen wir nun? Der letzte Abend war nun nicht gerade ein Genuss gewesen. Ich glaubte nicht, dass Gina die Käfigtür des Hasen mit ihren Pfoten geöffnet hatte. Das Kind war vermutlich selbst schuld. Beihilfe zum Mord. Ich kaute.

Ich weiß, was du über mich herumerzählst, tippte ich in mein Telefon. An alle senden. Das war ein guter Plan. Das würde erstens informativ sein und zweitens: Wer nicht beschissen antwortete, hatte gute Chancen, mein neuer Gastgeber zu werden. Auch an Moni schrieb ich das. Ich konnte an dem kleinen blauen Punkt sehen, dass sie die Nachricht gelesen hatte. Na komm schon, Moni, erzähl mir, was genau du getan hast. Aber sie antwortete nicht. Vielleicht hatte sie Angst, mir zu beichten. Die wenigsten Menschen sind zu beschäftigt, um zu antworten, sie scheißen einfach auf einen.

Ich hatte bis zum Nachmittag Zeit, Antworten abzuwarten. Ich kroch wieder unter die Decke. Gina legte sich auf meinen Bauch. Sie schnappte kurz nach meinem Aufstrichbrot. Nein, sagte ich laut, das ist ohne Häschen. Sie drehte sich ein paar Mal und rollte sich zusammen. Ich fuhr meinen Computer hoch. Callcenter, Lastkraftwagenfahrer, Kellner, EDV-Betreuer. Für Management, Consulting und Controlling schickte ich auch die »Ich habe schon immer geträumt, bei Ihrer Firma tätig zu sein«-Leier mit. Wer glaubte so etwas? Wer las so etwas? Mein Telefon vibrierte: Nach dem, was du mir angetan hast?!

Minus eins. Ich griff nach Amadeus' Buch: Die Luft war zerrissen vom Neonlicht.

Ich warf es zu Boden, rief eine Videoplattform auf. Ich könnte mich in den Schlaf masturbieren. Mein Telefon vibrierte: Egal, was sie behauptet hat, ich habe gar nichts gesagt, das hat alles sie von sich gegeben und versucht nun, mich schlecht dastehen zu lassen.

Minus zwei. Wieder ein Vibrieren: Nichts, was nicht wahr wäre, du Arschloch. Minus drei. Ich überlegte es mir anders. Ich lud die Porntube-Seite. Mein Handy vibrierte wieder. Pornoseiten sollten speziell für die Bedienung mit einer Hand modifiziert werden. Wieder ein Vibrieren. Ich konnte mich nicht konzentrieren: Hast du nicht genug Schaden angerichtet? Das war von Wiesner. Und von Moni: Fick dich! Ich fragte mich, wo sie sich wohl befand. Minus fünf. Noch ein Vibrieren: Ich glaube eben an Liebe auf den ersten Blick. Ich hätte Kinder mit dir gewollt und ein Leben und dich für immer geliebt, aber du egoistisches Arschloch denkst nur an dich und glaubst, du bist besser als ich. Du bist der Grund, warum Menschen wie ich sich erhängen wollen.

Das Girlie mit dem unschuldigen Gesicht. War ja klar, dass sie antwortete. War sie eine Option? Ich ließ mich dazu hinreißen, zu antworten: Sag doch so etwas nicht.

Was interessiert es dich? Würde es dich kümmern, würdest du mich aufhalten. Du wirst dich an meine Worte erinnern, wenn du meinen Namen bei den Todesanzeigen siehst.

Ich begriff, dass es ein Fehler gewesen war, zu antworten, ich schrieb: Versuchst du, mich zu manipulieren? Da hast du die Nummer von Rat auf Draht. Wir sind fertig.

So lässt du mich zurück? Nachdem ich gesagt habe, dass ich mich umbringe? Du bist echt ein Psychopath. Wenn ich dich an der Uni sehe, werde ich dir folgen und dann die Polizei rufen und sagen, dass du mich vergewaltigt hast. Und dann wirst du für immer allein sein. Fick dich.

Ich schrieb nicht zurück. Dagegen waren Paradiesvögel wie die Tarán regelrecht normal. Aber je mehr Müll man glaubt, umso besser ist man dran. *All you need is love …* ja, klar!

Ich habe alles, was man über Liebe wissen muss, früh gelernt. Hierhin, wo ich jetzt bin, haben mich nicht meine Eltern gebracht. Die waren nur verliebt und haben eben gevögelt, was das Zeug hielt. Dann war ich da und ich war im Weg, besonders meiner Mutter. Ich habe gelernt, dass Liebe dumm macht. Das erste Mädchen, das ich je geküsst habe, war etwas älter als ich und bestimmt einen Kopf größer. Kathi. Kathi war sechzehn und ihr Bruder Markus war in meiner Klasse. Aber ich war für sie sicher der größte Niemand, den sie kannte. Dass sie auch ein Nichts war, tat ja auch genau das zur Sache: nichts. Mein Vater ist selten aufgetaucht und hat auf der Couch geschlafen. Sonst schlief meine Mutter auf der Couch. Sie hat es nur in ihr Schlafzimmer geschafft, wenn er da war. Irgendwann hat er mir ein Handy mitgebracht. Eines von den guten, unzerstörbaren. Meine Mutter hat mich fast gelyncht, als sie das Gerumpel in der Waschmaschine gehört hat. Das Telefon hat es überlebt. Erstaunlicherweise hat es auch die Waschmaschine überstanden. In der Schule hat man zweimal versucht, es mir wegzunehmen. Du hast kein Geld für die Schulbücher und musst alte nehmen? Die Grenzen in deinem Geografiebuch sind ganz woanders als bei den anderen? Dann hast du auch kein Recht auf schöne Dinge wie so ein Telefon. Dass mein Vater in Amerika arbeitet und richtig reich ist, haben die mir ohnehin nicht geglaubt. Ingrid schon. Sie hat nur einen Häuserblock weiter weg gewohnt, war aber in einer anderen Schule. Ich habe das Telefon gegen einen Kuss getauscht. Wo das herkäme, gäbe es noch mehr. Behalten konnte ich es ohnehin nicht. Dass sie so einfach zu kaufen war, war doch zum Kotzen. Liebe macht dumm, habe ich gelernt, und ein dummer Beischlafbettler wollte ich nie sein.

Gina platzierte sich vor mir. Sie hatte ein Blatt im Mund, das sie mir vor die Füße legte, als hätte es etwas Tröstliches. Ich tätschelte ihren Kopf.

Mein Telefon vibrierte weiter und weiter. Anstatt Pornos zu schauen, könnte ich mir einfach das Telefon in den Arsch schieben. Wie habe ich es nur geschafft, mein Leben mit einer solchen Armee an Kackfressen zu füllen?

Minus sieben, acht, neun. Schöne Freunde seid ihr mir. Ein paar Geständnisse waren dabei. Nichts Großes. Außer meiner sozialen Unverträglichkeit und allgemeinen Rücksichtslosigkeit gegenüber Menschen mit verzerrten Erwartungshaltungen hatte man mir nicht viel vorzuwerfen. Auch ein paar: Aber alle haben so Zeug geredet. So eine »Ich will eben dazugehören«-Kacke. Ich spürte, wie mein Körper mit jeder Nachricht zusammensank. Wir kennen einander doch alle nicht. Nicht wirklich. Da antwortete die Mademoiselle: Komm her.

Nur das schrieb sie. Komm her. Kein Präludium zum Streit, nur: Komm her. Was gäbe ich dafür, zu wissen, wie sich das aus ihrem Mund gerade anhörte. Wie klang sie, wenn man sie brauchte? Sie hatte gestern noch an die hundert Mal angerufen. Nicht anzurufen, ist eine Sache, aber nicht abzuheben, ist wesentlich schwieriger. Daher ist es auch Level zwei. Ich schob eine protestierende Gina von meinem Schoß. Noch etwas essen, dachte ich. Es dauerte noch, bis die glückliche kleine Familie, die von dem gerahmten Foto auf dem Bücherregal herunterlächelte, zurückkam. Ich hoffte auf weitere positive Meldungen. Ich versuchte, die Stimme der Tarán aus meinem Kopf zu locken: Ein trauriges Komm her? Ein wütendes Komm her? Ein liebevolles Komm her? Ein dreckiges Komm her? Gina ließ sich nicht so einfach abwimmeln. Ich legte mich für ein Schläfchen hin, ließ ein paar mächtige, heiße Fürze zärtlich über meine Hoden streichen. Gina sprang nun doch endlich unwillig auf. Whiskywinde. Als ich aufwachte, war es bereits drei. Wieder tönte mein Telefon: Hol dein Zeug aus meinem Keller.

Mein Nachmieter. Auch das noch. Morgen, antwortete ich. Morgen würde er meine Sachen auf die Straße stellen. Ja, danke für die Info, du Arsch. Die vierzig Euro, die noch übrig waren, würden nicht reichen. Ich hätte Vitus' vermaledeiten Smoothiemaker mitgehen lassen sollen. Für eine kleine Lagereinheit hätte dieses wundervolle Luxusprodukt gewiss gereicht. Aber hey: think big. Ich brauchte Bares und das Autohaus war so schnell keine Option mehr. Ich sah mich um. Ich hatte all diesen Unglimpf den beiden Menschen zu verdanken, die hier hausten. Sie hatten sogar noch ein Festnetztelefon in ihrer Wohnung, und wo ein Telefon war, war auch: Voilà! Ein Adressbuch. Ich blätterte. Wie hieß Alberts Onkel? Sollte doch der reiche Sack für die Lagerung meines Krempels aufkommen. Siegfried! Nur die Arbeitsadresse. Ich konnte mir gut vorstellen, wie Corinna dasaß und in schönster Schrift Adressen und Telefonnummern eintrug, während Albert daneben hockte und sie für die nicht hundertprozentig gleichmäßigen Schnörkel kritisierte. Der Mann hatte doch gewiss einen Personal Assistant. Ich tippte die Nummer in mein Telefon und schrieb die Adresse dazu. Ich kannte das Gebäude. Ein hässlicher Glastempel. Das war nicht die Adresse, die ich benötigte.

Ich zog mich endlich an, packte noch ein paar Snacks in meine Tasche. Rosinen. Erdnussflips. Ich ließ die Tasche offen und setzte Gina hinein, hob sie hoch. Gina schaukelte in der Tasche, als sei sie der Kapitän eines Schiffes. Wir zogen los.

Wo waren die Zeiten, als die Tarán mir noch schrieb: Ein ganzer Kosmos sehnt sich nach dir. Mit Kosmos hatte sie ihre Mimsey gemeint. Wo war die schaumgeborene Muschelgeküsste? Ihr Bruder hatte sie umgebracht. So zornig war sie zuletzt, als ich ihr im Bett gesagt hatte: Blut mich nicht an.

Als ich auf der Straße stand, wählte ich die Nummer, jedoch nicht, ohne meine Rufnummer zu unterdrücken. Das Risiko, aus der Wohnung anzurufen, war mir zu groß gewesen. Albert und Corinna hätten ja zurückkommen können.

24

Ich hatte recht, eine Sekretärin hob ab. Ich sei vom Floristik Pavillon. Ich fragte, wo ich die Blumen hinliefern sollte, da ich nur diese Nummer und die Büroadresse hatte. Brav gab die Sekretärin die Privatadresse her, aber sie wollte noch nachfragen, schließlich müsse sie den Chef doch. Danke, keine Sorge, sagte ich und legte auf. Er war also auch noch im Büro. Daher konnte ich es mir sparen, mit meinen letzten vierzig Euro Blumen zu kaufen, nur um den Schein zu wahren, falls der gnädige Herr tatsächlich zu Hause wäre. Vielleicht hatte er sogar meine Größe und passende Kleidung im Schrank. Ich malte mir die Wohnung aus. Kunst, Schmuck, wenn er eine Frau hatte. Die Sekretärin hatte sich nicht gewundert. Vermutlich hatte er eine Frau und vermutlich bekam sie öfter Blumen. Hoffentlich gab es keine Alarmanlage. In der unteren Oberschicht war die Ansicht darüber schließlich geteilt: Man musste einerseits alles beschützen, was man hatte, andererseits sollte man keine unnötigen Ausgaben tätigen. Ich stand vor einem Altbau. Vielleicht hatte ich Glück. Ich drückte einen beliebigen Klingelknopf und sagte Caritas. Nichts passierte. Ich drückte einen anderen. Caritas. Ich hörte einen Summton und drückte mich gegen die schwere Holztür. Die Wohnung lag im Hochparterre, ich nahm immer zwei Stufen auf einmal, Gina schaukelte wie betäubt. Nummer sechs. Hier war es. Vor der Tür gab es weder Gitter noch Kamera. Auch hatte die Tür nur ein Schloss. Schlösser aufzubrechen war viel

Aufwand. Ich rief den Schlüsseldienst. In einer Viertelstunde sei man bei mir. Ich rauchte eine Zigarette. Ich konnte nirgends ein Rauchverbotsschild entdecken. Als ich die Haustür hörte, dämpfte ich die Zigarette aus, drückte Ginas Kopf unter den Reißverschluss des Weekenders und legte meinen Mantel darauf.

Sie haben sich ausgesperrt?, fragte der Mann vom Schlüsseldienst. Ich nickte, er blickte auf die Tasche. Ich korrigierte. Den Schlüssel im Urlaub verloren. Ich lächelte. Schau, als würdest du hierhergehören! Ich wünschte, ich hätte vorher etwas getrunken, um zu wissen, was der Mann dachte. Schrecklich peinlich, murmelte er. Er brauchte lange, um einen Haken auszuwählen, und schon hebelte er den Schließmechanismus aus. Das ging viel schneller als die Auswahl des Hakens. Bezüglich der Rechnung sagte er, ich könne mit Bankomatkarte, Kreditkarte, Rechnung. Ich nannte das Büro von Alberts Onkel als Rechnungsadresse. Den Mann interessierte es offenbar nicht, wo die Rechnung hinging, zumindest gab es kein Trinkgeld, damit war alles andere auch egal. Er hatte nicht einmal nach einem Ausweis gefragt. Mit einem fremden Ausweis konnte man im Notfall ganze Existenzen aufbauen, auch wenn man nicht aussah wie die Person auf dem Foto. Ein Hoch auf die Schlampigkeit! Die Tür war offen, Gina machte ein scharrendes Geräusch in der Tasche. Der Schlüsseldienstmann sah zur Tasche, sah mich an, und ich griff nach der Tasche und sagte: nichts. Er drückte mir eine Rechnung in die Hand, die ich zerknüllte, sobald ich durch die Tür getreten war, lehnte mich dagegen, und er ging ab. Ich atmete durch. Gina kratzte wieder in der Tasche. Ich drehte mich zur Seite, um sie zu befreien, aber mein Blick fiel auf die Mündung eines Gewehrlaufes. Ich sah Engelchen aus den Augenwinkeln, Scharen von Engeln, Engelspüppchen, Engelsstatuen, Engelsschnitzereien und vor mir ein Gewehr, an dessen anderem Ende sich ein Großmütterchen mit pastellfarbenem Sweater und Dauerwelle befand.

Und wer sind Sie?, fragte das Mütterchen in gezwungen hartem Ton. Sie zitterte ein bisschen.

Ja, wer war ich? Ich könnte jeder sein. Der Heizungsableser? Nein, Heizungsableser tragen keine Anzüge, ach, wäre ich doch nur betrunken, was denkst du, Großmutter, warum so große Augen?

Hat man Sie nicht angerufen?, fragte ich. Bezüglich der Sicherheitsüberprüfung? Hätte ich nur Blumen gehabt! Ich hätte nicht knausrig sein sollen und Blumen kaufen. Vierzig Euro Verlust waren wesentlich besser, als erschossen zu werden.

Sicherheitsüberprüfung?, fragte sie skeptisch, rückte mit einer Hand ihre Brille zurecht, die aussah, als sei sie von der Krankenkasse, und zitterte mit der anderen das Gewehr ein Stück höher. Sie war wesentlich kleiner als ich und entschied wohl, dass sie mir lieber in den Kopf als in die Brust schießen würde. Meine Hände schwitzten, mein Magen knurrte und Gina ließ endlich ein klägliches Miauen hören.

Die Frau stutzte, blickte auf die Tasche und senkte endlich das Gewehr. Junger Mann, sagte sie, dann schüttelte sie den Kopf. Was denn nun?, dachte ich, und mein Magen knurrte wieder.

Lassen Sie das arme Tier heraus, sagte sie. Ich öffnete die Tasche, aus der Gina sofort sprang, sich die neue Umgebung ansah und der Frau, ständig um ihre Beine streichend, in einen Raum folgte. Ich schlich hinterher. Die Frau wies mit der Hand auf einen Sessel und ich ließ mich fallen. Sie wollten zu 6a, nicht? Sie legte eine Serviette mit Besteck vor mich hin und stellte einen Teller in die Mikrowelle, dann setzte sie sich auf die andere Seite des Tisches, lehnte das Gewehr neben sich und sah mich an. Gina schlich zwischen Engelsfiguren und Topfpflanzen umher. Ich wehrte mich nicht. Ich saß da, die Hände im Schoß, und sah mich zur Engelsfigur schrumpfen.

Glauben Sie nicht, Sie seien der Erste, der aus Versehen in dieser Wohnung landet. Die Mikrowelle gab ein »Ding« von sich. Die alte Frau stand auf und stellte einen Teller vor mir ab. Braten mit Knödel. Das Kraut sei schon aus. Ich wehrte mich nicht und begann zu essen.

Aber zumindest der Erste mit einer Katze. Sie deutete auf Gina. Und in 6a käme man nicht so einfach hinein. Dabei hätte der alte Siegfried verdient, dass man ihm einmal einen Schrecken einjagte. Sein Köter habe einen ihrer Engel zerbissen. Einen aus Holz. Wie einen Kauknochen. Einfach so. Und er würde ihr auch nie die Tür aufhalten, wenn er ins Gebäude ging und sie kommen sah. Sie sei ja schließlich ein bisschen langsamer als früher.

Ich kaute und nickte und sie erzählte, dass es ja finanziell leider wieder schwieriger sei, gerade für die jungen Leute, und dass ich ja wenigstens adrett gekleidet wäre und etwas Richtiges machen könnte und ob ich mein Studium schon abgeschlossen hätte, und ich verschluckte mich, als sie sagte, wie schön es sei, dass ich sie wieder einmal besuchen käme, und dass sie gar nicht gewusst hatte, dass ich eine Katze hätte.

Iss nur, Büble, iss. Sagte sie und tätschelte mir die Wange. Sie lächelte. Glaubte sie wirklich, dass wir einander kannten? Ach wäre ich doch nur betrunken oder hätte Blumen dabei, aber immerhin, das Essen war einwandfrei. Ich hatte Angst, etwas Falsches zu sagen. Sie würde die Waffe wieder auf mich richten, wenn sie zum zweiten Mal bemerkte, dass ich schlicht eingebrochen war. Ich saß in einer warmen Wohnung, einen Teller Hausmannskost vor mir, wurde verhätschelt und konnte jeden Moment erschossen werden. Hätte sie gewusst, dass ich vorbeikäme, sie hätte schon Geld zu Hause gehabt, aber da wären keine zehn Euro Bargeld mehr. Sie stand auf, griff in ein Schälchen auf einem Küchenschrank und steckte mir eine unbestimmte Summe Kleingeld in die Brusttasche, während ich immer noch kaute und der Braten im Mund immer trockener wurde. Ich blickte eine Weile auf meine Faust und sie nickte mir zu, also ließ ich die Münzen in die Brusttasche fallen. Ich versuchte, den Kopf nicht zu heben, denn sie kannte mein Gesicht doch nicht. Und überhaupt schien es so falsch, das Geld zu nehmen. Nicht die richtige Wohnung, keine Wertgegenstände. Sie tätschelte nun meine Hand, und kaum hatte ich zu Ende gekaut, stand ein Stück Roulade vor mir auf dem Tisch. Mittlerweile sähe ich meinem Vater zum Verwechseln ähnlich, sagte sie, und ich saß betroffen da. Ich erhob mich also langsam, mich fortwährend bedankend, das Essen lobend, und versuchte, nicht zu sehr aufzuschauen.

Ich stecke es ja sonst doch nur in den Automaten, Büble, sagte sie, und auch Glücksspiel ist ein Zaubertrick.

Sie hatte Gina zu fassen bekommen und drückte sie mir in die Hand. Bei Jandrits läuten, sagte sie zum Abschied. Ich solle das nächste Mal bei Jandrits läuten und sie bald wieder besuchen kommen. Mit manchen Lügen, sagte sie, kann man Glück kaufen. Sogar meine Engel lügen. Eine Irre, dachte ich, sie ist völlig wahnsinnig. Sie zog das Kinn hoch, sah mir gerade ins Gesicht, und ich umarmte sie. Ich war nicht sicher, ob sie umarmt werden wollte, aber ich konnte diese Umarmung gut brauchen, und fast wäre mein Körper unter dem Gewicht der Tage und des Bratens eingeknickt. Ich war satt, aber überfordert und immer noch kaum reicher.

25

Die Tarán war in letzter Zeit am liebsten unzufrieden. Wie alle, die gerne vier Sorten Milch zur Auswahl haben. Sie war ja das bedauernswerteste Wesen auf diesem Planeten. Wie viel sie immer zu tun hatte, ohne einem Brotberuf nachzugehen. Nach drei Stunden vor dem Computer völlig am Ende und schuld sind sowieso immer die anderen. Die sind alle inkompetent und blöd. Dann züchtet man sich ein paar Zwangsneurosen. Das war wie bei Moni. Beziehungen, Jobs, dumme Gesellschaften. Das war ja alles Arbeit. Die würden sich anschauen, müssten sie Kaffee ausschenken. Und dann nennt man sich »Stimme einer Generation«. Bevor man überhaupt tätig wurde, brauchte man Kaffee und einen kleinen Spaziergang und machte Emotionsworkshops und ging zum After-Work-Yoga, weil das die Probleme aus der »Arbeit« herausfiltert. Das letzte Selbstfindungsseminar der Tarán hätte uns beinahe die Beziehung gekostet, da ich sie »blockierte«. Moni hatte sie mitangemeldet. Aber sie hatte geschrieben *Komm her*. Wie konnte es sein, dass sie meine einzige Option war? Morgen würden meine Sachen auf der Straße landen. Ich würde doch wohl nicht die Mademoiselle nach Geld fragen müssen? Und mit welcher Begründung?

Ich läutete an ihrer Tür. Schiff ahoi, Gina schaute geradeaus. Die Mademoiselle öffnete die Tür und wirkte plötzlich wie ein Reh im Scheinwerferlicht. Ein possierliches Tierchen. Die Posen wohlgeübt. Ihre Augen waren rot. Die Knöchel dafür kein bisschen mehr blau. Sie schaute auf die Tasche: Du kannst nicht hierbleiben.

Ich nickte. Gut so. Es wäre zu anstrengend. Zu viel Drama, Baby. Ausnahmslos. Ich würde etwas finden müssen. Mein Telefon blieb stumm.

Ich stellte die Tasche im Vorzimmer ab. Gina sprang heraus und marschierte ins Schlafzimmer. Ich folgte ihr. Unter die Matratze war ein alter Schulatlas geklemmt, auf dem ein leeres Glas stand. Rotweinreste und Lippenstift.

Ich kippte auf das Bett. Gina sprang auf meinen Bauch und weiter auf ein Kissen. Uff. Mein Körper knickte. Ist er wieder aufgetaucht?, fragte ich. Sie schüttelte den Kopf. Sie hatte die Arme um den Körper verschränkt und zupfte seitlich an den Fäden ihres flauschigen Pullovers. Sie setzte sich neben mich.

Du musst diesen Typen fragen, was los ist, ob ihn jemand gesehen hat. Du musst.

Ich schüttelte den Kopf, vergrub meine Nase in meiner Armbeuge. Ich konzentrierte mich auf meinen eigenen Atem und überlegte, wo ich hingehen könnte. Das hier war nur für den Nachmittag, damit ich nicht mit »Claudi! Claudiii!« konfrontiert war.

Du Arschloch!, rief sie plötzlich. Ich nahm meinen Arm vom Gesicht, das Licht im Zimmer war grell. Sie hielt mein Telefon in der Hand. Es muss mir aus der Hosentasche gefallen sein. Was auch immer sie gefunden hatte, es war nichts Gutes.

Ich hätte Kinder mit dir gewollt und ein Leben und dich für immer geliebt, las sie vor.

Was fällt dir ein, meine Nachrichten zu lesen?!, rief ich.

Was fällt dir ein, mich zu betrügen?!, rief sie.

Betrügen? Lies zu Ende, du dumme Kuh!

Ich wollte deine verfluchten Nachrichten nicht lesen. Ich habe nur nach der Nummer von dem Typen mit der Tätowierung gesucht! – Gina flüchtete in die Küche.

Tja, Pech, ich hab sie nicht!

Was soll das heißen, du hast sie nicht?, schnaubte sie, hast du mich angelogen?

Wer hat denn das gesagt? Der wird mich anrufen. Dazu brauch ich seine Nummer nicht.

Du hast mich angelogen, wiederholte sie.

Ich hab nie gesagt, dass ich eine Nummer von irgendjemandem hätte!

Na, Nummern hast du genug und offenbar auch Nümmerchen mit einem Haufen anderer Frauen: Fick dich! Wie kannst du nur? Wiesner hatte recht! – sie las einige meiner letzten Nachrichten vor.

Ich hab nicht fremdgevögelt! Aber so wie du dich aufführst, darfst du dich nicht wundern, wenn du es schon gewohnt bist, dass man dich anlügt! – Frauen verlieben sich eben in das, was sie hören, und Männer in das, was sie sehen. Männer lügen, Frauen schminken sich und zurren ihre Titten hoch. So ist das Leben.

Sie heulte, schluchzte.

Du brauchst nicht mit dem Geplärre zu kommen! Als wärst du so ein unschuldiges Lämmchen. Du würdest mich ja sofort sitzen lassen, wenn ich nicht die Kohle hätte, deinen Lifestyle mitzufinanzieren. Tschechows Seelchen, das bist du! Das ist Verlogenheit!

Aber sie war noch nicht fertig. Wie bekommt man jemanden dazu, loyal zu sein? Erpressung, Bestechung, Drohung. Am besten alles auf einmal: Ich hätte dich längst verlassen sollen, und wenn du auch nur mit einer von denen gefickt hast, werde ich dich verlassen, wenn mein Bruder nicht wiederkommt, werde ich dich verlassen. Wir könnten es so schön haben, würdest du nicht solche Scheiße bauen, wir könnten lachen, vögeln und uns betrinken, wärst du nur nicht so. So. So. Weißt du was, wenn mein Bruder nicht auftaucht und jemand von denen kommt, um nach dir zu fragen, werde ich ihnen sagen, wo du bist, und ich werde immer herausfinden, wo du dich aufhältst!

Sie riss das Fenster auf, und eine Krähe, die sich am Fensterbrett niedergelassen hatte, flog davon. Dann knallte sie die Fensterflügel wieder zu.

Hör auf zu schreien!, rief ich.

Ich schreie nicht. Ich habe nur mein Leben lang geflüstert und jetzt bin ich frei. Ich weiß nicht, wie du mir so etwas antun kannst! Sie schluchzte so sehr, dass sie kaum Luft bekam. Meine Freundin war vielleicht nicht richtig dumm, aber im Streit verwandelte sie sich in eine Anwältin mit Elite-Uni-Abschluss. Am besten auch mit einem Diplom in Kulturwissenschaften, wo Befindlichkeiten wertvoller sind als Argumente.

Mimsey, sagte ich langgezogen, ich stand auf, versuchte über ihre Schulter zu streichen. Sie wusste nicht, dass es ein Wort für Muschi war. Sie zuckte zurück. Die Welt ist schlecht, mein Vögelchen. Grausam, göttlich, vernichtend: liebende Frauen. Eifersüchtige Frauen.

Sie wühlte in der Tischschublade nach einem Taschentuch. Rotz lief ihr aus der Nase, sie würde wohl selbst wissen, dass sie keine Taschentücher mehr hatte. Ich reichte ihr das Stofftaschentuch aus meiner Brusttasche. Wie altmodisch, wie romantisch. Da war fast ein Lächeln.

Sie wischte sich das Gesicht ab, schnäuzte sich, da fiel etwas aus dem Taschentuch. Die Münzen von Oma Jandrits fielen klirrend zu Boden und ein Ring kullerte über das Parkett, geradewegs auf die Mademoiselle zu, die ihn anstarrte, als sei es die Reinkarnation David Bowies. Sie starrte den Ring an. Renés Taschentuch, Oma Jandrits' Münzen. Wer von euch hat mir das angetan? Ach, wäre ich doch nur betrunken! Aber die Tarán würde die Antwort nicht kennen. Der Ring kullerte noch, die Münzen kullerten ebenso, die Tarán starrte noch. Aber vielleicht würde sie sich beruhigen. Einen Moment lang war es still. So still, dass ich glaubte, Gina im anderen Raum atmen zu hören.

Aber die Tarán tat nicht, was ich erwartete. Kein Freudengeschrei, kein Sich-den-Ring-selbst-an-den-Finger-Stecken. Sie starrte mich an und sagte dann mit Grabesstimme: Jetzt? Jetzt kommst du damit an? Dann begann sie wieder zu schreien: Wie kannst du nur? In dieser Situation? Hast du sie noch alle? Wie kannst du glauben, dass das ein guter Moment ist?!

Ein Nerz im Käfig, ein scharrendes Geräusch und ein Fauchen.

Jetzt? Wo mein Bruder verschwunden ist? Glaubst du, ich habe keine richtigen Probleme? Das ist alles deine Schuld! Eine chinesische Teetasse sauste in meine Richtung. Vermutlich besorgte sie die Tassen in Hunderterkartons. Ich duckte mich.

Ja, klar, alles ist meine Schuld! Ich hob den Ring auf. Und wischte Oma Jandrits' Münzen mit den Händen zusammen. Alles meine Schuld, und du weißt ja ohnehin nicht, was du willst. Erst leierst du mich voll mit dem Dreck über Albert und Corinnas Hochzeit, und jetzt! Ich drängte sie gegen die Wand. Sie heulte immer noch.

Lass mich los!, schrie sie.

Sonst willst du immer alles, jetzt willst du den Ring nicht? Na komm, ich stieß sie gegen die Wand. Was erwartest du von mir?!

Lass mich!, schrie sie.

Ich hielt ihr linkes Handgelenk mit der einen Hand fest und die rechte Hand mit der anderen. Ich drängte den Ring auf ihren Finger und sie versuchte, ihn mit ihrem Mittelfinger abzustreifen.

Lass! Ihn! Oben! brüllte ich. Da hörte ich ein Knacken. Sie schrie auf. Ich hatte ihr den Finger gebrochen, sie sank zu Boden und ich mit ihr. Ich legte einen Arm um ihre Schultern, den anderen in ihren Nacken. Ich küsste ihre Wangen. Sie schmeckte nach Salz und Mandarinen.

Sie atmete langsam ruhiger. Ich strich über ihr Gesicht. Sie zuckte, starrte auf ihre Hand.

Er ist auf der falschen Seite, flüsterte sie, das bringt Unglück. Ich sank zurück, saß ihr gegenüber auf dem Teppich. Ich weiß nicht, warum ich das getan habe. Sie kauerte an der Wand. Sie blickte hoch, dann wieder zu dem Ring.

Eis, sagte sie.

Ich nickte und stand auf. Öffnete das Gefrierfach und fischte einen Beutel Pommes heraus, den ich in ein Geschirrtuch wickelte. Bei dem Geschrei hatte Gina sich in der Spüle versteckt. Ihr Kopf fuhr ein paar Zentimeter hoch und sie duckte sich wieder. Es war noch nicht sicher genug, um herauszukommen.

Als ich ins Schlafzimmer zurückkehrte, saß die Tarán auf dem Bett. Ich setzte mich neben sie, nahm sie in den Arm, legte ihren Körper ganz auf das Bett und schob ein Kissen unter ihren Kopf. Ihre Hand unter die Erbsen. Sie weinte noch eine Zeit lang still, bis sie einschlief. Gina kam und drängte sich tröstend unter ihren Arm.

Ich hatte Angst einzuschlafen, aber plötzlich war alles so friedlich. Die Tarán war friedlich. Ich träumte von Feuerwerken. Ich dirigierte die Farben. Aber sie verwandelten sich. Sie verwandelten sich in eine Schießerei im Supermarkt. Marlies saß an der Kasse. Marlies, die nie unzufrieden war. Die sich nicht selbst verwirklichte. Sie war immer nett zu den Kunden. Marlies kicherte. Erschieß nicht Marlies, dachte ich, mich duckend. Dann merkte ich, dass ich es war, der schoss. Eine Weile. Dann stand ich da mit verbundenen Augen und man schoss auf mich. Ein Erschießungskommando. Ohne das Läuten an der Tür wäre ich gestorben.

Die Mademoiselle zuckte in meinen Armen. Gina sprang auf. Es war draußen bereits dunkel geworden. Sie begleitete mich zur Tür. Ich sah durch den Türspion. Das war René, soweit ich erkennen konnte. Ich öffnete. Er war zerschunden. Er war verprügelt worden. Blutig wie eine russische Prinzessin.

Hab deine Freunde gefunden, Arschloch. Es klang dumpf. Er lachte. Eine seiner Wangen war geschwollen. Er hatte eine tiefe Wunde über einer Augenbraue und eine seiner Schultern hing ein Stück hinunter. Er humpelte in die Wohnung.

Die Tarán war aufgestanden und blieb wie angewurzelt im Türrahmen des Schlafzimmers stehen. René hinkte in die Küche. Ich schloss die Tür. Die Tarán löste sich, eine Statue, die lebendig wurde, hastete ihm hinterher, reichte ihm die Erbsen, die er sich gegen die Wange drückte, und schob ihm einen Stuhl unter seinen Hintern. Sie holte den Wodka aus dem Kühlschrank und reichte ihm die geöffnete Flasche. Er trank. Sie rannte ins Schlafzimmer und kam mit ihrem kleinen Nähetui wieder. Er stürzte bestimmt einen Viertelliter hinunter. Sie goss ein bisschen Wodka in den Verschluss der Flasche und legte einen Faden hinein, desinfizierte mit dem Feuerzeug eine Nadel, zündete sich dann eine Zigarette an und steckte sie in seinen Mund. Er schrie nur beim ersten Stich. Sie vernähte die Platzwunde über der Augenbraue, ihr lädierter Finger war starr und geschwollen. Was ist passiert?, fragte ich. Und: Wer war diese Frau?, fragte ich mich selbst. Als vernähte sie täglich Haut. Ich bekam keine Antworten. Gina lehnte sich an Renés Bein. Warte, sagte er. Nahm noch einen Schluck. Sie setzte die Nadel an. Nicht von oben nach unten, du machst das falsch.

Halt still, knurrte sie, und blut mich nicht an!

Du versaust das sicher, das schaut am Ende sicher scheiße aus. Obwohl ich nichts getrunken hatte, konnte ich ihn hören: *dracu', dracu', dracu'.*

Halt still, oder ich verstech mich, fuhr sie ihn an.

Weißt du was, ich mach's selber, gib das her, gib mir einen Spiegel. Sie drückte auf seine ausgehängte Schulter. Er schrie. Die Nadel steckte schon in seiner Haut. Drei, vier, mit acht Stichen war es getan.

Er seufzte, stand auf, drehte sich um und goss noch mehr Wodka in sich hinein. Mit dem gesunden Arm hielt er den anderen und krachte gegen den Türrahmen. Ich zog erschrocken Luft durch die Zähne, als sei das mein Schmerz. Er tat es ein zweites Mal, bevor seine Schulter knackte. Die Tarán sprang wieder auf und kam mit einem Seidentuch wieder, eine Schlinge für den Arm. Zu viele knackende Knochen für einen Abend.

Ich fühlte mich beschissen. Was hatte ich getan? Und wer waren diese Menschen? Wen hast du gefunden?

Er leerte die Wodkaflasche: Na, wen wohl? Dieser kleine Schönheitsfleck ist nicht durch einen Mückenstich entstanden. Er deutete auf seine violett verfärbte Wange. Die Tarán zündete Streichhölzer an. Eines nach dem anderen. Der Geruch legte sich über den Wodka.

Die Party bei, wie heißt er? Amadeus, sagte er, Amadeus, die dumme, kleine Fotze. Ich muss den Neubauer finden. Der Neubauer soll dort sein. Ich werd ihm so eine aufs Maul hauen, rief René und stürmte zur Eingangstür. Die Tarán griff nach ihrem Mantel, angelte sich ihre Handtasche. Ich verstand. Wir würden ihm folgen. Ungeschminkt aus dem Haus zu gehen, passierte ihr sonst nicht. Ausnahmezustand. Gina sprang auf die Schulter der Tarán. Es schien sie nicht zu stören. Ich langte nach meinem Mantel. Da war keine Zeit zu verlieren. Wir gingen schnell, als liefen wir vor etwas davon, anstatt auf etwas zu.

Warum den Neubauer?, fragte ich. René antwortete nicht, aber er hatte genug getrunken. Die Tätowierung, dachte er, Neubauers Tätowierung. Ich starrte auf den Boden, der unter meinen Füßen immer wieder verschwand. Ich ertrug keine Partys mehr. Da war dieser Hunger, der nicht wegging. Diese Müdigkeit, die Schlaf nicht mehr ausgleichen konnte. Der Überdruss, dass ständig Menschen um mich waren. Nein, der Überdruss, dass ständig solche Menschen um mich waren. Wie schön wäre es, alle übern Haufen zu schießen ohne Konsequenzen. Wie viel Blut das wäre, ohne zu bedenken, dass der Überdruss bleiben würde. Ich hasste es, wie dieser Planet meinen Körper an sich presste. Ein unbändiger, dauernder Sturz, als träumte ich noch. Ich wünschte mich mit der Tarán und Gina in das Bett zurück. Im Kosmos schweben. Im Kosmos schweben, betete ich. Da war meine Schuld. Meine Schuld. Meine große Schuld. Ich stellte keine Fragen mehr.

26

Wir gingen schnell. Die Tarán hatte etwas von einer Hexe. Gina fiel es erstaunlich leicht, das Gleichgewicht auf ihrer Schulter zu halten. Vielleicht nicht Daisy, sondern Gundel. Am Nachmittag hatte es geschneit, obschon es zu spät im Jahr für Schnee war. Der Frühling sollte doch bald kommen. René schmierte sich immer wieder Schnee auf die Wange, um die Schmerzen zu überlisten. Willenskraft alleine reichte wohl nicht. Er ging ein Stück vor uns.

Ich griff nach Mimseys behandschuhter Hand. Die Hand mit dem gebrochenen Finger hatte sie der Kälte überlassen. Meine Hände schwitzten, obwohl sie ganz kalt waren. Warum hast du Moni eine geknallt?

Du weißt es nicht?

Hat sie etwas über mich gesagt?

Nein. Sie. Sie. Moni ist ausgezogen.

Ja, und?

Sie ist wegen dir ausgezogen.

Wegen mir? Versteh ich nicht.

Sie mag dich lieber als Wiesner. Sie machte eine kurze Pause: Sie hasst dich auch mehr als Wiesner.

Das ist alles?

Reicht das nicht?

Ich lächelte sie an. Es tut mir. Ich meine. Ich weiß nicht. Also. Warum. Es tut mir.

Ich weiß, sagte sie lächelnd und tätschelte meine Hand

mit der verletzten. Als sei ihr der Schmerz einerlei.

René steuerte endlich eine Haustür an. Hier wohnte also Amadeus. Auch ein Altbau. Das ganze Treppenhaus hinauf nahm René zwei Stufen auf einmal. Als ich mit der Mademoiselle an der Wohnungstür ankam, öffnete bereits jemand. Wir drängten uns hinein. René fragte nach dem Neubauer. Der sei noch nicht hier. Aber er käme bestimmt. Ich glaubte schon nicht mehr daran, dass es den Neubauer wirklich gab. Wir legten unsere Mäntel ab. Amadeus schien mäßig begeistert, uns zu sehen. Ein Gesicht, als habe er sich selbst gegoogelt und wäre enttäuscht worden. *Surprise!*

Wir betraten ein geräumiges Wohnzimmer, in dem mehrere Sofas verteilt waren. Überall standen Flaschen und Gläser. Koks auf den Tischen. Alle trugen nur Unterwäsche. Loungemusik im Hintergrund. Legte Amadeus es auf eine Orgie an? Die Wohnung war so überheizt, dass jemand bereits die Fenster geöffnet hatte. Moni und Wiesner waren da. Sie saß auf seinem Schoß. Verlogenes Drecksstück.

Sie sprang auf, um die Tarán zu begrüßen. Wir sind offenbar wieder gut miteinander, hm?

Was ist mit deinem Finger passiert?, fragte sie.

Ach nichts, geht schon, ist nur Schminke. Er war dunkelblau und taubenblutrot. Ich konnte sehen, dass er auch geschwollen war. Der Ring würde nicht mehr abgehen.

Und was ist mit dir geschehen?, fragte sie René. Er würde die Frage heute noch häufig zu hören bekommen und immer gleich grob beantworten: Geht dich nichts an.

Amadeus hatte nur Bewunderer seiner »Kunst« eingeladen und ließ sich permanent für irgendetwas gratulieren und auf die Schulter klopfen. Da waren auch ein paar dieser austauschbaren politischen Aktivisten. Ich erkannte sie an den grellen Haarfarben und Fensterglasbrillen. Und daran, dass ich dumpf Belehrungen vernahm. Man sollte Strychnin ins Koks mischen. Ich ertrug diese Vergesellschaftungen nicht mehr. Da war ein syrisches Buffet. Amadeus und seine Cousine hatten einen Flüchtling aufgenommen. Ich versuchte, nicht in das Blickfeld dieser Wahnsinnigen zu geraten, und beobachtete nur aus der Distanz, wie sie ihn herumzeigte und erklärte, was er nicht schon alles gelernt habe. Dabei musste er selbst gar nicht zu Wort kommen, sondern nur lächelnd danebenstehen. Ein Accessoire. Das Pissblumenmädchen war auch da und bewunderte lautstark, wie schön das sei, dass Amadeus und seine Cousine so aktiv waren. Die Refugees-Welcome-Welle brauchte Menschen, die Flüchtlinge aufnahmen, um sie vorführen zu können. Ich griff nach einem Glas und schenkte mir Schnaps ein. Ja, jede Familie nimmt einen, dann hat jeder einen eigenen Sandneger, der ein syrisches Buffet auftischt. Sie lächelte ihn treuherzig an. Na komm, denk es doch laut: Bimbo. Sie reichte dem Mann ein Tablett, damit er die Häppchen den Gästen unter die Nase halten konnte. Um international zu sein, braucht es eine/n NegerIn, dachte sie. Sogar das großgeschriebene Binnen-I dachte sie mit. Verlogenheit par excellence.

Ich nahm eine Zigarettenpackung von einem der Tische und ging ins Badezimmer. Ich versperrte die Tür. Ich hockte mich auf den Badewannenrand, um zu rauchen. Mein Glas war leer. Auf der Armatur stand eine Flasche Gin. Ich nahm einen Schluck. Ein Klopfen an der Tür. Moment!, rief ich. Aber ich würde mir Zeit lassen. Solange, bis wer auch immer auf der anderen Seite stand, sich verpissen würde.

Ich bin's, hörte ich die Stimme der Tarán. Ich öffnete. Sie versperrte die Tür wieder hinter sich. Ich konnte hören, wie ihr Bruder draußen noch nach dem Neubauer fragte.

Sie setzte sich zu mir auf den Badewannenrand, griff nach einer Zigarette, nahm einen Schluck aus der Ginflasche. Der Finger sieht schlimm aus, sagte ich, wir sollten ins Krankenhaus fahren.

Nein, nein, es geht schon, sagte sie. René will noch den Neubauer finden.

Kennst du den Neubauer?, fragte ich. Sie schüttelte den Kopf. Dann küsste sie mich. Ach, Täubchen, wenn du wüsstest. Dann hättest du mir längst den Rücken zugewandt. Von draußen hörten wir: Geht's ein bisschen leiser? Die Stimme einer alten Frau, die aus dem Nebenhaus kam. Eine gewaltige Stimme. Dabei war die Party nicht einmal sonderlich laut. Eine Krähe hopste aufs Fensterbrett. Die Tarán verscheuchte sie. Sie sah mich beunruhigt an. Unglück, dachte sie. Albernes, abergläubisches Mädchen. Ich legte meinen Arm um sie.

Sie drückte ihre Zigarette aus, stellte die Flasche auf den Boden und baute sich vor mir auf. Legte die Arme auf meine Schultern und küsste mich wieder. Versöhnungsvögeln? Im Ernst? Jetzt? Ich vergrub mein Gesicht zwischen ihren Brüsten. Sie hatte mich beeindruckt, aber sie wusste es nicht. Sie wusste nichts. Sie glaubt immer noch, es hätte ein Problem mit der Mafia gegeben. Sag es. Sag: Ich bin pleite. Sag: Ich bin niemand. Sag es. Ich schwieg. Wieder klopfte jemand. Geht doch in den Garten pissen!, rief sie. Sie räkelte sich mir entgegen.

Wieder: Geht's ein bisschen leiser! Das Geschrei hatte einen Hund geweckt, der jetzt zu kläffen begann. Noch einmal: Geht's ein bisschen leiser! Diesmal mit einem Megafon. Als wäre die Frau darauf vorbereitet gewesen.

Wieder ein Klopfen, diesmal mit der Faust. Vorbei mit der Ruhe. Wir nahmen den Gin und die Zigaretten und gingen zurück ins Wohnzimmer. Die kotzbrockenfreie Zeit war zu kurz gewesen. Sogar Albert und Corinna waren hier. Du redest vom Neubauer, ich glaub nicht, dass der kommt, der kommt doch nie, hörten wir hinter uns. Vielleicht war der Neubauer auch ein noch reicheres Arschloch als alle anderen hier. Später könne man noch zu Katrin gehen. Katrin lebte in einem Schloss. Sie hatte es wohl von den Eltern geerbt und nun gab es im großen Festsaal Lagerfeuer. Pissblumen, dachte ich, Traumtänzerin.

Im großen Festsaal, sagte Katrin lächelnd, haben wir jetzt das große Lagerfeuer eingerichtet. Der Neubauer kann auch Gitarre spielen.

Schlimmer als Kumbaya war Wonderwall.

Dude, er hat gesagt, dass er kommt; der Neubauer hat die besten Ideen, sagte Amadeus, einen Neubauer braucht der Abend. Und warum ist die Alte da drüben nicht endlich still?

Ich rutschte in einen Couchsessel, die Tarán setzte sich auf meinen Schoß. Wir waren müde, nach all dem Streiten, Küssen, Herumstoßen den ganzen Tag. René stand am Fenster. Außer uns dreien waren alle beinahe nackt. Die Tarán begann abzulegen. Es war schrecklich warm in der Wohnung. Irgendwann saß auch ich nur mehr in der Unterhose da.

Ich begann langsam, die anderen Leute denken zu hören. Ja, Moni hasste mich. Wiesner hasste mich. Sie dachten es jedes Mal, wenn sie hersahen. Auch Amadeus. Und da war ja auch Rainer. Alle waren sie da. Vitus klammerte sich an ein Weinglas. Mehr als zwei Gläser trinke ich nicht, dachte er. Ich flüsterte der Tarán ins Ohr: Wo ist Gina? Ich hoffte, Vitus hatte mich nicht gehört. Er stand bedrohlich nahe. Die Tarán blickte nach oben, ohne den Kopf zu bewegen. Gina saß regungslos auf einem Regal, neben einer chinesischen Glückskatze. Vitus hatte sie nicht bemerkt. Ein kluges Tier. *Oderint, dum metuant*, dachte die Tarán. Was immer das auch heißen mag. Mafia und Polizei. Die Gedanken schwebten durch den ganzen Raum. Überprivilegiert, hörte ich jemanden schimpfen. Hat wieder jemand Rainer schief angesehen? Diese Müdigkeit.

Gehen wir zum Friedhof!, rief Amadeus, der Dude hier war noch nie am Friedhof, gibt jemand dem Neubauer Bescheid?

René war nicht besonders begeistert.

Die Gesellschaft zog nur die Mäntel über die Unterwäsche und wir gingen langsam los. Zum Friedhof. Eine befremdliche Gruppendynamik, der alle nachgaben. Aber ich konnte nicht zurückbleiben. Ich konnte die Tarán nicht alleine lassen. Und sie ließ René nicht allein. Mich interessierte schon gar nicht mehr, wer dieser Neubauer war. Ich hatte nichts mit ihm zu tun. René durfte niemals erfahren, dass alles, was aus meinem Mund kam, gelogen war. Die

Tarán hatte recht. Ich hatte ihm das angetan. Und diese Leute hatten mir das angetan. Der Gin war leer. Ich schmiss die Flasche gegen eine Wand.

Jetzt wirf die Flasche nicht einfach so an eine Wand. Eine Glasflasche braucht eine Million Jahre, bis sie biologisch abgebaut ist, sagte Amadeus.

Ach, halt doch das Maul. Ich schmeiß die Flasche hin, wo ich will. Soll er doch schauen, ob da groß was biologisch ist an der Betonwand. Einbetonieren. Einbetonieren, dachte ich. Ich sah mich um. In etwas Abstand zu der Gruppe schlich Gina hinter uns her wie ein Schatten. Die Tarán steckte die beringte Hand kurz in einen Schneehaufen. Alles in Ordnung?, fragte jetzt Corinna. Keine Sorge, es geht schon, O-Ton Tarán. Die Luft war kühl an den nackten Beinen.

Hey Dude, wie kannst du hier ums Eck wohnen und nie am Friedhof gewesen sein? Das war offenbar Amadeus' Nachbar. Auch das Girlie war da. Ich bemerkte sie erst jetzt. Sie hielt einen Sicherheitsabstand zur Tarán.

Dude, das ist nicht wie in Wien. Der Friedhof ist viel kleiner. Ich sag dir, ich werd schon wieder nüchtern. Er trank Wein. Da gibt's keinen Friedhofsbus. Hat jemand dem Neubauer Bescheid gegeben? Vitus drehte sich um, aber niemand antwortete. René schmierte sich mehr Schnee ins Gesicht.

Wir gingen durch das Friedhofstor und langsam zerlief sich die Gruppe auf den Pfaden. Rainer machte einen breiten Schneeengel auf ein Grab. Der würde nicht fliegen können. Ich und die Tarán wanderten so lange weiter, bis wir wieder alleine waren. Sie blieb stehen, fasste mich am Arm, zischte: ein Reh. Ich erstarrte, genau wie das Reh. Über uns war ein Flugzeug. Ich wankte. Die Särge schwammen sicher mit dem schmelzenden Schnee in den Hades. Ich hörte sie denken. Ich hörte die Toten denken. Lügen. Täuschung.

Der Neubauer!, rief jemand. Das Reh sprang davon. Wir drehten uns um. Sahen einander an. Wir gingen zurück, dorthin, woher der Ruf gekommen war. Wo war René? Er hatte den Neubauer gesucht. Am Friedhofstor stand ein

Grüppchen Menschen, wir bewegten uns darauf zu. Moni mit zwei weiteren Frauen. Ich hörte Moni sagen: Aber der Neubauer konnte doch gar nicht wissen, wo wir sind. Die beiden waren wohl seine Begleitung. Aus allen Ecken des Friedhofs kamen die Partygäste gelaufen. Außer den beiden Frauen konnte ich keine neuen Gesichter sehen. Wo war also dieser Neubauer?

Eine der Frauen sagte zu mir: Hey, dich kenn ich. Du arbeitest in dem Supermarkt bei mir um die Ecke.

Du musst mich verwechseln, antwortete ich. Aber Vitus lachte schon ein gackerndes Lachen. Ich schüttelte mich. Halt den Rand, Frau!

Ja, du verwechselst ihn sicher, lachte Rainer, der eignet sich nicht für Arbeit, der eignet sich dafür, Scheiße zu bauen und von der Mafia gejagt zu werden! Er lachte.

Ja, die Ironie, dein Freund und Helfer!, rief ich. Sie wussten es. Sie wussten es. Sie wussten es. Jedes Mal, wenn ich unverdient beleidigt werde, gehe ich zurück und verdiene es mir. Wiesner hakte ein: Du bist ein Drecksack, der alles fickt, was sich bewegt! Na komm! Moni, Vitus' Cousine, du kennst wirklich keine Grenzen.

Und ich konnte die Bilder aus seinem Kopf sehen, konnte sehen, wie er sich vorstellte, dass ich Moni fickte. So albern sah ich doch nicht aus, wenn ich fickte. Moni. Nicht Moni hatte die Polizei gerufen. Moni wollte nicht zur Polizei, dachte er, während er rief: Du und Moni, ihr habt einander verdient. Mr. Ich-fick-sie-alle! Und nicht Moni hat den Neubauer angerufen. Wiesner war es. Wiesner? Wiesner.

Glaubst du, die Scheiße interessiert mich?!, schrie ich ihn an. Ihr seid Seelenkrebs. Ich habe alles getan, alles, nur um in der Scheiße, in der ihr badet, nicht aufzufallen. Glaubst du, ich hätte Moni gefickt? Moni sah betreten zu Boden. In ihrem Kopf die Szene, wie sie Wiesner erzählte, ich hätte sie »angesehen«. So wie man jemanden ansieht, den man will. Ja, die Komödie ist eine tote Kunstform, aber über die Tragödie können wir lachen. Glaubst du, Moni interessiert mich? Ich hasse. Ich hasse mit Leidenschaft. Hass ist gratis. Ich wusste, dass mein Gesicht vor Zorn rot anlief. Ihr Transproletarier! Ich sprach schneller, meine Stimme wurde höher. Was sollte ich tun? Meine Stimme jetzt wie dumpfe, schnelle Geräusche aus der Ferne. Ich schnappte nach Luft. Die Tarán griff nach meinem Arm. Wie Schreie aus den Gräbern. Sie wurden lauter. Ich riss mich von der Tarán los. Sie würde es nicht verstehen. Das Universum schuldet euch gar nichts! Reißt die Gräber auf! Schlagende Herzen. Das Dröhnen von Grabplatten. Eure Bedeutungslosigkeit ist die einzige Wahrheit. Ihr haltet euch für die Wächter der Moral, für die Retter der Witwen und Waisen, dabei ist das alles pure Eitelkeit. Aufgeplustert und an der Wirklichkeit vorbei. Eure einzigen Probleme sind, ob eure Bücher in Reih und Glied stehen, wie viele Höflichkeitslikes ihr bekommen habt und wo die nächste Party ist. Die verzogenen Prinzen und Prinzessinnen auf dem Weg zu Selbstverwirklichung seid ihr. Ihr umgebt euch nur mit Nickäffchen, wie ihr selbst es seid. Krieg kennt ihr nur aus den Kommentaren. In der wirklichen Welt bekommt man kein Schleifchen fürs Mitmachen. Hier gibt es kein Lob dafür, weil ihr in einen Topf geschissen habt. Ihr seid keine Helden, weil ihr eine Online-Petition unterschrieben habt.

Moni, Moni, Moni, dachte Wiesner, als sagte er: die Liebe meines Lebens. Der Neubauer kam näher, bedrohlich nahe. Ich zitterte. Der Neubauer kam nah an mich heran. Der Neubauer sah aus wie ein Prolet, er trug einen dunkelblauen Trainingsanzug, er lächelte, er rutschte näher. Ich konnte sie denken hören, ich konnte alle hören, ich konnte hören, wie sie über mich spotteten, wie sie mich einen Betrüger nannten, einen Blender, einen Dummkopf, der versuchte, dazuzugehören. Ein Geschrei aus den Köpfen, Gekreische, eine Affenhorde, gackernd und schrill, und das Dröhnen des Windes. Mir schien es, als sei das Gesicht des Neubauers geradezu vor meinem, dabei war er noch einige Schritte entfernt. Ich versuchte, mich auf ihn zu konzentrieren, was dachte dieser Neubauer, der allmächtige Neubauer, von dem alle redeten, der Neubauer, der helfen konnte, auf den ich so lange gewartet hatte? Aber da war nichts außer der Schwärze eines Abgrunds und wir starrten einander an. Ich starrte in sein ruhiges, leeres Lächeln. Niemand schien ihn zu bemerken außer mir, als sähe nur ich ihn. Als hätte jeder seinen eigenen Neubauer.

Umbringen sollte man dich!, dachte Wiesner, stürzte auf mich zu und schlug mir endlich ins Gesicht. Er schrie laut auf, hielt sich die Hand. Er war offensichtlich überrascht, wie weh es tat. Realität tut weh. Er wich zurück und der Neubauer mit ihm. Ich sank in den Schnee.

Die Freundinnen des Neubauers begannen zu gackern. Sie lachten. Sie lachten Wiesner aus, den verweichlichten Wiesner, für den Schlag. Nein, sie lachten mich aus. Sie lachten über mich.

27

Und dann schwebte es davon. Das ganze brennende Haus, das ich in den letzten Jahren zusammengenagelt hatte. Morgen würde alles vorbei sein. Die Reisetasche und Gina, das war alles, was ich noch hatte. Hätte ich noch eine Tür, die Tarán würde durch sie hinausspazieren. Jetzt. Es war still, sie starrten mich an. Nur das knisternde Glühen einer Zigarette war zu hören. Das musste der Neubauer sein. Er applaudierte langsam. Neben ihm stand René, als wartete er auf den Moment, um anzugreifen. Hinter ihm tauchte ein Polizeiauto auf.

Das heißt, es gibt keine Mafia?, fragte Moni dümmlich und stumpf.

Die Tarán griff wieder nach meinem Arm. Sie zog mich hoch. Vitus sah zu Boden. Moni und Wiesner sahen einander an. Amadeus sah in den Himmel. Das Girlie kniete am Boden. Die Polizisten stiegen aus dem Auto. Niemand sah mich an, außer der Tarán. Gehen wir, sagte sie und zog mich wieder in den hinteren Teil des Friedhofs. Wir gingen langsam. Sie drehte sich immer wieder um. Die Polizisten kamen auf die Gruppe verstörter Menschen zu, schritten an ihnen vorüber und uns nach. René war nicht zu sehen. Der Neubauer war nicht mehr zu sehen. Der Neubauer hatte René mitgenommen. Ich wusste, dass er ihn mitgenommen hatte. René war im dunklen Abgrund des Neubauer'schen Gehirns verschwunden. Wir begannen zu rennen. Sie waren kaum wegen einer Ruhestörung hier. Die Tarán zerrte mich hinter ein Mausoleum, wir stiegen über eine Mauer, wir liefen über ein Feld in einem Bogen zurück zur Stadt. Wir liefen wie in einem Traum, sodass ich nie wusste, wo ich mich befand. Ich versuchte, die Zeit anzuhalten, aber ich war nicht betrunken genug. Die kühle Nachtluft wollte nicht gehorchen. Als wäre ich das Erschießungskommando und sie stünde hinter mir und reichte mir die Patronen. Die Tarán mit den Schlangen am Kopf, den Blüten im Haar, den Perlen im Nacken. Die Tarán war noch bei mir. Wir rannten, und der Wind in den Ohren war das Lauteste. Lauter als alle Sirenen.

Als wir zum Stehen kamen, keuchte sie. Mich wunderte, dass sie mit diesen Schuhen so schnell laufen konnte. Weil es sein musste, sagte sie. Ich hatte nicht laut gefragt. Sie nahm mich wieder an der Hand. Am Ende ist alles Lüge, flüsterte sie. Jeder ist ein Blender, jeder erzählt sich sein Leben zurecht. Sie machte eine Pause: so wie die. Sie deutete mit dem Kinn in Richtung Friedhof. In einer anderen Zeit hätte sie vielleicht auch versucht, als Anastasia durchzugehen.

Der Sonnenaufgang war laut, mit den Vögeln und den Straßenbahnen, die sich in Bewegung setzten. Wir stolperten langsam in Richtung Krankenhaus. Mein Finger pocht, sagte die Tarán. Er war bereits schwarz. Neben uns tauchte Gina auf. Wir kamen keuchend an die Tore der Notfallambulanz.

Wir meldeten uns an und setzten uns ins Wartezimmer. Ich legte einen Arm um sie und die andere Hand auf ihr Knie. Sie lehnte ihren Kopf an meine Schulter. Sie würden ihr den Finger abnehmen müssen. Gina lag zufrieden schnurrend auf ihrem Schoß, als sei alles ausgestanden und als wäre da kein Morgen. Ein winziger friedlicher Moment.

Ich habe in einem Coffeeshop in der Gartengasse gearbeitet, sagte sie leise, wie man Geheimnisse erzählt, dann wurde er hip und Moni fing an, dorthin zu gehen. Ich habe mich in der Küche versteckt. In den meisten Coffeeshops gibt es nichts, das so wertvoll wäre, dass sie dafür riskieren würden, einen Kunden zu verlieren. Sie erzählte, dass sie hinausgeworfen wurde, weil sie einen Kunden beim Klauen erwischt hatte. Sie holte den Flachmann aus der Tasche, reichte ihn mir. Ich trank. Kein Geld. Kein Job. Keine Wohnung. Alles ist wieder normal. Wo ist das mit Lügen erkaufte Glück? Vielleicht wollte Frau Jandrits auch die Mademoiselle kennenlernen. Wir sollten sie besuchen. Schließlich wartete sie schon so lange darauf, dass ich meine Freundin endlich mitbrächte.

Glaubst du, René ist ...?, stellte ich nur eine halbe Frage. Sie schüttelte den Kopf: Er stand zuletzt neben dem Neubauer. Ich nickte. Der Neubauer hat ihn abgeholt, dachte sie. Ihre Augen wurden feucht.

Wir kannten uns ewig, murmelte sie.

Ich lächelte: Ihr seid Geschwister. Aber sie schüttelte den Kopf: Jeder erzählt sich sein Leben zurecht.

Violetta Tarán?, fragte eine Krankenschwester, und: Himmel, wie ist denn das passiert?

Autotür, antwortete Violetta. Violetta, dachte ich, Violetta. Sie hob Gina vorsichtig auf meinen Schoß, auch wenn ihr Finger dabei schmerzen musste. Sie lächelte mich an.

Die Welt ist schlecht, mein Liebchen, so wie wir.

28

Man gehe in eine möglichst teure Bar. In einer möglichst fremden Stadt in einem möglichst fremden Land. Die Reichen, die suchen unsereinen ja nicht gerade. Es gibt keinen Grund, der Mensch mit den edelsten Motiven sein zu wollen. Wenn man Glück hat, kommt man nach dem Tod in eine Bar, in der man niemanden kennt.

»Siehst du die Frau da? Die, der ein Finger fehlt?«

Der mit den blonden Fransen deutet mit seinem Glas fragend auf Violetta. »Ja« sagte der Dicke, »jedenfalls hatte dieses Lied begonnen, offenbar hatte jemand dem DJ gesagt, dass er dieses Lied spielen sollte, und sie sagte noch: ›Aber er hat doch wohl nicht …‹ Meine Güte, jedenfalls setzte sie sich in Bewegung. Vor einer Woche muss das gewesen sein, sicher, die letzte Party hier im Raff war vor einer Woche, nicht? Und der Typ, ich sag dir, der Typ kommt auf sie zu. Und ihr Freund steht einfach so daneben, und sie und der Typ fangen an, in dem Rhythmus, nicht gerade langsam, umeinander herumzuschleichen, als würden sie gleich anfangen, miteinander zu kämpfen.« Der Dicke hob sein Glas an die Lippen, seine Wangen zitterten, wenn er schluckte.

»Du meinst tanzen, sie haben getanzt«, erwiderte der andere, dem die blonden Haare wie dünne Fetzen ins Gesicht hingen.

»Ja, tanzen oder kämpfen, das hat gar keinen Unterschied mehr gemacht, zum Teufel, was war das nur für ein Lied?«

Dem Dicken lief, als er das sagte, ein bisschen Whisky aus dem Mund und er blickte mich an, als ob er von mir eine Antwort erwarten würde.

»Ich weiß auch nicht mehr«, antwortete der Blonde wieder, der sich für die Frage aber auch nicht zu interessieren schien, und der Dicke erzählte weiter, stellte das Glas auf dem Tisch ab und gestikulierte, ahmte die Bewegungen des Tanzes mit den Armen nach: »Auf alle Fälle tanzen sie dann enger und der Typ fasst sie an, weißt du, richtig fest, so, wie ich's gerade zeige, an den Hüften, und ihr Freund steht daneben und schaut blöd, so blöd hat er geschaut, und der Typ fährt mit der Hand ihre Brüste entlang, während sie sich um ihn herumdreht.« Er griff wieder nach dem Glas, nun widersprach der andere: »Gar nichts hat er, ich hab nicht gesehen, dass er sie angefasst hat.«

Aber der Dicke lässt sich nicht aus dem Konzept bringen, die Wangen zittern wieder, als er weiterspricht: »Jedenfalls merkt sie auf einmal, wie blöde ihr Freund schaut, und packt den Typen im Genick und mit so einem angepissten Blick, aber so einem angepissten Blick auch, flüstert sie ihm was ins Ohr, so richtig zornig.« –

»Ach Quatsch, die hat in dem Ohr von dem Typen herumgeschlabbert und sah gar nicht sauer dabei aus.« Damit war wiederum der Blonde gar nicht einverstanden. Ich trank, sie fassten es als Zustimmung auf, um weiterzuerzählen.

»Jedenfalls macht sie eine kleine Drehung weg von ihm, und er zieht sie an ihren Haaren zurück.«

»Gar nicht, am Schal hat er sie gezogen.«

»Noch viel schlimmer, fast gewürgt hat er sie. Und sie versucht's noch mal, dreht sich noch mal weg, und da schleudert er sie am Schal fast gegen die Theke, dass ihr das Blut von den Lippen tropft.« Der Blonde war wieder an der Reihe, mit der Aussage des Dicken unzufrieden zu sein: »Nein, das war erst später. Das war erst, nachdem er vor ihr auf die Knie gefallen ist.«

»Er ist doch nicht auf die Knie gefallen.« –

»Sicher«, der Blonde nickte heftig, »und es hat ausgeschaut wie ein Heiratsantrag, ich schwör's dir, er hat die Arme ausgebreitet, als wollt er sagen: Komm in meine Arme. Und da hat sie ihm mit dem Handrücken eine verpasst, aber schon so richtig durchgezogen, ein richtig weiter Schwung, ein Knallen war das, ich sag's dir.« Er schien von mir Bestätigung zu erwarten.

»Na, der ist aber nicht auf die Knie gefallen, und wenn, dann erst später, weil sie nämlich gegen die Theke geknallt ist, sich umgedreht hat, wie gesagt, Blut hat ihr von den Lippen getropft, und dann hat sie ihm mit der Faust die Nase gebrochen.« –

»Die Nase hat sie ihm gebrochen, ganz sicher, aber das war, als er sich vor ihr auf die Knie fallen hat lassen und sie ihn mit dem Handrücken geschlagen hat.« Der Blonde gurgelte mit dem Whisky.

»Du hast wieder einmal keine Ahnung. Na ja, ist ja auch egal, jedenfalls: Sie stürmt nach draußen. So richtig, angelt im Gehen ihre Tasche vom Boden und stiefelt schnell raus. Ihr Freund schaut immer noch blöd, und der Typ, der geht seelenruhig an die Theke, bestellt eine Flasche Wodka zum Mitnehmen, geht ihr langsam hinterher, in aller Seelenruhe, ernsthaft. Und hat das gemeine Weib auch echt eingeholt. Frag die Barkeeper, sag ich dir.« Der Dicke zeigte zur Theke, aber ich wusste, dass keiner von den beiden Barkeepern an dem Abend hier gewesen war. – »Wieso gemeines Weib, wenn er doch auf sie eingeprügelt hat?« Der Blonde war empört und der Dicke fing an: »Na, gemein, weil sie ihren Macker einfach hat stehen lassen. Auf alle Fälle holt der Typ sie ein und sie fährt mit ihm im Taxi weg. Vorher sind dann noch alle draußen gestanden und ihr Freund, der's offenbar doch geschafft hat, sich endlich mal zu rühren, auch. Und da hat sie ihn kurz angeschaut, gesagt: ›Tut mir leid‹ und ist zu dem Typen, der ihr so eine verpasst hat, ins Auto gestiegen. Das stelle man sich einmal vor. Ja, und mit dem Freund hab ich mich später betrunken. Sie ist wirklich mit dem anderen weggefahren. Und meine Freundin, stell dir das mal vor, die sagt: ›Wie romantisch!‹ Die dumme Kuh. Die Frauen, die versteh einer. Aber wie hieß noch das Lied? Ein großartiger Song. Ehrlich.« Der Dicke trank aus. Beide nickten.

Sie nickten. Ich konnte mich an den Abend erinnern, aber nicht an das Taxi und nicht daran, dass am Ausgang zwanzig Leute gestanden hatten. Aber ich hatte beschlossen, den beiden Idioten nicht zu verraten, was unser Lied war: Die Geschichte kommt mir bekannt vor, sagte ich. Sie hatten mich nicht erkannt, aber warum hätten sie mich auch ansehen sollen, während die Mademoiselle ihre Pirouetten drehte? Ein Tanz mit ihr würde immer großartig aussehen, auch wenn ich neben ihr dahinstolperte wie ein Dreijähriger. Dem, den sie für ihren Freund hielten, hat sie vorher noch sein ganzes Geld abgenommen. Auch Glücksspiel ist nur ein Zaubertrick. Wir sollten Frau Jandrits wieder einmal anrufen. Sie freut sich immer, von der Familie zu hören, und einige ihrer Münzen wären wirklich zu schade für den Automaten.

»Noch eine Runde?«, fragte der Dicke. Er zupfte an seiner Krawatte. Ich nickte. Nun kam meine kleine »Geld war noch nie ein Problem«-Rede. Einladen würde ich sie trotzdem nicht. Es wird Zeit, der Familie zu beweisen, dass ich es allein schaffe, sage ich. Das war Violettas Sparmaßnahme. Wir brauchten Geld für Katzenfutter und Kerzenschein. Eine halbe Wahrheit tut es auch. Jeder erzählt sich sein Leben zurecht. Die schwarzen Löcher kann man später immer noch füllen. Oder niemals. Schwarze Löcher sind notwendig. Ohne schwarze Löcher kann man seine Sterne nicht neu ordnen.

»Warum ihr der Finger fehlt, das wüsste ich zu gerne«, sagte der Dünne.

»Davon hat mir jemand erzählt, sie ist oft hier«, antwortete ich. »Also, das passierte so: Habt ihr schon einmal vom Neubauer gehört?«

Wir hatten uns etwas Schönes ausgedacht. Eine neue Geschichte für die neue Stadt. Jeder erzählt sich sein Leben zurecht.

Nye pribyednyaysja. – russ. Не прибедняйся. – Stell dich nicht arm.

Oderint, dum metuant. – lat.: Sollen sie hassen, so lange sie sich fürchten.

Fare la gatta morta. – ital.: Sich totstellen, wörtlich: Die tote Katze machen.

Shob vy tak zhili. – kurz für russ. Шоб вы так жили, как прибеднаетесь. – Leben sollt ihr, so arm wie ihr euch stellt.

Nu ştiu dacă. – kurz für rumän.: Nu ştiu dacă mă interesează – Kümmert mich das?

dracu, dracu, dracu. – rumänischer Fluch, wörtlich: Hölle.